KB057826

해를 품은 천리안

−정경부인 장님 고성이씨

해를 품은 천리안

－정경부인 장님 고성이씨

성지혜 장편소설

문이당

추천사

서지문(고려대 명예교수, 영문학)

고성이씨 할머니 이야기를 어려서 자장가처럼 들었기 때문일
까? 소경으로서 눈 뜬 사람보다 훨씬 현명하고 담대하며 솜씨가
좋아서 큰 살림을 다스렸다는 고성이씨 할머니는 우리 겨레의 조
상인 웅녀처럼 비상하고 신비로운 인물로 느껴졌었다.

어른들이 이씨 할머니가 소경이었음을 강조했던 것은 요즘 말
로 하자면 육안肉眼이 감긴 대신 심안心眼이 활짝 열렸음을 역설
한 것이라 생각된다. 할머니에 관한 여러 일화가 증빙하듯이. 할
머니가 남편을 여읜 뒤에 어린 아들을 데리고 서울(한양)로 이주
해 와서 집을 지을 때 거꾸로 박힌 기둥을 손으로 쓰다듬어 보고
는 바로 세우도록 했다는 이야기, 그것은 마늘과 쑥만을 먹으면
서 백일 간 수도해 인간으로 변했다는 웅녀의 이야기만큼이나 놀
랍지 않은가? 20세기에도 집을 짓다가 청부업자들과 인부들의
속임수와 생떼, 게으름과 씨름하다가 병들어 죽은 여성을 알고
있다. 하물며 16세기 전반에 스물 남짓의 청상으로서야. 이씨 할

머니는 그 시대의 가장 험한 인부들을 위엄으로 제압하고 타이르며 달래서 대저택을 완공했으니 얼마나 경탄스러운가? 집을 지을 터에 그 동네의 '수호신'으로 간주하였던 느티나무가 있는데 이를 뽑으면 마을에 재앙이 온다는 지역주민들의 아우성에, 지역주민과의 마찰 없이 그 느티나무를 제거하기 위해 느티나무 밑동에 엽전 꾸러미들을 묻고 그 소문이 나게 해서 돈을 탐낸 마을사람들의 손에 느티나무가 뽑히게 했다. 백명 장사의 힘보다 한 연약한 여인의 지혜가 더 막강함을 절감하게 하는 사례다.

이씨 할머니는 당시의 반가班家에서 상업을 한다는 것은 가문의 격을 무너뜨린 일로 간주하였지만, 집안의 재정 토대를 튼튼하게 유지하기 위해, 그리고 이웃과 지인들에게 혜택을 주기 위해 밤낮없이 약과, 약주, 약식, 각종 한과를 만들어서 시장에 팔고 나라에도 진상해 중국 사신을 대접하는 데까지 쓰이게 해서 나라의 격도 높인다. 아들과 손자들의 학문 진작을 위해 그들의 글방에도 제공했던 것은 물론이다.

까마귀가 궁궐마당을 점령해 소란을 피워 임금의 심기를 어지럽힌다는 말을 듣고는 흥분제를 섞은 수수 찰밥을 몇 수레 분을 지어 보내 궁궐마당에 풀도록 해서 까마귀들이 궁궐마당에서 죽지 않고 물고 멀리 날아가 죽도록 했다. 감탄한 선조가 그 지혜로운 부인의 아들이자 임진왜란에서 임해군과 순화군을 구한 신하 서성徐渻을 불러서 사돈을 맺자고 제안하기에 이른다. 할머니의 외아들 약봉 서성藥峯 徐渻이 달성서문達城徐門의 거목으로 그 가계가 조선 후기에 가장 과거급제자를 많이 배출한 것은 모자의 공덕과 지혜가 함께 이룩한 것이리라.

이씨 할머니는 이주하기 전, 16세기 초엽이었는데 데리고 있던 노비들을 해방시켰다. 한양으로 데리고 간 노비들도 노비 문서를 없애고 임금을 받는 하인으로 고용하셨다. 당시에 남성도 하기 힘든 통 큰 선구적인 인도주의의 실천이었다.

어린 시절의 이야기에 등장했던 또 한 사람 서문徐門의 여성으로는 영조의 정비 정성왕후가 있었다. 정성왕후는 고성이씨 할머니처럼 현명하고 직감이 뛰어난 분은 아니었다. 오히려 빼어난 미모와 빈틈없는 양반 법도에도 불구하고 하찮은 말실수로 인해 괴팍스러운 영조의 눈 밖에 나서 속된 말로 '소박'을 맞았으니 경외심보다는 연민의 대상이었다. 그 때문인지, 어릴 때는 범인의 경지를 훌쩍 뛰어넘은 고성 할머니보다 정성왕후가 더 인간적으로 가깝게 생각되었다. 후에 '한중록' 등 당시의 문헌을 읽어보니 정성왕후는 극도의 좌절과 회한을 반세기 이상 가슴에 묻고 남편과 사도세자, 혜경궁에게 최대한 배려와 보호를 베풀었던, 수양이 놀라운 여성이었다. 그래도 어린 마음에 연민의 대상으로 다가왔던 조상이었다.

그런데 아버님이 별세하신 이후에는 조상들의 이야기를 별로 들을 기회가 없었다. 이씨 할머니의 아드님인 약봉 할아버지와 네 분 손주의 존함은 친척들이 모일 때면 이래저래 언급되기 마련이었지만 이씨 할머니는 천지창조 신화의 대모신大母神 만큼이나 아득한 존재로 간주되었던 것 같다. 그런데 몇 해 전에 성 작가님에게서 고성이씨 할머니의 전기를 쓰셨다는 연락을 받고 깜짝 놀랐다. 이 시대에 고성이씨 할머니를 기리는 분이, 그분을 존경하고 사모해서 장편의 전기를 쓰실 만큼 기리는 분이 계시구나, 후손인 나보다 낫구나, 얼마나 고마운 일인가, 하는 마음에 얼른 원고를 받아서 읽고 만나 뵈었다.

시가媤家가 고성이씨며 부군께서 소경 할머니의 가계와 주변 일화들도 전해주며 격려를 많이 하셨다고 한다. 이렇게 수고스럽게 천 매가 넘는 전기를 쓰신 분도 있는데, 후손인 나는 그렇게 훌륭한 조상을 잊다시피 하며 살고 있으니 참, 사람의 도리가 아니구나, 하는 죄책감이 들었다. 그러나 내가 개인으로 이씨 할머니 전기의 탄생을 도울 길은 없어서 미안한 마음만 갖고 있었는데, 성 작가님이 출판을 보류하신다며 재 집필에 들어가셨다.

그리고 몇 해 후, 임인년 섣달에 수정원고를 보내셨는데 원고는 그동안에 환골탈태하다시피 달라져 있었다. 기본 틀은 같지만, 이씨 할머니의 성격도 더 리얼해 지고 일화도 풍성해 졌고 당대의 정치 상황, 문물이나 직제, 관습과 풍속, 사회상, 법도 등에 대해 무척이나 고심하고 연구해서 뼈와 살을 덧붙인 것을 알 수 있었다. 그리고 약봉문집을 비롯해서 당대 명유들의 시와 문장도 연구하고 발굴해 정성스러운 번역까지 곁들여서 작품에 품위와 매력을 더했다. 작가님의 연배가 나와 비슷하신 듯한데 나보다 우리 역사 문물 학문 등에 훨씬 정통하시고 광범위하게 알고 계신 것을 알 수 있었다. 하지만 아무리 바탕이 있더라도 그리 널리 자료를 수집하고 세밀한 연구를 하시느라 얼마나 힘이 드셨을까?

이 전기는 그냥 '위인전'이나 '천재'의 전기가 아니어서 몇 배 뜻깊다고 생각한다. 단순히 맑고 초롱초롱한 눈이 보이지 않게 된 가혹한 운명을 의지력으로 극복한 강인한 여인이 아니라 갈등과 회한에 몸부림하던 끝에 자신의 운명으로 수용하지만, 사랑하는 아들과 친족들을 위해 한 치의 실수도 없도록 매 순간 조심하고 긴장하며 살았던 여인, 그 여인의 슬픔과 결의와 고뇌가 우리의 마음을 울린다.

겉보기에는 장하고 강했으나 무한히 애처로웠던 여인. 젊은 청상靑孀이 어린 아들과 큰살림을 꾸려가니 얼마나 많은 친척, 지인, 길가는 사람까지 빌붙고 울겨먹을 생각을 했겠는가? 이씨 할머니는 꾸짖어 물리칠 사람은 물리치고 도와줄 사람은 도와주고 교화시킬 사람은 타일러서 무수한 사람들에게 삶의 길을 열어주고 절망에서 광명으로 인도하셨다.

한 여인이 이룰 수 있는 일이 이토록 높고 깊음이 어찌 놀라운 일이 아니랴. 그런 분이 있었다는 것을 적극적으로 알리면 오늘날에도 감화받는 국민이 적지 않을 것으로 믿어 마지않는다. 그래서 옷깃을 가다듬고 할머니의 자취를 삼가 보듬고 싶다.

작가의 말

정경부인 장님 고성이씨 내력을 쓰고자 한 건 오래전입니다. 20여 년 동안 세월을 길쌈한 건, 행여 저의 모자란 글이 그분에게 결례가 되지 않을까 하는 의구심이었습니다. 그런 사이 자료를 수집하며 그분을 연모하고 그분을 닮고자 한 공경도 싹을 틔웠습니다. 더불어 필히 알찬 열매가 열리게 하리란 결심을 다지고 다져 왔던 것입니다. 이 글을 쓰면서 그분과 그 주위 분들과의 동행은 참으로 행복한 나날이었습니다.

먼저 이 글의 길잡이가 되어 준 우리 집 이영규 선생에게 감사드립니다. 선생이 고성이씨 집안 내력을 들려주고 자료들을 구해주었기에 저의 글이 날개를 단 셈입니다. 따라서 제가 고성이씨 며느리이기에 이 글을 쓰게 되었다는 것도 감히 고백합니다.

고성이씨 집안은 고려 충정왕과 공민왕 때 시중을 지낸 행촌 이암 선생, 조선 세종대왕 때 좌의정을 지낸 용헌공 이원 선생, 구한 말 석주 이상룡 독립운동가 등을 배출한, 우리 민족의 산 역사를 일군 명문 집안입니다. 세인들이 안동을 유학의 산 고장이라 부른 것도, 임청각을 비롯한 군자정, 귀래정, 반구정, 어은정이 있기에 더 빛났다는 걸 부인하진 못할 것입니다. 고성이씨 삼대들이 그 정자들을 마련했기에, 그곳을 드나들던 선비들과 유학자들이 학문을 파고들며 토론하고 연구해 영남학파들의 산실이 되었습니다. 그들이 그 정자들을 드나들며 선조들이 품었던 이상과 열정을 답습했기에, 유학의 산실 안동을 더욱 안동답게 한 것이라 헤아려 봅니다.

안동의 그 유적들 외에 소호헌도 고성이씨 이고 선생이 맏딸과 사위 함재공 서해 선생을 위해 물려준 대저택입니다. 소호헌은 대구서씨를 조선 시대의 특등 명문 가문으로 반석 위에 올린 학문의 전당이었던 것입니다.

퇴계 선생이 당신의 후계자로 삼고자 했던 서해 선생이 23세에 요절해 대구서씨 가문에 충격을 주었습니다. 하지만 그의 아내 장님 고성이씨 부인의 끈질긴 노력과 헌신으로 외아들 약봉서성 선생이 6도 관찰사와 형조, 병조, 호조, 공조의 판서를 두루 거쳤으며, 손주 서경우가 우의정에 올라, 그분이 정경부인으로 추존 되었습니다.

서해 선생과 정경부인 장님 고성이씨 후손으로 조선 시대 때 정승 9명, 판서 37명, 대제학 5명, 시호를 받은 분들 40명, 대과 급제가 126명이었습니다. 그리고 3대 정승과 3대 대제학에 오른 건 중국과 일본 등 어느 명문가에도 없던 경사였습니다. 더욱이 대구서씨가 조선 시대의 특등 명문 가문으로 발돋움 한 건 그들 개개인의 노력이지만, 정경부인 장님 고성이씨의 지혜와 결단과 용기가 시금석이 된 빛난 업적이었습니다.

그분은 노비를 해방시킨 선구자입니다. 안동 소호헌에서 청주로, 다시 장정의 길에 올라 한성에 당도해 중씨 댁에서 살며, 새 집을 지어 이사한, 맹모삼천을 실천한 현모였습니다. 장애인들과 이웃에게 베풂을 실천한 자선가이며, 고난을 승리로 이끈 개척자입니다. 아들과 손주들을 참 인재로 키운 교육자이며, 앞날을 꿴 의인이었던 것입니다.

학자들이 정경부인 장님 고성이씨를 '인재 양성 사관학교의 원조 총재'라고 칭송한 것도 그런 사실과 무관하진 않을 것입니다.

후세 사람들이 '서지약봉, 홍지모당徐之藥峯, 洪之慕堂', 서씨 중에는 약봉이 유명하고, 홍씨 중엔 모당이 유명하다며, 회자하던 걸 보더라도, 서성은 대구서씨를, 홍이상은 풍산홍씨를 반석 위에 올린 명신이었습니다. 풍산홍씨 가문에서도 조선 시대 때 문과 합격자가 89명이라고 하니, 양대 가문에서 4백여 년 동안 그 많은 인재들을 배출한, 그야말로 '서지약봉, 홍지모당'인 셈입니다.

흔히 조선 시대 3대 현모로 신사임당, 정경부인 장씨, 정경부인 장님 고성이씨를 일컫습니다. 신사임당과 정경부인 장씨는 많이 알려지고 대접받았지만, 정경부인 장님 고성이씨에 대해선 덜 알려져 안타깝기 그지없습니다.

저의 글이 그분의 행적을 행적답게 널리 알려지게끔 보탬이
된다면 더한 바람이 없겠습니다.

정경부인 장님 고성이씨가 마련한 약현의 대저택은 1900년대
초에 그 후손이 미국 선교사에게 팔아 약현성당이 들어섰습니다.
그 구옥을 철거 중 대구서씨 종가 사람들의 반대로 그 당시 뮈텔
주교와 송사를 벌였지만 여의치 못해, 그 대저택이 더 이상 맥을
잇지 못했으니 아까운 일이 아닐 수 없습니다.

약현성당을 짓기 전, 일꾼들이 그 저택을 헐기 위해 안방 천정
을 뚫으니 인봉한 서찰이 들어 있어, 현장 감독이 그걸 대구 서씨
종중에게 전달했습니다. 대구 서씨 후손들이 살피니, '신묘 개탁
辛卯 開坼'이라 겉봉에 쓰였으며, 그 속에 '불초손이 회가하니 현
자손은 수보하라'란 글이 적혔더라고 합니다. 마침 대구서씨 문
장이 형조판서라 그분이 문중 회의를 열어 중론을 모으니, 종손
의 서삼촌이 그 대저택을 팔았다는 것입니다. 그리하여 형조판서
가 그 서삼촌을 귀양 보내고, 대저택을 도로 찾았답니다. 그 서찰
은 정경부인 장님 고성이씨가 쓴 글이요, 신묘년은 고종황제 당
시 1891년이라 새삼 대구서씨 종중 원로들은 그분의 예언에 감
격했다고 합니다. 그로부터 얼마 안 돼, 대구서씨 문장이 형조판
서에서 물러나고 노병으로 누웠을 때입니다. 그 서삼촌이 귀양지
에서 풀려 나와 다시 대저택을 서양인에게 팔았다는 사실이「정
경부인 장님 고성이씨 사적」에 기록되었습니다.

서울 인사동 동방화랑의 서정철 회장님은 서해 선생과 정경부

인 장님 고성이씨 후손입니다. 그분에 의하면 6.25 전쟁 때 인민군들이 소호헌으로 쳐들어 왔는데, 그들 책임자가 소호헌의 안채 안방 문 위에 걸린 '태실방胎室房'이라 쓴 현판을 보고 큰절을 올리더란 것입니다. 그 당시 소호헌에서 살던 서정철 회장님은 인민군들에게 붙잡혀 멀리서 그 광경을 바라보며, 분명 북한에 살고 있다던 서해 선생의 중씨 어른 후손이라 여기고 서로 통성명하려던 참에 아군들이 쳐들어와서 그러지 못했다고 합니다. 소호헌 앞 둔덕의 오십여 그루 노송이 불타 없어진 그 경황 중에서도 소호헌이 건재했던 건 그 인민군 책임자 덕이었다며, 남북한의 처절한 전투 중인데도 핏줄의 끈끈함을 뼈저리게 통감 하셨다는 내용이었습니다.

『임원경제지』를 쓴 실학자 서유구 선생은 서성 학자의 7대손입니다. 그 책 내용에 '인조 때 재상 서성의 호가 약봉인데 좋은 약주를 빚었고 그의 집이 약현에 있어 그 집 술을 약산춘이라 한다.'는 걸 밝혀, 이씨 부인이 약주 이름의 원조임을 일깨우기도 합니다. 근자에 약밥 이름도 이씨 부인이 원조라는 분들이 많습니다. 그건 『목은집』에 기록된 이색 선생의 시「적성 유판사가 약밥을 보내옴赤城兪判事送藥飯」이란 내용을 봐도, 이미 고려 때 약밥이란 호칭이 있었던 걸, 저도 이 글을 쓰며 알게 돼, 이번 작품 내용에 담았습니다.

글을 쓴다는 게 얼마나 어려운 건지, 고성이씨 가문과 대구서씨 가문의 족보까지 들추며 고심했던 나날들이었습니다. 그런 와 중에 두 가문의 족보와 문헌들을 보고 새삼 그 후손들이 조상에 대한 긍지로 후대까지 영향을 끼치게끔 일목요연하게 정리한 사실에 경외감이 일었습니다. 더욱이 고성이씨 가문의 1550년대 (조선 명종)의 「재산과 노비 분배기」, 서해 선생의 「제선비문祭先妣文」(조선 명종 36년, 정사년 1557년 유월) 등은 이 글의 백미 지침서가 되었습니다.

이 글을 쓰는 데 도움을 주신, 이승우 행촌문화원 전 원장님, 행촌학술문화진흥원 이사장 이익환 연세대 명예교수님, 안동 민속박물관의 이희승 향토사학자님, 동방화랑의 서정철 회장님, 고성이씨 용헌공 종친회와 대구서씨 종친회의 여러분들에게 감사드립니다.

부족한 글에 용기를 실어 주신 대구서씨 달성위 후손 서지문 교수님도 고맙기 이를 데 없습니다.

2023년 6월
글꽃 성지혜

차례

임청각, 어린 시절

1

밤새 영남산에는 풀벌레들의 자장가에 새들은 단잠에 빠져들고, 나무들은 하늘 향한 그리움으로 가지를 쭉쭉 뻗어 언약의 새싹을 틔웠다. 동녘에서 햇귀가 피어오르면, 새들은 꼬끼오, 꼬꼬, 아랫녘 종가에서 들려온 수탉의 자명종에 눈을 떴다.

종가 앞에는 강이 베틀에서 갓 짠 남빛 세모시를 펼치고, 잉어와 붕어는 잔챙이들을 거느리며 물결 따라 가락을 그렸다. 길게 드리운 수양버들 가지가 강물을 빗질하는 사이, 이백여 년 지난 회화나무는 나이테의 나날을 실타래에 감듯 잎파랑이 청청하고도 푸르렀다. 그 나무 둥지에서 잠 깬 까치 부부도 날개를 퍼덕이며 휑하니 날아, 종가 별당 마당에 나래를 접었다.

하인이 비질한 마당은 깔끔하면서도 토양이 부드러웠다. 따라서 그 저택 아기씨가 걸을 때마다 발자국이 찍혔다.

"새야 안녕? 내 뒤를 따르렴."

아기씨의 손짓 따라 까치 부부의 발 도장이 그 발자국에 스며들었다.

"옳거니, 그걸 본뜬 걸 너의 낙관으로 정해야겠구나."

맏딸의 행동을 지켜본 이고李股의 감탄이 터졌다. 아기씨는 천자문을 뗀 데다 그림도 잘 그렸다. 이고는 맏딸의 낙관을 마련해주고 싶었다.

"어떻게 인석들이 너의 말귀를 잘 알아듣느냐?"

"아침마다 까치들과 인사하는 게 저의 하루 시작인 걸요."

네 눈동자는 총기가 총총하고 해맑아 세상의 거울이 되라고 경鏡이라 이름 지었거늘. 이고의 입술에 기름이 뱄다.

그때쯤이면 그 저택 노마님은 우물에서 갓 기른 청수를 그 저택 솟을대문에 뿌려 그날의 안녕을 기원하고, 덩달아 굴뚝마다 연기가 피어올랐다.

이고는 안방으로 들어가 모친에게 문안 올렸다.

"허리 아프신 건 어떠신지요?"

"개안타."

언제나 그렇듯, 노마님은 그 대답으로 권솔들에게 위안을 안겨주었다.

"형님들과 아우도 잘 있다는 서찰이 왔더군요."

노마님의 얼굴에 온기가 배였다.

이고의 형들과 동생은 임지에서 봉직하거나 분가해, 그가 그 종가의 주인 노릇을 하는 셈이었다.

햇발 고른 오후, 이고는 맏딸을 데리고 산책을 나섰다.

달마다 보름이면 저택 안팎을 살피고 별당 마루에 올라 강물에 보름달 뜨는 걸 내려다보는 게 이고의 낙이었다. 부녀는 그 저택 대문 앞에 당도했다.

"경아, 이 솟을대문은 어떤 내력을 지녔을까?"

"용헌공 할아버님이 세종 마마 때 정승을 지내신, 명문가의 집안이라 그런 줄 아옵니다."

이원은 한성의 무너진 토성을 헐고 석성으로 쌓은 걸 주도한 명재상이었다. 한성을 지키는 건 곧 조선을 지키는 거라고, 태종이 숨질 때 이원에게 특별히 부탁한 걸 이룬 대공사였다.

"그렇고말고. 이 솟을대문은 조상의 음덕을 기린 거란다. 행동도 올바르며 이웃에게 덕을 끼쳐야 함을 일깨우는."

부녀는 마구간을 지나 고방 앞에서 걸음을 멈췄다.

"이 나락실에는 언제나 쌀과 보리가 있어야만 밥을 굶지 않는단다. 가뭄이 오면 어떻게 하나?"

그 종가는 끼니때마다 식구들 외에 수많은 객식구가 드나들었다. 그러므로 하인들이 자주 나락실에 알곡들을 쌓아두었다.

"풍년이 들면 흉년을 예비하기 위해 곡식들을 남겨 두어야 하옵니다."

"아암, 그렇고말고."

부녀는 바깥 행랑채와 안 행랑채를 거쳐 정침 마당으로 들어섰다. 여종들도 뒤따랐다. 그들은 정침 마당 서쪽에 있는 우물가로 다가갔다. 아기씨 유모가 두레박으로 길어 올린 생수 대접을 바깥주인에게 건넸다.

"시원하군."

생수 반 대접을 들이킨 이고가 경에게도 건넸다.

이웃들은 그 물을 영천이라 불렀다. 영남산의 석간수가 흘러 내려 고인 그 물을 마시면 부귀수를 누린 신령한 물이라며. 정침 동향 방은 우물방 태실로 삼정승이 태어날 명당이라 알려졌다. 그 저택 혈손들이 그러했듯 경도 그 방에서 태어났다. 하지만 아들을 바라던 노마님과 이고의 바람을 잠재우진 못했다.

안채는 세 군데였다. 안채 안방과 우물방 태실, 그 마당을 둘러싼 담의 중문을 열면 중간 안채, 다시 서쪽으로 난 소문을 열면 작은 안채였다. 그곳은 남새밭으로 나가는 쪽문도 달려, 여인들의 일손을 덜게 했다. 남새밭 위로 산자락을 오르면 감나무 밭도 보였다.

그들은 정침 마당을 지나, 화단 옆에서 걸음을 멈췄다. 정침과 별당 사이 화단엔 환쟁이가 그린 담이 가로 놓였다. 화단에는 목단이 붉은빛을 토하고, 담장을 타며 오르던 유도화가 흰나비의 날개에 주황 무늬를 드리웠다. 꽃들을 보고 여종 등허리에 업힌 여아가 칭얼거렸다. 이고는 여아를 껴안아 마당에 내려놓았다.

"저 꽃담과 이 꽃들 중 어느 것이 더 마음에 드노?"

환쟁이가 그린 것도 그 꽃들이었다.

"거야 꽃담 아닌가요? 꽃들은 꽃이 지면 볼품없지만, 꽃담은 봄, 여름, 가을, 겨울이 지나도 변치 않으니 마냥 좋으니껴."

"아, 그런가. 그럼 너를 꽃담이라 부르고 희는 꽃님이라 부르자꾸나. 꽃들을 보면 마음이 환해지니 님이라 부르며 예우해야 하거든."

그들은 일각문을 지나 별당 뜰에서 걸음을 멈췄다. 이고는 돌층계 옆의 돌확에 든 물로 손을 씻었다.

"왜 여기서 손을 씻어야 하노?"

돌확 둘레를 돌던 청개구리가 돌층계 틈새로 사라졌다.

"손이 깨끗해야만 마음도 깨끗해지기 마련입니다."

이고는 맏딸의 양손을 꽉 붙들었다.

군자정君子亭이라 불린 그 별당은 저택의 위용이 가장 돋보인 곳이었다. 짜임새와 매무새가 그 이름만큼 깊고 품격이 드러나서였다. 팔작지붕 아래 정면 세 칸과 측면 두 칸이었다. 쪽마루는 누마루 형식에 사방으로 계자난간을 갖췄다. 바닥에 내려서지 않고도 난간 주위를 돌아다니며 사방을 관망하게끔 트였다. 누마루 곁의 방은 앞쪽과 옆쪽 덧문에 세살 무늬 창과 넉살 무늬 관창을 달아 운치를 더했다. 천정과 마루를 잇는 반자틀의 두 기둥은 중보와 대들보의 가운데로 얹어졌다. 나머지 반자의 두 기둥은 공중에 떠 있는 듯했다. 호사가들은 둥그런 기둥이 천정에 둘려 있는 걸 달 동자라 불렀다. 그건 천정에 달이 떴다는 뜻이었다. 천정의 빈 곳엔 오색으로 단청해 산뜻하면서도 기품이 서렸다. 별당 마루는 일백여 명이 앉게끔 넓어 선비들과 유학생들이 강학하던 학문의 장이었다. 수해가 지면 수재민들의 피난처이기도 했다.

중층누각 대문 곁에 우뚝 선 회화나무는 그 저택의 학자수라고 널리 알려졌다. 선비들이 과거 보러 갈 땐 합격을 기원했다.

과거에 급제해 금의환향하면 청홍 비단 끈을 그 나뭇가지에 걸어 둬 감사의 예를 올린대서 그리 불리었다. 그 나무를 향해 비손하면 소원이 이뤄진대서 그 고장의 신목으로 알려졌다.

노을이 강물에 잠기자, 어둠 밝힌 빛살 고운 얼굴이 두둥실 떠올랐다.

"보름달이 떴어."

경의 환영사와 희의 뜀박질이 누마루를 울렸다. 마침내 보름달은 강물을 퍼 올린 두레박이 되어 달나라 옥토끼에게 먹을 감기듯 훤히 비쳤다.

2

아흔아홉 대저택이 영남산 동쪽 자락에 둥지 튼 건, 조선 중기였다.

이고의 조부 이증은 진사시에 합격해 영산 현감으로 재직하며 선정을 베풀었다. 하지만 수양대군이 단종을 내몰고 왕으로 등극하자, 가해자들과 피해자들의 처절한 사투에 환멸을 느껴 관직에서 물러났다. 그즈음 이증은 장인 장례를 치르기 위해 안동에 왔다. 그는 산자수려한 경치에 사로잡혀 남문 밖 운흥리에 거처를 마련했다. 더욱이 경상도 관찰사에 봉직했던 장인의 유산이 무남독녀에게 안겨줘, 그 사위가 안동에 정착한 연유이기도 했다.

이증은 안동지방의 세력가문 선비들 열두 명과 더불어 우향계 友鄕稧를 조직했다. 어른을 공경하고 이웃끼리 화목하며 허물을 바로잡아 다툼을 피하고, 그 고장을 정화하는 데 앞장섰다.

그 소문을 듣고 서거정은 그들 덕업을 칭송한 글로 우향계를 기렸다. 서거정은 이증의 지기였다.

'우리 동방 어진 사람 사는 군자의 나라, 풍속이 가장 아름답기로는 안동을 일컫더라. 책 읽고 조상 모신 여기가 곧 공맹의 고향, 집집마다 근검함은 태평세월 이름이라…….'

이증은 대가족이 살기엔 집이 너무 비좁아 저택을 짓기 위해 애썼다. 그러나 뜻을 이루지 못하고 노환으로 숨졌다. 한성에서 형조좌랑에 봉직하던 이명도 부친의 유언에 따라 관직에서 물러났다. 그런 연유는 그들 집안의 대들보였던 조카 주가 김종직 문하생이라 하여 무호사화 때 화를 당했다. 더구나 연산군이 폐비 윤씨를 장헌왕후로 추존하려던 걸 반대해, 다시 혹독한 고문을 받고 숨졌다. 그 사건으로 이명과 형들, 아우들도 귀양 가서 곤욕을 치렀다. 그들 부친은 더 이상 관직에 머물지 말고 귀향해 전원 생활 즐기며 학문에 전념하라는 유언을 남겼다.

이명은 저택을 짓기 위해 산수 좋은 곳을 찾아 다녔지만 합당한 곳이 없었다. 이미 안동김씨, 안동권씨, 의성김씨, 진성이씨, 하회류씨 종가들이 차지해 텃세를 누렸다.

그런 어느 날, 목수가 찾아왔다.

"택지를 구하신다고요?"

도반은 안동의 여러 종가를 지은 도편수 제자였다. 그 종가들을 지을 때 스승의 후계자로 기반을 다져 온 터였다. 스승이 나이 많아 숨지자, 도반은 이제나저제나 도편수가 되기를 기다렸다.

"그렇소. 하도 명문가들이 텃세 누려 집 지을 마땅한 장소가 없구려."

"제가 길지로 점찍은 곳을 안내하겠습니다."

도반이 이명을 영남산 동쪽 자락으로 이끌었다. 영남산 앞으로 낙동강이 흐르고 그 건너엔 야트막한 산이 있어 풍광이 수려했지만, 주택지는 아니었다.

"산세가 급경사인데 어떻게 집을 짓겠소?"

이명의 낯빛이 흐렸다.

"산자락을 그대로 살려 지으면 됩니다."

"정자나 소가는 몰라도 저택을 짓기엔 바위가 많은데."

"흙은 살이며 물은 피, 나무는 모발, 돌은 뼈가 된다는 선인들의 말씀도 있잖습니까. 바위가 없으면 뼈가 없는 것처럼 그 땅이 바로 서지 못하는 겝니다. 흙은 부드럽고 낙동강은 천혜의 요지입죠. 나무들은 무성하고 바위가 튼실하니, 안동의 어느 명가 못잖은 저택을 짓기에 알맞은 곳입니다."

도반은 미리 준비한 저택 약도를 보여주었다. 영남산 남서쪽에 안채와 정침, 중앙은 별당, 동쪽은 연못, 동북쪽에 사당, 안채 앞엔 안 행랑채와 바깥 행랑채, 그밖에도 마구간, 고방들도 설계된 것이다.

이명은 쾌히 승낙했다. 그러면서도 도반의 직업에 대한 품성을 알고 싶었다.

"집 짓는데 기본 요소는 무엇이오?"

"보금자리는 물과 바람 소리, 나무와 흙냄새가 풍겨야 하고요. 비어 보이면 허술하고 꽉 차 보이면 교만해 보이니, 겸양의 미도 우러나와야지요. 그건 저택일수록 지녀야 할 덕목인 줄 믿습니다."

"지당한 말씀. 사람에게도 겸양은 꼭 지녀야 할 덕목일 테니."

"또 하나, 집도 사람처럼 생명체를 지녔습죠. 사람의 입김과 땀방울이 집을 윤택케 하고 끈기를 제공해 주는 거잖습니까."

빈집이 잘 허물어지는 게 그런 연유입니다. 집과 사람은 불가불 동고동락의 예라 할까요. 잘생긴 사람이 인물값을 하는 거와 같이 집도 인물값을 해야만 그 집이 돋보이는 거지요. 명당 땅김이 땅땅 울린다면 저택을 드나들던 사람들의 발걸음도 땅땅 울려야만 부를 누린 겝니다.

"물론이오. 대가족이라고 집만 덩그러면 뭐 합니까. 별당은 강학당으로도 사용함이 좋겠군. 영남 학자들과 선비들이 모여 학문을 배우고 연구하는 장이 되기 위해선 그분들이 유하실 장소도 필요하겠지."

"더 보탠다면 약수터엔 약수가 철철 넘쳐흘러, 배산임수의 길지입죠."

"부디 후대 손들에게 길이 물려줄 집을 지어 주시오."

이명은 저택을 지을 준비를 서둘렀다.

3

가을이 깊어가자, 영남산의 나뭇잎들이 떨어져 휘날렸다. 청맹과니들도 부엉이의 눈총에 겨워 땅속으로 숨어들었다.

　작은 안채 헛간에는 사내종들이 쌓아둔 짚단을 헐어 새끼를 꼬았다. 큰 안채 헛간에는 장작들이 쌓였다. 그 옆에는 여종들이 감나무 밭에서 감을 따온 걸 장독 안에 놓아두었다.

　그즈음, 한성조씨가 숨졌다. 병명은 노채癆瘵(폐결핵)였다. 조씨는 음전하면서도 예발랐다. 층층시하에 삼촌과 사촌들, 시부모 슬하의 형제들이 한집안에서 살아도 서로 화목하는데 기여했다. 경은 늦둥이로 부모가 애지중지 길러 그때까지도 젖을 떼지 못했다. 이고는 아내 젖에 소태 삶은 물로 적셔 아이에게 젖을 물려 젖을 떼게 했다.

　아내 장례를 치르고 난 뒤였다. 이고는 처당숙이 구해 온 청상과부를 경의 유모로 거둬들였다. 유모가 젖을 물리면 경은 더욱 앙앙거렸다. 이고는 환쟁이에게 아내 초상화를 그리게 했다. 유모는 그 초상화를 얼굴에 가리고 경에게 젖을 물렸다. 그제야 경의 칭얼거림이 멈췄다.

　아내를 여읜 지 이태 지나, 이고는 새장가 들었다. 후처 김씨는 야무지면서도 알뜰했다. 살림을 잘 꾸리고 전처 여식에게도 예의범절을 가르치며 훈도했다.

　김씨는 영천에서 채소를 씻는 아낙에게 명했다.

　"소들내, 경을 불러오게나."

　감나무 밭에서 뛰놀던 경은 유모의 귀띔을 받고 안채 안방으로 향했다. 그곳은 우물 태실 옆방이었다. 경이 안방 안으로 들어서자, 김씨가 읽던 서책을 덮고 전처 딸을 바라보았다.

"천자문에 나온 '한래서왕 추수동장寒來暑往 秋收冬藏'은 무얼 뜻하지?"

계모의 질문이 무얼 바라는지 알고도 경은 넘겨짚었다.

"일엽락천하지추一葉落天下知秋, 떨어진 잎사귀 하나에도 세상은 이미 가을임을 느낀다는 뜻인 줄 아옵니다."

김씨는 말문이 막혔다. 경은 사서삼경을 배우는 중이었다. 그 정도의 실력을 갖추지 못한 김씨는 일곱 살배기 전처 딸에게 휘말려선 안 된다는 각오를 다졌다. 임청각 주인의 자부들은 웬만큼 학문 실력이 갖춰지지 않으면 열흘에 두어 번 훈장을 초청해 글을 배우는 게 전통으로 이어져 왔다. 김씨도 그에 속했다.

"너도 알다시피, 그 뜻풀이는 바람이 차가운 늦가을은 겨울맞이에 앞서 거둬들이기에 바쁘다 이지. 거기에 나온 수收는?"

이번엔 엇박자 놓을 상황이 아니었다. 경은 재빠르게 풀었다.

"결실을 거두기 위해선 필요 없는 것들을 쳐내야 한다는 뜻입니다."

방안은 군불을 알맞게 지펴 훈훈했다. 옻칠한 괴목장과 백동장식 나비 삼층장, 빨간 보료 위에 앉은 계모 뒤엔 화조도 열두 폭 병풍이 놓였다. 그건 생모가 살아생전의 방안 풍경과 다름 아닐 것이다. 경은 계모가 그 자리를 차지한 게 거슬러 꼿꼿한 자세로 시선을 아래로 내렸다.

"나는 누구 어머닌가?"

계모가 따졌다. 전처 딸은 냉랭히 답했다.

"희의 모친인 줄 아옵니다."

어른에게 예를 올릴 땐 조심조심하면서도 실수를 범하지 않았다. 하인들을 대할 땐 품위와 아량을 절절히 분별했다. 예의범절을 가르칠 땐 고분고분 따랐다. 그런데도 김씨는 경이 자신을 어머니라 부르지 않는 데 대한 의분이 솟구쳤다. 이제나 그제나 기다려도 그 버릇은 여전했다. 김씨는 하인들 보기에도 민망해 참을 수 없는 모욕이라 여겼다.

"누구 어머니는 아니고?"

경은 시선을 아래로 내리고 묵언으로 맞섰다.

"정은 뗄 순 없는 거라 친모에 대한 연민을 그대로 간직하는 게 나쁠 린 없지. 허나 사람 도리에 어긋남은 양반 가문의 수치란 걸 잊어선 안 돼."

김씨가 타일렀다.

소들내는 손끝이 매워 바느질을 잘하고 음식 솜씨도 빼어났다. 유모의 가르침에 힘입어 경은 가위질과 바늘에 실 꿰기를 익혔다. 조모와 부친, 자신의 버선본 뜨는 것도 옷고름과 동전 꿰매기도 연습했다.

그 저택 중간 안채 안방은 노마님의 보금자리였다. 작은 안채는 얼마 전 노마님의 지시로 제금 나간 여섯째아들 이굉 부자 부부가 들어 와서 살림을 꾸렸다. 이굉도 사마시에 합격해 예빈시 별제에 임용되었지만 사직하고 귀향했다.

찬방은 안채 부엌방으로 부산스러웠다. 침방은 중간 안채 건넌방의 옆방이라 조용했다. 찬모는 수다쟁이어서 침모에게 자주 퇴박 당했다. 언젠가 중풍으로 수족 못 쓴 나이든 종에게 찬모가 흉을 보았다.

"소댕 뚜껑 하나 제대로 못 맞춰 밥이 뜸 못 들여지니 낭패라."

"자네 입이 싸서 큰일이구먼. 병이 나면 항우장사도 못 당하니 입 좀 다물게나."

침모는 존존해 사리 분별 따지는 덴 어느 여종들도 당하지 못했다. 찬모는 침모 따위야 싶어 한껏 아래로 내려 보았다. 아비는 고기잡이배에서 실어온 생선들을 몰아서 떠넘긴 거간꾼이었다. 중인의 딸인 게 찬모가 그 저택 여종들 앞에서 기를 펴는 밑거름이었다.

"객식구들이 많은 이 저택에서 하루 두 끼 밥 차린 게 쉬운 줄 아슈?"

흔히 조석이라면 아침과 저녁을 이름이었다. 백성들은 하루 두 끼를 먹었다. 낮에 먹는 식사를 낮밥이라 불렀다. 낮밥은 귀빈을 대접한다든지 특별한 경우에 먹는 영양식이었다.

"누군 손재며 입에 풀칠하는 게냐?"

침모 아비는 돈냥을 세도가에게 바쳐 양반이 되었다. 어미도 첩이라 찬모 앞에서 고개 들 처지는 아니었다.

얼마 전, 침모와 소들내가 한바탕 소란을 피웠다. 침모는 바느질은 나 외엔 당할 자 없노라고 턱을 높여도, 소들내에겐 못 미친 게 화근이었다. 소들내가 더욱 기예를 발휘한 건 자수였다. 침모는 경에게 바느질과 자수도 가르치고 싶었지만 소들내가 그 역을 담당해 부아가 치밀었다.

"누군 얼마나 잘났기에 작은 아씨에게 스승 노릇하는고?"

"제가 잘 나서 그런 게 아니잖우. 손끝이 좀 매워 그러니더."

소들내는 대여섯 살 나이 많은 침모를 예우했다.

"자네나 내나 무엇이 잘나서 그런 게 아니제. 난 손이 당상관이라 서슬 퍼런 임청각 침모가 되었은께. 자넨 젖먹이를 잃어 젖통이 퉁퉁 부어, 작은 아씨 유모가 안 되었는갑네."

사리로 따진다면 침모의 말이 타당했다. 하지만 소들내가 그냥 흘러버리지 못한 게 탈이었다.

"이봐요. 내가 지지리도 못나고 팔자 사나워 아씨를 만나 횡재했단 말입니껴?"

"이 험악한 세상에 그만한 호강이 어딨노? 팔자가 엿가락처럼 늘어진 게지."

딸을 여윈 것도 분통 터질 일이었다. 소들내는 화가 턱에 닿았다. 그렇긴 해도 나이 많은 침모에게 고함칠 정도로 소들내의 인품이 막 돼 먹진 못했다. 그럴 땐 창을 부름으로 화도 풀고 위기도 면했다. 목청이 좋아 부모 몰래 소리꾼에게 창을 배운 게 갑갑증과 화를 잠재운 묘약이었다.

"나의 아버님은요, 양반이로되 누구처럼 되먹지 못한 양반은 아입니더. 어머님도 누구처럼 첩이 아니고 정실부인이란 것쯤은 알아 모시라고예."

소들내의 창을 듣고 여종들이 몰려들었다.

소들내 어미는 소씨 첩이었다. 본부인이 죽자, 정실부인이 되었다. 소씨 부인의 병 구환을 잘하고 전처 핏줄을 잘 키운 공로를 인정받아서였다.

"반첩녀 딸이라고 되게 폼 재네. 정실로 대접받는다고 첩 노릇을 한 게 어디로 도망간대?"

침모도 화를 잠재우지 못했다.

"반첩녀? 그러면 온첩녀도 있어야 하잖소. 미안하지만 '온'은 품행 단정하고 덕행을 끼친 분에게 저절로 붙는 찹쌀 궁합 아닌갑네. 예를 들면 돈냥이 따라붙은 '깜부기 양반'이 아니고, '온전한 양반'임을 가리키는 거니더."

침모에겐 첩년 딸이란 호칭만큼 성깔 돋우는 게 없었다. 더욱이 돈냥 바치고 산 깜부기 양반이라니. 소들내의 창을 듣고 여종들이 깔깔거렸다. 침모는 더 말씨름했다간 무슨 수모를 당할지 몰랐다. 내친김에 소들내의 뺨을 후려쳤다. 소들내도 침모의 머리카락을 움켜잡았다. 때맞춰 지나치던 노마님의 호통으로 다툼질이 멈췄다.

4

길손을 태운 배가 임청각 저택 앞 나루터에 멈췄다. 수양버들 아래 강태공들이 찌에 걸린 잔챙이를 잡아 그물망에 넣었다. 빨래터에선 여인들의 방망이질이 한낮의 정적을 깨뜨렸다. 길손이 고개 드니, 고성이씨 종가의 위용이 저택 기왓장마다 푸른 기운으로 감돌았다.

나루터에서 기다리던 이고가 벗을 영접했다.

"퇴계 선생이 웬일이오?"

"못 올 곳을 왔습니까. 무릉정?"

그들은 서당지기였다. 청운을 품고 학문을 길쌈해, 나란히 진사시험에 합격했다. 덕분에 이고는 청풍군수를 지냈다. 이황도 성균관에서 근무했다. 하지만 얼마 전 귀향해 낙동강 하류 토계 양진암養眞庵에서 명상과 구도에 몸을 달궜다.

이고는 군자정 마루에서 벗과 낮밥을 들었다. 요리는 방짜 놋그릇에 담긴 신선로와 수수 찰밥이었다. 해물파전과 석간수로 담은 삼삼히 익은 물김치도 허기진 손님의 기를 북돋웠다. 반주는 국화주였다. 찹쌀에 국화와 생지황, 구기자근피, 누룩을 원료로 하여 한번 담금으로 발효시켜 여과한 것이다. 예부터 국화는 성스러운 영초로 대접받았다. 따라서 장수를 누린다고 선비들이 즐겨 마신 술이었다. 귀빈을 접대한 상은 통영반이었다. 당초와 나비 투각대가 다리를 감아 판을 받혔다. 다리는 수직이고 바닥엔 족통으로 마무리한 것이다. 이음이 단정하고 길이가 높은, 왕족이나 사대부 집안에서 사용하던 고품격 상이었다.

누마루에 딸린 남동 북의 판장문들이 활짝 열려 한결 시원했다. 별당 동쪽 연못에는 백련과 홍련이 봉오리를 틔웠다.

"벗은 길손을 부르고 길손은 연을 노래하네."

이황의 입에선 시가 새어 나왔다.

"연은 정을 부르고 정이 있는 곳엔 차가 있네."

이고가 화답하자, 몸종을 거느린 소녀가 다가왔다. 소녀는 가붓이 고개 숙이며 손님에게 차를 따라 올렸다.

"연잎차라?"

"저 연못 연잎을 따서 말려 끓인 거니더."

목소리도 나긋해, 연향과 더불어 이황의 가슴을 데웠다.

"명품 요리에 명주, 특품 차니, 나의 명줄이 십 년은 더 보태질 것 같으이."

소녀는 머릿결이 청청하고 반반한 이마엔 윤기가 흘렀다. 눈동자에 어린 초롱초롱한 정기는 무지갯빛으로 아롱졌다. 입술은 붉게 빛나고 새하얀 낯빛은 부드러움을 더했다. 이황의 입에선 저절로 시가 흘러나왔다.

"달 미인이로다. 월하미인은 얼굴에 달빛 분을 발라 미인으로 대접받지만, 달 미인은 달을 닮아 귀인으로 예우받는 거거든."

"그런 품격 높은 시가 나의 딸내미에겐 당치나 하겠는가."

이고의 감탄이 터졌다.

이황이 넌지시 물었다.

"이 저택 당호를 임청각이라 부르잖은가. 어느 고사에서 따 온 글인고?"

"도연명 선생의 귀거래사에, '등동고이서소 임청유이부시 登東皐以舒嘯 臨淸流而賦詩' 동쪽 언덕에 올라 길게 휘파람 불고 맑은 시냇가에서 시를 읊조린다의 임청臨淸을 따 온 거니더."

"과연 그렇군. 저 족자의 그림은 누가 그렸으며, 그 옆의 족자에 쓴 시는 누가 지었는고?"

군자정의 북쪽 벽에 걸린 두 족자를 이황이 손짓했다. 경의 눈동자에 그 두 족자가 떴다. 더불어 이마에 그림과 글씨가 돋을새김으로 두드러졌다.

"그림은 저희 윗대 행촌 어르신이 그린 묵죽입니다. 그 옆은 목은 선생님께서 지은 시입니다."

행촌의 마음이 대 속처럼 비었거니
맑고 깨끗함과 단정 장엄함이 두루 넉넉하네.
대나무는 맑은 창을 향해 마주 보는데
청풍은 누구라도 그리 그리는 게 아니리니.

낭랑한 울림이 바람결을 타고 강물에까지 젖어 드는 듯했다. 맏딸을 지켜보던 이고의 낯빛이 환했다. 그 시는 이색이 묵죽 그림을 보고 시를 지어 쓴 걸 이암에게 선물했다. 그걸 이증이 가보로 여겨 포구해 둔 게 대물림된 것이다. 경은 그 묵죽화를 본떠 그리고 목은의 시도 썼다. 이고는 그걸 보고 '과연 행촌공의 후손이로다' 하며 맏딸의 재능을 북돋웠다.

"아무렴. 글씨도 잘 쓰셔서 조맹부와 어깨를 겨룬다는 평도 들으셨지. 행촌 어르신에 대해 아는 바를 들려주련?"

"고려 충정왕 때 시중을 지내신 분입니다. 어르신이 원나라에 가셨을 때 『농상집요農桑輯要』를 가져 오셨지요. 그건 농사를 어떻게 하면 잘 짓느냐를 밝힌 귀중한 저서입니다. 공민왕 땐 춘천으로 가셔서 농사도 지으셨고요."

그 저서를 조선 태종 때에 이두로 번역했다. 세종 때는 신하들이 그걸 표준 참고서로 삼아 간추려서 『농사직설農事直設』을 간행했다. 그리하여 팔도강산에 보급해 권농을 장려함으로 태평성

세의 기틀을 마련했던 내용도 곁들였다.

"그렇지, 그렇고말고."

이황의 박장대소가 튀어나왔다.

"홍건적 난 땐 개경이 함락되자, 어르신이 공민왕과 노국공주를 모시고 안동까지 오셔서 위기를 면했습니다."

공민왕은 홍건적 침입을 대비하기 위해 춘천에서 농사짓는 이암을 불러 시중으로 삼았다. 이암은 공민왕께 건의해 아들 이강을 경상도 안렴사로 보냈다. 전운이 감돌아 미리 피난 장소를 예비하기 위해서였다. 공민왕은 경기도와 충청도를 지날 땐 홍건적의 침입으로 관리들과 백성들이 도망쳐 밥을 굶을 정도로 고생했다. 경상도 관할에 들어와선 관리들과 군졸들, 백성들의 환영을 받으며 안동에 당도했다. 공민왕 일행이 예천과 풍산을 거쳐 소야천에 이르렀을 때였다. 그 마을 여인들이 허리를 굽혀 노국공주가 여인들의 등을 밟고 소야천을 건넌 사례도 덧붙였다.

이증은 부친에게 조부의 충정어린 내력을 듣고 안동이 살만한 곳이구나 여겼다. 그리하여 안동에 정착해 고성이씨 입향시조入鄕始祖로 자리를 굳혔다.

초강초강한 소녀의 모습이 이황의 마음을 움직였다.

"융숭한 대접을 받은 것도 어딘데, 멋진 시구에 이 몸이 날아갈 듯하이. 예까지 왔는데 그냥 갈 순 없잖은가."

경은 연상 위에 벼루와 먹과 한지를 대령했다. 귀빈은 행서체를 써서 이고에게 건넸다.

"臨淸閣."

연이어 주인의 감탄이 터졌다.

"천하 명필을 얻으니, 보름달처럼 임청각이 두둥실 떠올라 강물에 멱을 감은 듯하네."

경과 몸종이 물러나자, 이황이 벽에 몸을 기댔다.

"여식이 재색 겸비해 왕후장상 감이래도 나무랄 데 없군. 열 살인데, 신랑감을 구해 봄직 하잖은가?"

"무슨 과찬의 말씀을."

"임청각 아드님이 어떤 분이시오. 부를 누린데다 학문은 우리 안동에서 둘째가라면 서러운 학자이잖소. 여식의 혼담이 세상에 알려지면 산지사방에 중매쟁이들의 발길이 닳고도 닳을 텐데."

"어디 괜찮은 신랑감이라도?"

"소생의 문하에 인재는 많지만 거의 혼인해 가정을 이루었지. 아, 참. 대구서씨 문중의 해嶰라는 소년이 있네."

"그 참 반갑기 그지없군."

"예조참의에 봉직 중인 서고徐固의 자제일세. 모친은 순흥안씨로 안향 선생의 후손이고. 배움엔 열성이고 행동도 올발라 충절은 포은 선생이요, 학문도 조광조 선생에 비길 만한 재학才學이 될 것임을 믿어 의심치 않아."

서고는 이황을 성균관에서 만나 서로 인사를 나눴다. 사귐이 깊어질수록 퇴계의 인품과 드높은 학문에 매료돼 아들의 스승으로 삼았다.

"너무 과분한 상대라 내 딸래미와 짝이 되겠나."

"사서삼경도 뗀다니 해의 신붓감으론 최고 아닌가. 청빈을 지조로 삼는 집안이라 생활에 어려움을 겪는다네. 신부 쪽에서 도움 준다면 조선의 대석학이 되고도 남을 걸세."

"좀 더 기다려 보게나."

백련에 입 맞추던 고추잠자리들이 바람을 타고 연못 위로 날아다녔다.

"그나저나 소생의 진성이가나 무금정의 고성이씨 등, 이씨 성을 지닌 여식들은 조선 왕비가 될 수 없다고 어명이 내려졌으니, 참 애석한 일 아니오."

세종이 세자빈으로 이원의 딸을 지목하자, 신하들의 반대에 부딪혔다. 왕이 이씨인데 왕비마저도 이씨인 건 불가하다고. 그렇지 않아도 명나라 사신들이 우리 조선을 소국이라고 얕본다. 조선에는 왕도 이씨고 왕비마저 이씨라고 홀대하면 체면이 구기는 짓이라고. 그리하여 세종이 특명을 내렸다. 얼마 뒤, 세종은 이원의 손녀를 양녕대군 며느리로 주선했다. 그 손녀가 품행 단정하고 내조를 잘해 그 특명 내린 걸 후회했다. 문종의 왕비 봉씨가 궁녀와 동침한 사건이 일어나서 더욱 그랬다.

"단양군수로 발령 받았다던데?"

"백년대계를 꿈꾸고 초야에 묻혀 몸과 마음을 갈음하던 분들이 좀 많은가. 구도 생활 이태를 넘겨도 무엇 하나 깨닫지 못해 허허로웠지. 아직도 욕심을 버리지 못해서인지. 암튼 그 임직을 맡으려니 자문도 할 겸 왔다네."

"내가 뭘 알겠나. 구도가 길이요 생명이거늘. 그만큼 암자에서 지냈다면 퇴계의 지식과 지혜로도 민생 구제는 충분하이."

다람쥐가 연못 주위를 맴돌더니, 까치 무리의 날갯짓에 화다닥 뛰어 올랐다.

"무금정은? 민심을 잘 파악하고 관리들에게 힘을 실어 주어 안동 땅덩어리가 훤해졌다던데."

"하도 주위에서 안동좌수가 되어 향리 발전에 기여하길 바란다고 하니, 등 떠밀려 그 직을 수락했다네. 허나 마음고생이 보통 아닐세."

좌수는 인선으로 추대된 직책이었다. 그 지역 관리들을 돕고 사회 정화와 민심을 다독이는, 영향력을 끼치는 자리였다.

"학문을 깊게 파고들고 후학들을 양성하는 일에만 전념하고 싶었는데. 소생과 문하생들이 밥 굶지 않게끔 양식을 보내 주니 얼마나 고마웠던지."

이고는 쌀과 보리를 하인들에게 명해 양진암으로 보냈다.

"거야 당연한 게 아니겠나. 하늘이 내린 양식을 독식한다면 선비의 도가 아니잖은가. 벗이 제자들을 양육하는데 보탬 되었다니 내겐 얼마나 보람된 일이었던지."

"이젠 뱃놀이 가서 시를 읊조려 봄세."

그들은 나루터로 가서 배에 올랐다.

작년 가을, 이고는 청풍군수로 근무할 때 서고를 만나 환담을 나눴다. 청풍은 충청도 제천부에 속했다. 그러니 충주목사로 근무 중인 서고가 인사차 들은 의례적인 방문이었다. 겉으론 지방을 순찰하며 민정을 파악하기 위한 구실이었다. 실은 해의 신붓감을 구하기 위해서였다. 서고는 해가 아직 이른 나이인데도 혼사를 서두르고 싶었다. 아내가 몸져누웠다. 자신도 육순에 이른 허약한 체질이라 언제 숨질지도 몰랐다. 그즈음 안동 소호리에 살던 친척이 충주목사관에 들렸다. 서임수는 안동 임청각 이명의 손녀가 재색 겸비한 규수니 연줄을 대보자 권했다. 그도 이고의 서당지기였다.

지난 유월, 청풍군에는 백일 지난 아기를 두 여인이 서로 내 아들이라고 주장한 사건이 일어났다. 두 여인은 남편을 잃고 청풍 관아에 수용된 떠돌이들이었다. 재판 과정에서 군수는 맏딸의 귀뜸대로 두 여인에게 아기를 품에 안고 젖을 먹여 보라고 명했다. 두 여인이 차례로 젖꼭지를 들이대고 아기에게 젖을 물렸다. 아기는 한 여인은 밀쳐내고 다른 여인의 젖을 빨았다. 이고는 아기에게 생모를 안겨 주었다. 그리하여 청풍군수는 딸내미의 영특함을 귀히 여겨 어려운 문제에 부딪히면 묻곤 했다.

서고는 그 소문을 듣고, 그만한 가문에 그만한 지혜를 지녔다면 해의 신붓감으론 안성맞춤이라 여겼다. 중매쟁이들이 해의 신붓감을 소개했지만, 지혜가 부족해 보여 거절해 오던 터였다.

이고가 먼저 서고의 손목을 잡았다.

"친히 방문해 주시니 이 아닌 즐거움인지요."

"명성을 익히 들어 뵈옵기를 소망했습니다."

두 명유인사는 즐거움과 소망을 내세워 친애를 다졌다.

"신랑감은 서거정 선생의 현손이요, 신붓감의 증조부는 자겸 선생 아닌가. 양가가 사돈 맺는다면 그분들이 저 세상에서도 얼마나 기뻐하시겠나."

　서거정과 이증이 생전에 우애 깊었던 것도 두 후손의 연분을
예비한 인연이라고, 서임수가 턱을 높였다.

　이고는 해를 보자, 첫눈에 나도 저런 아들을 두었다면 좀 좋을
까 싶을 정도로 정이 갔다. 이마는 반듯하고 눈은 총기가 총총 맺
힌, 용모 단정한 소년이었다. 경보다 두 살 많은데도 열 살은 더
들어 보일 정도로 행동도 의젓했다.

　이고는 소년의 사람 됨됨이를 알고 싶었다.

　"사람이 살아가는데 무엇이 근본이라 생각하느냐?"

　"효와 충인 줄 아룁니다. 부모님께 효를 다하고, 나라에 충성
하는 게 바로 어질 인의 지름길입니다."

　함축성이 담긴 내용이었다. 이고는 더욱 소년에게 마음이 당
겼다.

　"인으로 나아가는 길은?"

　"어떤 역경에 부딪혀도 좌우로 흔들림 없이 심지가 굳어야 하
옵니다."

　그렇고말고. 관료나 학자들이 이랬다저랬다 함으로 파벌이 생
기고 사육신 사건과 같은 대참사가 일어났거늘. 그런 오류를 안
범하기 위해 나의 조부님과 아버님도 안동에 정착한 연유니라.

　이고는 속으로 되뇌었다.

　"시문에 능한 건 학자들이 지녀야 할 덕목 아닌가. 글씨도 그
러거늘. 이 자리에서 마음에 합당한 글을 써 보겠느냐?"

　이고의 눈짓에 따라 아전이 연상을 가져왔다. 해는 큰 붓을 들

고 글씨를 썼다.

丈夫一言 心志一貫

　고체로 쓴 글씨인데도 오랫동안 다져진 완숙한 붓놀림이었다. 붓글씨는 감성과 힘으로 인간 본연의 모습을 드러내는 것이다. 이고는 이만하면 경의 짝으론 특등 신랑감이라 여겼다.
　"요즈음 무슨 학문에 심취하는고?"
　"성리학이옵니다."
　충주목사 아들이 성리학의 귀재이며 학계에서도 이름이 알려졌다는 사실을, 이고는 입소문으로 들었다.
　"그에 대한 견해는?"
　"성리학은 세 가지로 분류합니다. 이기론, 심성론, 수양론입니다. 그중에서 소자는 수양론의 양심을 보존하고 본성을 함양하는, 그 명제를 향한 연구를 하고자 하옵니다."
　명쾌한 소신이요, 해답이었다.
　"하룻밤 쉬어 가시지요."
　이고가 서고에게 주인다운 품위를 들렸다. 반승낙과 다름없음을 터득하고 서임수가 강짜 놓았다.
　"오늘 밤이 시월상달 아닌가. 달빛이 유난이 밝을 터인즉 천지조화가 무궁할 거네."

　시월상달이 온 누리에 비쳤다. 하늘바라기 하던 경의 눈동자에도 둥글게 떠올랐다. 달나라엔 옥토끼가 방아를 찧는다던데. 조선 팔도강산을 품기도 하고. 중국과 일본도, 세계를 껴안은 것 같잖아. 한성은 어디쯤일까. 경은 가보지 못한 한성을 그리더니, 아냐, 청풍은 어디지. 그러면서 경은 자신의 눈동자에 또 다른 시월상달이 뜬 걸 감지했다. 눈을 감아 다시 떠도 희뿌연 줄무늬로 드러난 시월상달은 마침내 또렷이 경의 눈동자에 박혔다.

"뉘시온지?"

경은 숨을 골랐다. 한성 도령님이구나. 금세 시월상달을 우러르며 한성을 떠올린 것도 그가 기억나서였다. 서고 부자에게 차를 대접하기 위해 몸종 동이가 찻상을 들고 갔을 때였다. 경은 동헌 마루 옆방으로 가서 문 틈새로 그 광경을 엿봤다. 해의 당당한 모습이 소녀의 마음을 달궜다.

경은 모른 척 시월상달을 우러렀다.

"낭자는 뉘신지?"

꽃분홍 치마에 연초록 삼회장저고리를 입은 낭자의 아리따운 모습도 해의 눈동자에 박혔다. 그들이 마주 선 동헌 앞 연못에도 시월상달이 떴다. 연못 곁에는 감나무에 열린 감이 달빛을 받으며 주황 등마다 불을 밝힌 듯했다.

"찬 서리 내렸는데, 먹음직하므로 하나 따도 되겠소?"

안 돼. 낭자가 주황 등을 따기 위해 손을 올린 해의 손목을 붙들었다. 거부반응보다 더 놀란 건 낭자가 한성 도령의 손목을 잡아서였다. 경은 얼른 잡은 손을 접었다.

"인심이 이다지도 야박해서야. 저 주렁주렁 달린 감 하나를 거저 주는 게 그리도 아깝소? 자연은 손님을 후히 대접하는 걸 최고의 덕목으로 여길 텐데."

한성 도령이 함박웃음을 터뜨렸다. 연분홍 바지저고리에 청색 마고자를 입고 머리엔 금박 입힌 청색 두건을 쓴, 단아한 차림새였다.

"어찌 감 하나를 아깝게 여기리까. 새들의 양식을 위해, 여기 동헌을 찾는 분들에게도 작은 위안을 안겨주기 위해, 누구도 감히 손댈 순 없는 거니더."

그런 예는 고성이씨 종가의 덕목 중 하나였다. 임청각 서북쪽의 감나무 중에서 한 그루는 손끝 하나 대지 않고 겨울나기 위한 새들의 비상 양식으로 놓아두었다. 군자정 앞의 감나무도 그랬다. 길손들에게도, 그 저택을 찾는 손님들에게도 그들의 가슴에 모닥불처럼 주황 등이 불을 밝히곤 했다.

"새들은 식탐을 부리지 않아 두고두고 쪼아 먹기에, 그런 배려가 필요하겠구려."

한성 도령의 입김이 경의 얼굴에 싸하니 끼얹었다. 경은 확확 달아오른 얼굴을 양손으로 감싸며 뒤돌아섰다. 해의 가슴에도 꽃이 눈앞에서 화라락 피어올랐다. 자신도 모르게 양손이 허공을 향해 허우적거렸다.

경을 찾아 나선 소들내와 동이도 그들을 목격하곤 동헌 옆 벽에 몸을 숨겼다.

달빛 타고 까치가 날아와서 비상 양식을 쪼아 먹는 게 동헌 동쪽 담벼락에도 찍혔다. 해와 경도 나란히 서서 그 광경을 지켜보았다.

"까치가 얼마나 지혜로운지 독수리도 꼼짝 못한다오."

해의 목소리가 상쾌히 울렸다.

"그러게 말예요."

무엇이 그러니껴, 그런 물음을 기대했는데. 해는 곧장 수긍한 낭자에게 외경심이 일었다.

"어떻게 낭자가 그런 것까지?"

"저의 본가가 영남산 자락이니더. 까치와 독수리의 어울림을 볼 기회가 어렵진 않거든요."

눈바람이 휘몰아치던 섣달이었다. 닭들이 동사할까 봐 사내종들이 닭장을 작은 안채 헛간으로 옮겨놓았다. 뒤미처 채 옮기지 못한 빈 닭장 안으로 까치가 먼저, 독수리도 뒤에 숨어들었다. 한 둥지 안에서 두 놈이 사이좋게 어울렸다. 그 사실이 사내종들 사이에 떠돌았다. 경도 동이랑 그곳에 가서 살폈다. 까치가 독수리 발을 쪼며 귀찮게 굴어도 독수리가 가만히 있는 게 신기했다. 그 이유를 알기 위해 여러 날을 관찰한 결과 경은 결론을 내렸다. 텃세 심한 까치가 심심하기도, 추위를 이기기 위해선 독수리 날개 아래 숨어든 게 따스해 어리광을 부린다는 걸. 독수리도 천성적으로 사냥을 하지 않아 까치를 공격하지 않는다는 걸.

해도 양진암에서 그런 걸 목격했다.

시월상달은 점점 밝은 빛을 토했다. 경은 갈바람이 옷깃으로 스며들어 몸을 사렸다.

"옷고름이 떨어지려는데 좀 기워 주겠소? 내일 아침 일찍 한성으로 가야 하기에."

경은 비로소 고개를 돌렸다. 한성 도령과 눈이 마주쳤다. 키
는 크고 길쯤한 얼굴 윤곽이 시야에 잡혔다. 눈, 코, 입보다 먼
저 살아 움직인 게 성리학이란 학문이었다. 자신이 도무지 따르
지 못할.

경은 목을 움츠리며 치마 말에 매단 귀주머니 안의 바늘쌈을
꺼냈다.

5

안채와 행랑채의 부엌마다 여종들이 소를 고우거나 시루떡을
쪄냈다. 찬방에선 찬모와 계집종들의 도마질과 손놀림이 여느 날
과 달리 바삐 움직였다.

노마님은 권솔들의 하례를 받았다. 그 댁 친척들도 중간 안채
안방에서 대청마루에 이르기까지 모여들어 노마님을 향해 큰절
을 올렸다.

"자식들과 손주까지 먼저 보낸 내가 무슨 호강이랍시고 잔치
라니. 참 남세스럽구먼."

노마님의 팔자주름 골이 깊게 패었다. 장남과 장손주, 차남,
삼남도 숨지고, 넷째는 어릴 때 숨졌다.

"칠순 잔치를 그냥 넘기면 저희들이 집안 어르신들과 이웃들
에게 고개를 들 수 없을 겝니다."

이고가 더욱 허리를 조아렸다.

"목숨이란 순리대로 살아야 복을 누리는 게지."

노마님은 남평문씨로 증조부와 부친도 관리를 지낸 명문가의 딸이었다. 그런데도 기를 못 편 건 왕마님의 세도가 하도 당당해서였다.

이명의 부인 왕마님은 반반한 이마와 매운 눈동자, 오뚝한 콧날은 태가 나 보이면서도 위풍당당했다. 성품도 숭굴숭굴했다. 사대 대가족을 거느린 안방마님다운 품위와 반가의 가풍과 위아래를 절도 있게 모시고 다스린 데도 능했다. 당신은 여든여덟까지 수를 누렸다. 슬하의 아들들과 손주들도 벼슬길에 올랐다. 조손주와 조손녀들도 수두룩하므로 재복과 수복을 두루 갖춰, 복마님이란 호칭이 날개를 단 셈이었다.

문씨는 한동안 초계군수로 봉직하던 장남의 관사에서 지냈다. 식구는 많고 집은 비좁아 누울 자리가 불편해서였다. 안동으로 돌아온 건 왕마님이 세상을 뜬 뒤였다. 그런 불편을 덜기 위해 이명은 저택을 짓기로 결심을 다졌다. 문씨는 임청각을 지을 당시 대들보를 놓고 주춧돌 쌓던 걸 지켜본 산 증인이었다.

"조모님의 팔순 잔치는 안동이 떠들썩하게 지냈는데, 너무나 조촐해 송구하옵니다."

이굉도 송구스런 모습을 보였다.

"아니니라. 그 당시는 손님들을 모실 장소가 태부족이라 온 동네가 잔치마당이었지."

허나 지금은 여러분들을 모실 장소가 남아돌아도 너무 떠벌리는 걸 원치 않아. 뭔가 부족한 곳에선 채워질 감이 생기고, 꽉 찬 곳엔 새나갈 틈서리가 있던 게 인생살이 아니던가. 모름지기 재복은 얻긴 어려워도 쉽게 달아나므로 그걸 지키기가 쉽지 않은 법. 써야 할 땐 쌈지를 넉넉히 풀고, 절약할 땐 쌈지 끈을 매는 게 삶의 수칙이란 걸 알아야 하네.

노마님의 주의를 듣고, 일제히 화답하는 소리가 임청각 주위를 맴돌았다.

"그동안 장손 없는 집안을 꾸려 가느라 수고했네. 이젠 다시 제금 나갈 준비를 해야지."

"그러도록 하겠습니다."

이고가 선선히 응했다.

문씨의 입술이 오므려 들었다. 이고 후처가 또 여아를 낳아, 불혹 넘긴 다섯째 아들에게 후사가 없어서였다. 문씨는 아들 둔 이굉이 종통의 적임자임을 이미 집안사람들에게 알렸다.

이굉의 아들 이용은 용모가 준수하며 학문에도 통달했다. 그런 사실을 알고 경은 사촌 오라버니를 따랐다. 나이 많은 부친보다도 사촌 오라버니가 버팀목 같았다.

문씨는 관절염으로 허리를 바로 펴지 못하고 노환이 겹쳤다. 쓰러지기 전에 자식들에게 재산 분배할 시기임을 분명히 내비쳤다.

방 안의 분위기는 엄숙했다. 문씨가 슬하의 육형제에게 노비를 분배하기 위해 증인과 집필자를 초청해서였다. 집필자는 진사를 지낸 명유문사고 증인은 그의 유학 아들이었다. 그들 부자는 이고의 인척 영양남씨였다.

문씨는 근엄한 표정으로 한지에 쓴 글을 읽기 시작했다.

'우리 부부는 자식들에게 각자의 몫을 분배하지 못했다. 나의 몸이 나이가 들어 편치 못하다. 그러므로 생전에 너희들에게 노비들을 분배하기로 한다. 전라도의 노비들은 미처 명단을 파악하지 못해 기록도 아니 하고 몫도 나누지 못했다. 너희들이 평균 분집하도록 하여라. 또 함경도 노비들도 먼 곳이라 화명花名하지 못하니, 너희들이 알아서 취하도록 하라. 조상 제위는 노비 합 삼구, 합천 땅의 와가 한 좌, 전답 열셋 두락지를 계산해 주었으되, 장자 요 부자가 불의로 나보다 앞서 연이어 죽으니, 장증손 춘수長曾孫 椿壽가 어리석고 어려 제사를 주제하게 하였지만, 마음이 매우 측은하다. 그러므로 봉사조奉祀條 노비와 전답은 장자가長子家에서 집행 사용 경식하여라. 우리 부처의 신주는 말자末子 굉굉肱의 방에 그대로 두도록 하고. 나와 한곳에 거주하는 친자식 고股와 굉肱의 생전에 우리 부부 제사를 수행하되, 너희들이 죽은 뒤 춘수椿壽가 장성하거든 지내도록 하라. 사남 승이 장가를 가지 못한 이른 나이에 죽어 고혼이 의지할 데 없어 애련하기 그지없다. 가옹家翁 생시에 고股에게 신주를 부탁해 제사토록 했으므로, 그가 사용하도록 하라. 고노故奴 석수石守, 양처良妻 병산並産 소생, 노비 합 오 구를 그의 제사조祭祀條로 허급許給 후록後錄한다. 도허여문기都許與文記를 만들어 두되, 자식 가운데 만일 나의 원의를 돌보지 않고 쟁송을 행하거든 이 문기내의 일로써 고관告官하며, 그가 취득한 노비 삼분지 일을 빼앗아 분집할 일이다.'

문씨의 목소리는 위엄이 서렸다.

전라도 노비 운운은 문씨의 차남이 그곳에서 이암 소유의 토지 유산을 관리하며 지냈다. 함경도의 노비 운운은 이원 소유의 토지 유산을 그 후손들이 관리했다. 그러므로 임청각 주인의 자산이 엄청나고 노비가 많다는 걸 증명한 셈이었다.

"명을 받들겠습니다."

이고와 이굉이 한목소리로 아뢰었다.

남씨 부자가 밖으로 나가고 주위가 조용해졌다.

문씨는 경의 등을 감쌌다.

"대구서씨 자제와 혼담이 오고간다던데?"

경의 얼굴이 확 달아올라 꽃송이처럼 피었다. 왕마님을 빼닮은 손녀에게 더 보탤 게 있다면 당신의 강점인, 맺고 끊는 게 분명하고 야무졌다. 문씨는 손녀 중에서도 경을 제일 귀애했다. 그 안방 건넌방은 경의 보금자리였다.

"아직은 이른 나이라 좀 더 두고 봐야죠."

이고가 망설였다.

"그만하면 내 손서 감으론 나무랄 데 없다네. 혼인 서약은 확실히 해 두는 게 뒤탈이 없느니라."

문씨가 단호히 일렀다.

"명심하겠습니다."

다섯째 아들이 화답했다.

"복뎅이는 바로 우리 꽃담 아닌가."

조씨도 무남독녀였다. 친정의 만석 재산 절반을 그 딸이 물려받을 걸 알고 임청각 식솔들은 경을 복뎅이라 불렀다. 경의 외조부 조당도 안동 의성군 단촌면 부평리에서 만석 재산을 지닌 부자였다.

"저는요?"

희가 조모 품에 안겼다.

"꽃담은 타고난 복뎅이라 복이 넝쿨째로 굴러왔잖은가. 꽃님은 마음씨가 고와 복이 저절로 오는 거거든."

"전 할머님이 그저 좋은 걸 어떡해요."

경이 희를 밀쳐내고 조모 품에 안겼다.

노마님의 지시대로 당신 칠순 잔치는 들락거린 손님들에게 배불리 대접하고, 친인척과 이웃에겐 봉과를 푸짐하게 싸서 하인들이 집집마다 돌렸다.

경은 유모랑 마주 보고 앉았다. 먼저 소들내가 반짇고리에 담긴 바늘쌈을 들었다. 경은 반닫이 안에 든 비단을 꺼내 교자상 위에 펼쳤다. 수놓기 위해 밑그림이 그려진 남색 공단이었다.

"이제부터 쌍학흉배를 수놓는 거니더."

관복의 앞가슴과 등허리에 붙인 걸 보고 지위를 아는 게 흉배였다. 쌍학흉배는 조선 시대 문관 당상관이 옷에 달던 계급장이었다. 가운데 학 두 마리가 마주 보고 그 둘레 위엔 구름, 아래는 물결, 바위, 불로초가 그려진 공단이었다. 호랑이를 가운데 두고 불로초가 수놓인 단호흉배는 무관 당상관의 몫이었다. 왕비는 쌍봉흉배를 옷에 달았다. 쌍용은 곤룡포라 하여 왕의 가슴과 등, 양쪽 어깨에 달아 나라님의 위엄을 나타냈다.

바늘귀에 금사를 꿰며, 경이 의구심을 드렸다.

"유모는 누굴 연모해 봤어?"

"아가씨도 참, 별 걸 다 묻으시네."

소들내가 한숨을 푹 쉬었다.

"당장 고해바치지 않으면 관가로 이송하겠노라."

경이 부친 흉내를 냈다.

"고만 하이소. 간 떨어지겠니더."

소들내가 속내를 풀었다.

"친정 마을에 광대들이 와서 공연한 기라예. 장마철인데 친정 집 사랑채에서 묵고 지낸 사이 창을 기막히게 잘 부른 소리꾼에게 고만 홀딱 반했지예. 그이에게 창도 배우며 함께 도망치기로 했건만 아버님에게 들켜 도루묵이 되었니더."

"서로 사랑한다면 아버님의 반대가 무슨 소용이람. 도망치고 볼 일이지."

경의 목소리가 달떴다.

"잡히고 보니, 간 큰 짓을 했다 싶고 불안하기도 해 궁뎅이가 엿 고운 것처럼 붙어 옴짝달싹 못했지예."

"창을 부르면 속병이 확 풀린다던데, 정말 그래?"

"새 힘도 솟아나 무어든 하겠다는 자신감도 생깁니더."

"한성 도령님 말이야. 정승까지 오를까?"

경은 한성 도령이 정승 자리에 올라 그 쌍학흉배 단 관복 입은 모습을 상상하며 밑그림을 그렸다.

"아가씨가 누구 손녀이니껴? 내조 잘해 서씨 도령님을 당상관

자리에 올려놓으실 텐데, 토를 달면 서럽니다. 우리 아가씨는 그림도 귀신 곡하게 잘 그리시니, 학이 팔팔 살아 날아오를 듯 하군예."

아가씨와 한성 도령과의 혼담이 무르익기에, 소들내는 예단에 필요한 것들을 준비하도록 이끌었다.

소들내는 임청각 손녀 유모로 영입된 걸 복이라 여겼다. 총각이 만석군 조씨 집안 친척이라 하여 시집갔더니, 지아비는 술주정뱅이에 땡전 한 푼 안 남기고 객사했다. 태어난 지 이레도 못 돼 유복녀마저 숨졌다. 다행히 임청각 식솔이 되자, 밥 안 굶고 두 다리 쭉 뻗을 방도 있고, 하고픈 걸 하는 재미도 쏠쏠했다. 철따라 담는 과일주, 신선로와 수수 찰밥을 만드는 것도 신바람 난 일이었다. 애기 버선, 삼회장저고리, 귀주머니, 조각보 등을 만들 때 비단의 매끄러운 감촉도 그랬다. 떠돌이들에게 헌 옷을 헐어 자투리 천으로 옷을 만들어 내밀 때의 콧대 높은 허영심도 여염집에선 누릴 수 없던 봉이었다. 중국 상인들이 가져온 비단과 술병들, 그런 진귀품들을 구경하고 만져보던 것들도. 다른 무엇보다 경청하며 배우는 아가씨의 눈동자는 여읜 내 딸이 환생한 양 가슴 저미면서도 보람을 안겨주었다.

두어 달이 지나, 쌍학 두 쌍이 수놓아졌다. 한 쌍은 혼례식 때 신랑 예복에 달기 위해, 한 쌍은 한성 도령이 당상관에 오르면 관복에 달기 위해서였다.

"어쩌면 자수 솜씨도 뛰어난지, 쌍학이 한성으로 훠얼훨 날아갈 듯 하군예. 다음은 활옷을 수놓는 거니더."

소들내의 권유로 경은 반닫이 안에 든 비단 필을 꺼냈다.

첨벙첨벙, 정침마당 우물가에서 계집종이 두레박에 우물을 길어 물통에 부었다. 동이는 눈치 빠르고 붙임성이 좋았다. 계집종 중에서 일을 후딱후딱 해치우고 뒷마무리도 잘해 어른들의 신임을 받았다. 동이가 물통을 이고 군자정 앞마당으로 가서 돌확에 붓자, 지게에 지고 온 강물을 군자정 마당에 뿌리던 사내종이 일손을 멈췄다.

"조금만 기다려. 내가 방과 마루를 닦고 난 뒤 그 물로 걸레를 빨고 나서 일해도 늦지 않은께."

동이 부탁을 사금부리가 잘랐다.

"거미줄까지 닦고 나서 오만 때가 묻은 걸 마당에 뿌리믄 일한 본치도 없는 걸. 말짱 헛수고를 왜 하노?"

"아무리 마당에 먼지 안 나게 물 뿌리고 비질해도 신 신고 밟는 곳 아이가?"

그들이 말씨름하는데, 계집종이 중문을 열고 들어와 돌층계를 밟고 군자정 마루턱에 걸터앉았다.

"강에 가서 머리 감고 걸레를 방망이로 두들겨 빨고 나면 묵었던 속이 뻥 뚫리니 좀 좋노."

"고리도 늑장 부리면 한나절이 걸릴 텐데. 언제 아궁이에 불 때고 설거지 할 끼고?"

동이는 앞치마 주머니에 든 얼레빗을 꺼내, 얼금의 머리를 빗어 땋아 다홍 댕기로 묶었다. 햇빛이 군자정 마루 벽에 드리웠다. 얼금은 자신의 그림자를 살피며 히히거렸다.

"내가 조선 천지에 제일 미인인 기라."

"니 그래봤자 상판대기에 숭숭 구멍 뚫린 얼금얼금 얼금뱅인 걸 우짜노."

사근부리의 비아냥거림을 듣고, 얼금이 고함을 쳤다.

"니 얼굴이 깎아놓은 밤처럼 잘 생겼다고 우쭐대도, 고게 삭고 삭은 사근부리인 걸 또 우짜노."

자신의 치부를 까발리자, 사근부리가 얼금의 댕기를 비뚤어 잡아당겼다. 땋은 머리가 풀어져 머리카락이 흩날렸다. 팔짝팔짝 뛰며 울부짖는 얼금의 울음소리가 캉캉 울렸다.

급히 달려온 소들내가 달랬다.

"우지 마라, 얼금아. 후제 천당 가면 한울님이 니 얼굴을 말끔하게 다림질 하셔서 천하제일 미녀로 화하게 하실 테니."

6

이고 일행은 산을 넘고 들을 지나 소호리에 당도했다. 임청각에서 세 마장쯤 떨어진 거리였다. 이고와 이용 숙질은 말에서 내렸다. 경도 가마에서 내려 솔숲으로 들어섰다. 소들내, 동이, 사근부리, 다른 사내종들도 그들 뒤를 따랐다. 미리 기별 받은 이고의 별장지기 내외가 그들을 돗자리 깔린 평상으로 안내했다.

솔숲 건너 야산 아래에는 이고의 별장이 가을 햇살에 가물거렸다. 이고가 혼인해 제금 나가 살던 곳이었다. 그 주위엔 새집 짓기 위해 남정네들이 자재를 다듬었다. 이미 청풍군수로 발령받아 임지에서 봉직했다. 그동안 임시 별장으로 사용했던 걸 헐고 새집을 짓기로 한 것이다.

솔숲에선 오십여 그루 노송들이 바람에 윙윙거렸다. 소나무 둥지에서 학 한 쌍이 날아와 이고의 양쪽 어깨에 나래를 접었다.

"인석들이 무척 외로웠나 보죠? 새삼 주인을 반기니."

이용이 삼촌을 경이롭게 바라보았다. 그 솔숲은 학 무리의 보금자리였다. 이고는 자주 그곳에서 지우들과 시를 짓고 여가를 즐겼다. 그 야산과 앞의 토지도 이고의 자산이었다.

이고의 양어깨에서 종종거리던 학 한 쌍이 나래를 펼쳐 공중으로 날아올랐다. 솔숲 옆의 소호에는 사마귀 떼들이 시들은 연잎 사이로 노닥거렸다.

경도 가끔 그곳에서 부친이 건넨 학을 가슴에 품었다. 학의 깃털을 주워 그 깃촉에 물감을 찍어 그림을 그리거나 글씨도 썼다. 그 깃촉은 한문보다도 훈민정음을 쓰기에 알맞았다. 경은 조선 글을 쓰면서 부친에게 세종 마마의 훈민정음 창제에 대한 설명도 들었다.

"소호 건너에는 낙동강 줄기 안망천이 흐르잖아. 그 앞은 황금들판이니 절경이 따로 있겠느냐. 새 집 이름을 뭐라 하면 좋을까?"

이고는 경이 혼인하면 물려줄 거라 맏딸의 의향을 알고 싶었다. 맏사위를 데릴사위로 삼고 아내랑 외손을 키우는 게 이고의 바람이었다. 호수와 안망천에 달이 뜬 풍광도 임청각 못잖은 정감이 일었다. 벗들과 학문을 논하고 풍류를 즐기기에도 합당한 곳이었다.

경은 별장지기 아내와 낮밥을 마련하는 소들내를 불렀다.

"전 유모 이름이 참 좋거든요."

"무에 그리 좋을까?"

"소가 들을 노닐며 냇가에서 물을 마시는, 풍년을 부른 이름 아닌지요."

"저도 그런니더. 바로 저 들을 소들내라 부르거든에."

유모가 손짓으로 황금들판을 가리켰다. 무어라도 심으면 잘 자라는 기름진 토지였다. 소들내 어미는 밥 굶지 않은 걸 복이라 여겨, 딸 이름을 그리 지었다. 소호리는 예부터 소씨들이 집성촌을 이루었고, 호수가 있어 그리 불리었다. 소들내는 소씨들이 사는 들과 냇가란 뜻이기도 했다.

"임청각의 각은 대궐 각이요, 높다랗게 지은 큰집이란 뜻이니 턱없이 부풀린 것 같거든요. 귀래정歸來亭과 반구정伴鷗亭의 정자정은 평화롭다곤 하나, 벼슬을 등진 삶이란 결국 현실을 져버린 낙오자란 감이 들지 뭡니까."

이명의 중형 이굉도 정치에 환멸을 느끼고 부친의 연고지 안동으로 돌아왔다. 그리하여 자연에 동화되는 삶을 원해 귀래정을 지었다. 이굉은 낙동강 아래에 귀래정을 짓고, 이명은 낙동강 상류에 임청각을 지었다. 그들 형제는 강물이 가로막아 자주 만나진 못했다. 반구정은 이고의 동생 이굉도 벼슬에 뜻이 없어 정자를 지어 수양하던 터전이었다. 호사가들은 고성이씨들이 대를 이어 지은 그 정자들을 안동의 여러 정자 중에서 으뜸으로 꼽았다.

이명은 여섯째아들 이름을 지으려니 마땅한 게 떠오르지 않았다. 자신의 당대도 아랫대도 항렬이 외자 돌림이라 더욱 그랬다.

문서를 살펴보니, 팔뚝 굉肱이 썩 마음에 들었다. 중형 이름이 굉이지만, 동명이인일지라도 중형만 한 인재도 드물어 여섯째아들도 굉이라 지었다. 그렇긴 해도 '바닷물이 용솟음치'는 굉浤이 사내대장부의 기개라면, '팔뚝' 굉은 고성이씨 집안의 대들보 역할을 하리란 염원이 담겼다.

이고는 부친의 안목에 감탄했다. 삼촌이 문과에 급제하고 한성좌윤과 개성유수 등 요직을 거쳤다. 그랬지만 갑자사화로 관직이 박탈되고 귀양살이한 게 충격을 받아 귀래정을 짓고 안동에 정착하게 되었다. 또 자신이 소호리 마을에 새집을 지어 분가하면, 모친의 뜻대로 동생 이굉이 임청각의 새 주인이 될 것이다. 그리고 자신의 이름도 넓적다리 고股였다. 맏형이 합천에서 터전을 마련했으며, 형들이 사망해 그동안 임청각 주인 노릇한 것도 이름에서 유래된, 임청각의 대들보 역할을 한 거라 헤아렸다. 그건 이고의 느낌이었다. 실은 한자 말로 '고굉'이란 '고굉지신股肱之臣'의 줄임말이었다. 이명은 고와 굉의 두 아들이 왕의 수족이 되어, 입신양명하라는 염원이 담긴 이름을 지었던 것이다.

며칠 전, 경은 이용의 안내로 귀래정과 반구정을 다녀왔다. 이고는 경에게 조상들의 내력을 현지 답사해 익히도록 했다. 그랬는데 맏딸의 당돌한 평에 맥이 풀렸다.

"왜 그런 생각을 하는고?"

"정 성에 안 차면 당당히 맞서 사자후를 토하는 게 진정 사나이다운 기맥 아닐까요. 나의 뜻한 바가 아니라고 물러나는 건 촛농이 닳도록 애쓴 학문에 대한 오점인 줄 믿습니다."

아하, 이고의 입에선 탄식이 새어 나왔다.

"누굴 놀리는 게냐?"

이용이 삼촌의 눈치를 살폈다.

"오라버님도 참, 만날 낚시질이나 하고 여유 낙낙 지낸다고 누가 오라버님의 앞길을 책임진대? 학문을 파고들었다면 그 깊이를 써먹을 걸 손아귀에 쥐어야지."

"어른들 세계란 네가 상상하지 못할 고초가 있는 거란다. 우리집안 어른들이 무오사화와 갑자사화를 겪었잖아. 더구나 귀양살이까지 한 게 멍에가 되어 전원생활이 절실했거든."

이용이 되짚었다.

"수양도 적당량이 필요한 거지. 너무 과하면 독이 되잖습니까. 종당엔 나태에 빠져들어 허송세월하기 쉽잖우."

분명 조부 형제와 삼촌에 대한 비평이었다. 열 아들 안 부럽구나. 이고는 맏딸을 나무라기는커녕 어떤 변명도 마련하지 못했다.

그들 일행은 건설 현장에 당도했다. 도반이 반겼다. 이미 대들보를 놓고 기둥을 세운 공사가 진행 중이었다. 안채와 강학당, 그아래 서북쪽의 고가는 헐어 사랑채와 행랑채 등 저택을 지을 나무와 기와들을 쌓아두었다.

"당호는 뭐라 하는 게 좋겠느냐?"

"소호헌蘇湖軒이라 함이 어떨는지요. 소호는 저 호수 이름 아닙니까. 헌은 세 가지 의미로 저의 마음에 닿는군요. 첫째, 수레 헌이라 바지런함을 뜻하고요. 둘째, 집 헌이라 보금자리를, 셋째, 웃음 헌이라 즐거움이니, 그게 바로 가화만사성 아닌지예."

"그 참 타당한 건의로구먼."

이고도 흔쾌히 응했다.

그들이 공사 현장을 둘러보는데, 서임수가 다가왔다.

"대저택 약도에서 가장 돋보인 게 강학당이라며? 해를 염두에 둔 게 아닌가?"

"그렇다네."

이고가 수긍했다.

"예조참의 어른에게 서찰 청혼 혼담이 왔거든. 나도 허혼 답신을 올렸네. 귀하 아드님과 나의 딸래미의 혼인은 귀하의 고견대로 삼 년 후 봄에 치르는 게 타당하다고."

그들이 삼 년 후를 기약한 건 예비신랑과 예비신부의 나이가 어리고, 해의 모친 상중이기도 했다. 소호헌을 완공하고 예식을 준비하기 위해서도 그만한 나날이 필요해서였다.

6

임청각 앞길에서 아이들이 동쪽으로 달려가면, 숨이 차오를 즈음 탑이 가로막았다.

경도 희와 이웃 마을 조무래기들과 함께 그 탑 곁으로 달려가서 숨바꼭질 놀이에 빠져들었다. 조무래기들은 전탑 받침대에 조각된 관음지상 무늬들을 살폈다. 무당들이 그 탑 곁에서 푸닥거리하는 것도 구경했다.

해돋이나 해 질 무렵이면, 그 탑의 그림자가 강물에 길게 드리워졌다. 그러면 노를 젓던 사공들은 뱃길을 멈추며 합장했다. 덩달아 헤엄치던 잔챙이들마저 목을 움츠리며 물속으로 기어든다는, 장엄하면서도 거대한 칠층 전탑이었다. 통일 신라 때 세워졌다던 그 법홍사지 칠층 전탑은 조선에서 가장 오래된 내력을 지녔다. 안동부 동쪽 지대가 허술해 그걸 메우기 위해 세워졌다던 풍문도 떠돌았다. 이태조의 억불숭유 정책으로 유교 성향이 강한 안동에서 그 전탑이 그닥 대접받진 못했다. 하지만 불교도들은 그 탑 곁에서 제를 지내기도 하고 탑돌이 하며 소원을 비는 곳이었다. 신라 당시엔 법홍사가 명승 사찰로 이름을 드높였다지만 해가 거듭될수록 차츰 기운이 쇠해졌다. 세월이 흘러 이명이 임청각을 지을 땐 그 절터에 민초들의 초가들이 들어섰다. 그러므로 전탑만이 그 뒤 마을이 법홍사 터였다던 걸 증명할 따름이었다.

길손들은 초가들이 들어선 그곳은 초당마을, 임청각 서쪽의 기와집들이 있는 곳을 와당마을이라 불렀다. 와당마을은 이명이 임청각을 지을 당시, 고성이씨들이 터전을 마련한 곳이었다. 길손들은 와당마을 건너 강을 낀 곳의 고갯마루 초가를 동문거리 주막이라 불렀다. 그 주막의 주모는 고성이씨 노비의 딸로 임청각 주인에 대한 예우가 남달랐다.

시월 중순, 칠층 전탑 위로 사다리를 타고 오르던 남정네가 떨어져 익사한 사건이 일어났다. 전탑 끄트머리 연봉 모양의 금동 장식을 떼어 팔면 쌀부대와 바꿔치기한다던 소문에 등을 타서였다. 흉년이 들어 굶어 죽은 백성들이 늘어나던 시기였다. 이미 그걸 노린 어느 남정네는 사다리를 타고 오르다 떨어져 절뚝발이가 된 사건 뒤이어 일어난 참사였다.

62

군졸들이 칠층 전탑을 지켰다. 이고가 그런 사례를 방지하기 위해 관아에 연락해 도움을 청했다. 그런데도 군졸들이 동문거리 주막으로 가서 술에 취한 틈을 타서 노린 어이없는 죽음이었다. 턱없이 웅대한 탑이라 법흥사가 쇠하기 마련이다. 절이 쇠락한 건 안동 땅이 쇠한 이치와 맞닿은 것이라며 민심도 흉흉했다. 그 전탑이 애물단지로 변하자, 소문은 더욱 등을 탔다. 불교 나라였던 신라 때 만든 거대한 탑이라면 금동 장식 안에 보물단지가 숨겨졌다며 군침 흘린 민초들도 늘어났다. 그로부터 열흘도 못 돼 불한당이 그 탑 위를 오르다 낙마해 숨진 사건이 또다시 일어났다. 이고는 고을 군수와 유지들을 모아 의논했다. 그리하여 그 금동 장식을 때어 내자는 안이 가결되었다.

이고는 도반을 불러 그 사실을 알렸다.

"우리 귀중한 문화재를 훼손하는 게 부당한 일이지만 연이어 사건이 일어나니, 결단 내린 거라네."

임청각을 짓기 전, 도반이 이명에게 길지라고 그 택지를 권한 것 중에서 칠층 전탑도 그에 속했다. 동쪽의 허한 땅을 그 칠층 전탑이 메우므로 이곳에 종가를 지으면 명당의 땅김을 누린다고.

"사람 목숨보다 더 귀중한 건 없잖습니까. 그런 단안을 내리셨다면 행동으로 옮기셔야죠."

"탑에 상처를 덜 입히고 떼어낼 방법은? 만일 탑이 무너져 대참사가 일 것 같아 두렵기도 하구려."

"전탑의 자질인 벽돌은 굳고도 굳어 톱으로 자른다 해도 끄떡없으니 염려 놓으십쇼. 제가 쇠붙이를 잘 다룬 장인에게 부탁하면 별다른 어려움은 없을 겝니다."

도반도 마지못해 응했다.

작업하기 전날 밤이었다. 그 소문을 듣고 불교 신자들과 무당들이 임청각 솟을대문 앞으로 몰려들었다.

"안동에 망조가 들어도 예사 망조가 아닐세. 개똥인지 좌수인지 얼른 나오지 못해?"

선동자는 파계승 호타하였다. 청년 시절 중국 소림사에서 불경 공부하고 무예를 익혔다고 떠벌리며 행패를 부려, 군졸들도 쩔쩔맸다. 앞머리는 밀고 양쪽 두개골 옆에 머리를 종종 땋아 내리고 왼쪽 볼에 칼자국 흉터가 그어져 섬뜩한 인상을 풍겼다.

"우리 안동을 지킨 수호신을 해친다면 재앙이 닥쳐 무슨 환란을 당할지도 모르니더."

무당 천녀가 호타하를 올려보았다.

"자네 코 밑 검은 사마귀는 영남산과 성황산을 잇는 까치 두상 같아 언제 봐도 오금이 절여 든다니까."

호타하가 능청 떨자, 여기저기서 환호성과 징, 꽹과리가 울려 퍼졌다.

성황산은 임청각의 앞산이었다. 그곳엔 공민왕과 노국공주가 피신한 걸 기리기 위한 사당이 있어, 안동부에선 해마다 제사를 지냈다. 사당 둘레는 노루귀, 금매화, 쑥부쟁이, 달맞이꽃의 풀꽃들이 피고 지고 갈대숲이 어우러져 길손들이 자주 찾았다. 무당들은 자신들의 성역인 양 움막을 지어 사주 관상 본다며 민초들을 끌어들였다. 굿판도 벌여 불이 자주 일어나, 안동부 관계자들과 안동좌수의 골칫덩이였다.

이고는 그들 앞에 섰다.

"전탑을 훼손해선 안 된다는 게 안동 여러 어르신들의 바람이었소. 그런데도 자주 사고가 일어나 목숨까지 잃었잖습니까. 그러니 도리 없이 금동 장식을 떼어내자고 입을 모은 겝니다."

안동 좌수의 호소가 웬만큼 먹여들었는지, 호타하가 기세등등에서 벗어났다. 호타하도 임청각의 식객이라 더는 그 저택 주인을 협박할 상황은 아니었다. 그보다도 임청각 주인과 하인들 뒤에 선 소들내를 보고 호타하의 기가 꺾였다. 불량배나 떠돌이들에게 옷을 지어 주고 밥을 챙겨 주던 소들내가 구원의 여인상으로 호타하의 가슴을 데웠다.

호타하의 짓거리에 혀를 차던 노승이 사자후를 토했다.

"유림 양반, 이방원 놈을 신주단지로 모셨소? 법흥사가 없어진 것도 억장 무너질 판에 단 하나 남은 전탑마저 흉터를 남기려 하오? 공자 왈 맹자 왈이 조선의 국시라니. 참으로 복장 터질 부처님 허파에 붙은 기생충에 불과하지."

옳소. 외치는 군중들의 함성이 영남산 봉우리를 울린 듯했다. 퇴마옹은 안동에서 불교계의 대변자로 입김이 셌다. 태종은 억불숭유정책을 펼쳐 조선팔도 명찰을 많이 헐어버려 불자들의 원성을 샀다.

이고의 반박도 쩽 울렸다.

"여러분, 잘 들으시오. 전라도 송광사 주지로 삼십여 년이나 지낸 각진 국사는 저희 윗대 어른이오. 백양사 주지를 지낸 분도 그러하외다. 허나 백성은 국시에 따라야 하고 왕에게 충성하는 게 신하된 도리 아닙니까. 저도 저 탑에 흠집 내는 걸 원치 않소이다만, 이미 두 사람이 목숨을 잃었잖소. 그러므로 그런 사례를 막기 위해 윗부분만 손질하잔 겁니다."

각진 국사는 이암의 삼촌이고, 백양사 주지 이징은 이암의 동생이었다. 백양사 앞 쌍계루 기문을 쓴 학사들은 정몽주, 이색 등이었다. 정도전은 이징을 삼한의 명가 출신이라 기록해 그 당시 고성이씨의 위상이 짱짱한 걸 증명한 셈이었다. 태종이 말살할 사찰 중에서 백양사도 포함되었다. 그랬는데 고성이씨 원찰을 없애선 안 된다고, 태종의 사위 조대임과 권력자 이숙번이 상소를 올려 제외되었다.

백양사에서 그닥 멀지 않은 곳의 토지도 임청각 주인의 자산이었다. 그 토지를 관리하던 노비들이 늦가을이면 수확한 걸 저화楮貨로 바꿔 본가로 가져왔다. 함경도의 이원 소유 토지도 그러하여, 임청각 주인은 대대로 땅땅 겹복을 누렸다. 저화란 고려 말에서 조선 중기까지 화폐로 통용되던 저주지楮注紙였다. 길이 한 자 여섯 치에 너비 한 자 네 치의 닥나무 껍질로 만든 종이였다. 저화 한 장이 쌀 한 되 값어치를 지녔다. 그 당시 화폐 단위는 거의 물물 교환이었다. 그게 불편해 조정 중신들이 중국의 은화를 수입해 사용했지만, 반대파들이 나라 재정의 궁핍함을 들어 흐지부지되었다. 세종 초기엔 구리로 만든 조선통보가 주조 됐지만 원료가 부족하고 발행하기도 쉽지 않았다. 그리하여 의도했던 고액권의 저화와 소액용인 조선통보가 제 역할에 못 미쳐 유통도 그리 활발하진 못했다.

퇴마옹도 평소에 임청각을 드나들던 식객이라, 안동 유수에게 욱여쌈을 할 사이는 아니었다. 호타하가 퇴마옹과 의논하더니 안을 내놓았다.

"이제부턴 소인배가 전탑을 지킬 테니, 허락해 주시죠."

옳소, 함성 뒤이어 징과 북소리가 더욱 요란하게 울려 퍼졌다.

이고는 안동 유지들과 의논해, 호타하를 전탑을 지킬 보병으로 채용했다. 그로부터 두어 달도 못 돼 호타하도 밤에 남몰래 전탑 위에 올라 금동 장식을 떼어내려다 떨어져 반죽음에 이르렀다.

다음 날, 이고의 지시로 쇠를 다룬 장인들이 사다리를 타고 전탑으로 올라가서 금동 장식을 떼어냈다. 이고는 그걸 안동부로 보냈다. 안동부 관계자들은 쇠붙이 장인에게 그걸 촛대로 만들게 하여 객사에 보관해 두었다.

7

시월도 저물어 갈 무렵, 경이 몸져누웠다. 새벽녘에 열이 나서 끙끙 앓더니 아침에는 토사곽란까지 일었다.

"무엇들 하느냐? 빨리 정백 의원을 모셔오지 않고."

주인의 엄명으로 사근부리가 초당마을로 달려가서 정백에게 알렸다.

정백은 가야산 토굴에서 약초를 연구하던 민초였다. 사십 줄에 하산해 명의의 반열에 올랐다. 침과 환약으로 만병을 완치한다는 소문이 널리 퍼져서였다.

어르신, 안태본이 어딘지요?

묻는 자가 살갑게 구는 건 명의에게 잘 보여 병을 낫고자 하는 염원이었다.

떠돌이에겐 안태본이 없습니다.

귀하신 분인데, 안태본이 없다뇨?

소생의 태자리는 바로 여러분들의 상처라오.

명의가 침묵하므로 환자들도 더 이상 캐묻지 못했다.

정백이 육순에 이르자, 체력에 한계를 느껴 가야산 토굴로 돌아갔다. 그 소식을 듣고 이명은 하인들을 시켜 정백을 모셔오게 해, 초당마을에 초가를 지어 대접했다. 이명이 바로 지척에 정백을 의원 노릇하게 한 건 임청각에 환자가 있으면 도움을 청하기 위해서였다. 식솔들과 수시로 드나든 친인척과 길손들로 임청각에는 시도 때도 없이 환자가 있기 마련이었다. 더욱이 이명은 장남 요가 매사에 의욕 잃고 사람들을 기피하는 예가 잦아, 명의원의 치료를 받기 위해서였다.

"사람 기피증은 사람들이 너무 많은 곳에서 생활하다 보니 질려서입니다."

정백이 진단을 내렸다.

"우리 집안 종손이 사람들에 질려서라니. 그건 무슨 병명에 속하오?"

"소심공포증입니다. 어디 조용한 곳으로 피신시켜 정신 수양함이 마땅하옵니다."

요는 어릴 때 영남산 자락에서 멧돼지가 노루를 덮쳐 숨진 걸 목격해 그 충격으로 사람들을 피하는 경우가 잦았다. 혼례를 올려도 그 버릇은 여전했다.

이명의 간곡한 부탁으로, 정백은 자신이 기거하던 가야산 토굴로 요와 함께 떠났다. 그들은 이태가 지난 뒤 임청각으로 돌아왔다. 덕분에 요는 완쾌되어 타관으로 나돌아 다니기도 하고, 학문에 열성도 보였다. 사마시에 합격해 초계군수 관직에도 올랐다. 요가 합천에 터전을 마련한 건, 가야산에서 지내 그곳에 정도 들고 그곳 주민들이 따라서였다.

경은 손발이 차고 숨 쉼도 가팔랐다. 헛구역질하며 누가 곁을 지키는지 알지 못했다.

정백이 진찰한 내용을 이고에게 보고했다.

"고뿔이 심해 병균이 폐를 거쳐 신장에까지 번졌군요. 노채의 조짐도 보이고요."

이고의 낯빛이 새파랗게 질렸다.

"어떻게 하면 그 중병에서 놓임 받겠는가?"

"신장의 기운을 올려주면 심한 고뿔도 치료되는 겝니다. 그러면 심장도 튼실해 혈액순환이 잘 돼 입맛도 되돌리지요. 속을 따뜻하게 보하고 찬 기운을 없애는 데엔 부자탕이 특효입니다."

"부자탕이라니? 죄인에게 사약 내릴 때 마신 걸 특효라뇨?"

"과하면 해가 되지만 적당량이면 이가 됩니다. 임종 앞둔 환자의 진통제로 사용하고요. 중풍 환자나 냉증 부인에게도, 토사곽란과 고뿔에도 길한 약이오니, 괘념치 마소서. 아가씨와 같은 환자를 치료한 경험이 있어 감히 여쭙니다."

"환자들이 의원을 명의라고 부르잖은가. 부디 쾌유되기를 원하오."

이고가 질린 낯빛을 거뒀다.

그들의 대화를 듣고 노마님이 응했다.

"꽃담이 다섯 살 때 머리에 부스럼 나서 부자탕 달인 것을 물에 타서 머리를 감겼더니 나았더랬지. 그게 괜찮을 듯싶네."

경은 정백의 지극한 정성과 부친의 곡진한 보살핌으로 열흘도 못 돼 얼굴 부기도 빠지고 혼수상태에서 놓여났다. 그렇긴 해도 몸이 허해 일어나 움직이진 못했다.

"천당 구경 잘했니?"

부친의 농을 딸내미가 잘도 받아넘겼다.

"눈부시고 환해 눈뜬장님이 되었더이다."

그날은 여느 때보다도 추운 날씨가 풀려 따스했다. 소들내는 사근부리와 동이랑 저잣거리로 장 보러 가기 전, 얼금에게 긴히 당부했다. 한 시진 지나면 아가씨에게 부자탕을 올리라고.

안동부 성안 객사 앞의 저잣거리를 사람들은 부내장府內場이라 불렀다. 부내장은 임청각에선 한 마장 떨어진 거리였다. 가끔 경도 부내장으로 가서 얼레빗, 댕기, 수실, 수본, 바늘쌈, 빗치개를 사고, 연지곤지도 구해 얼굴에 발라 각시 흉내도 냈다.

그로부터 한 시진 지난 뒤였다. 얼금이 부자탕 든 백자 사발을 들고 방안으로 들어섰다. 경이 일어나려고 얼금의 치맛자락을 잡는 순간이었다. 백자 대접이 기울어 탕약이 경의 눈 부위에 쏟아졌다. 경은 쓰러졌지만, 곧 숨 쉼이 고르며 손가락과 발가락을 꼼

지락거렸다.

이고는 맏딸이 눈 부위에 화상을 입어 정백을 불러들였다.

"데인 데는 약이 없다던데?"

"좀 기다려 봅시다."

정백은 조심스레 환자를 관찰했다. 피부 표피가 벌겋게 변해 중상이 아니란 감을 잡았다. 만일 표피 아래 속살이 손상되면 떡살이 생기고 피부가 푸르죽죽해 상처가 나기 마련이었다. 정백은 찬 물수건을 경의 눈 부위에 대고 열을 식힌 다음 매실 식초를 발랐다.

"토란즙에 참기름을 바르면 특효일 텐데."

정백의 심중을 헤아린 노마님이 마른 토란 줄기를 푹 고아 그 물에 참기름을 타서 손녀 얼굴에 발랐다. 사흘 지나 경은 미음도 마시고 몸을 움직였지만, 말도 못 하고 눈도 뜨지 못했다. 탕약을 먹이고 뱀장어도 고아 먹여 몸을 보호하자, 반달쯤 지나 벌겋던 피부가 옥빛을 띠고 눈도 떴다.

"엉가, 엉가."

먼저 반긴 건 희였다. 경도 반기며 양손을 뻗친 순간, 아우성이 터졌다.

"안 보여. 희야, 니가 안 보여."

노마님이 손녀의 양손을 잡았다.

"할무이도 안 보인단 말이야."

뿌리치는 맏딸의 양손을 이고가 잡았다.

"곧 정월 대보름달이 뜰 텐데, 달마중 가자꾸나."

"아부지도 안 보여."

울부짖는 경의 양어깨를 소들내가 붙들었다.

이고는 정백을 군자정으로 불렀다.

"무슨 묘방이 없겠는가?"

"인체는 의원의 안목과 진맥으로도 알지 못할 신비로움을 지녔습죠. 각막이 가렸지만, 날이 지나면 원상태로 되돌아올 겝니다."

열흘이 지나도 진전이 없었다.

이고는 이미 두 아들을 여위었다. 정실 조씨는 몸이 허약해 첫딸을 낳은 뒤 아이도 못 낳아 남편에게 소실을 두게 했다. 소실은 강청이 심하고 허욕이 많아 노마님에게 자주 꾸중을 들었다. 이고도 정실에 대한 애정이 깊어 소실을 씨받이 외는 달리 대접하지 않았다. 소실의 투기는 날로 더해만 갔다. 소실에게 첫아들이 태어나자, 노마님과 이고도 이전보다 달리 대접했다. 호강에 겨운 소실은 조씨를 업신여기며 기세등등해 여종들에게 비난받았다. 첫아들은 돌도 되기 전 홍진으로 숨졌다. 이태가 지나 소실은 또 아들을 낳았지만, 난산으로 아들도 어미도 숨졌다. 이고는 아들 복이 없는 거라 탄식하곤 더욱 경을 아끼며 보살폈다.

"내 눈을 도려 접붙여서라도 우리 꽃담의 눈을 뜨게 하오."

이고의 청을 듣고 정백이 위로했다.

"양쪽 눈을 잃으면 천리안을 얻는 겝니다."

"농담하는 건가?"

이고의 역성이 터졌다.

"소생 눈을 똑똑히 보시지요."

정백이 눈을 감았다 떴다.

"예사 눈빛이 아니란 감은 잡고 있소이다. 세상 이치에 통달하기도, 상대의 속도 캐는, 천리안이야말로 의원 아니오?"

"좀 더 자세히 살피면 무언가 집힐 겝니다."

"평소에 도사의 눈 같기도 하고. 중국 삼국시대 명의 화타가 관운장과 조조를 치료해 이름을 드날렸다던데, 바로 그이 눈동자를 닮은 게 아닌지 여기기도 하오."

"조금 더 유심히 살피신다면?"

"왼쪽 눈동자는 움직이는데 오른쪽 눈동자는 흔들림 없군."

"바로 그겁니다. 전 애꾸눈입죠."

자신이 외눈박이임을 밝힌 정백의 오른쪽 눈꺼풀이 가늘게 떨렸다.

"전 가야산 오지에 버려진 아이였지요. 마침 그곳을 지나치던 심마니가 아이를 안고 토굴로 데려가서 키웠고요. 심마니도 혈혈단신이라 아이를 아들처럼 돌보며 약초에 대한 상식을 가르치기도, 의학 서적과 사서삼경도 익히게 했고요. 의부가 숨질 때 비로소 제게 고백했습니다. 당신은 세조 때 역모에 가담해 쫓기는 신세가 되어 가야산 오지로 숨어들었다고. 처음 아이를 껴안았을 땐 애꾸가 아니었는데 날이 갈수록 시력을 잃어가더니 애꾸눈이 되었다고요. 돌도 안 지낸 아이가 영양 부족에 허덕여 뇌신경이 자극받아서 그렇대요. 가야산에 약초가 많긴 해도 지리산과 백두산을 두루 거쳐 약초에 대한 상식을 익힌다면, 천하제일 의원이 된다고요. 저는 아비 어미를 모르는 것보다도 애꾸눈이 싫었어요. 의부의 유언에 따라 팔도강산 명산을 거치면서 약초를 캐 먹고 연구하여 시력을 되찾고자 했지만 그러지 못하고, 결국 의원이 되었습죠."

"애꾸라도 좋으니, 우리 꽃담을 한 눈이라도 보게 하시오."

정백은 두고 보자며 여유를 남겼다. 여러 날을 거쳐 경에게 탕약을 달여 먹였다. 눈 근육 운동도 시키고, 침을 놓아도 시력을 되찾진 못했다.

"보이지 않아. 안 보인단 말이야."

경의 울부짖음은 날로 더했다.

"굴뚝 연기를 내 눈에 쏟아 부었어? 유모, 얼른 걷어내란 말이야. 코가 매워. 엣치 엣치, 카아악."

경은 콧물을 흘리며 토악질도 해댔다. 먹물을 내 눈에 끼었었지? 얼른 닦아내. 동이야. 얼른 우물물을 길어와 내 눈을 씻겨, 응? 동이가 놋대야에 우물물을 담아오면 경은 그곳에 얼굴을 파묻고 먹물이 풀어지기를 기다리는 듯했다. 노마님도 소들내도 경의 얼굴을 젖히면 푹푸어욱 거리며 입안에 든 물을 쏟아냈다.

"희야, 이 엉가가 니 얼굴을 보고 싶거든. 누가 내 눈을 보자기로 가렸나 봐. 얼른 걷어내라니까, 응?"

낙담해 나날을 보내던 이고에게 정백이 군자정으로 와서 새 소식을 전했다.

"월출이 제비집을 구해 온 게 있습니다."

정백은 수하에 부린 종을 해남으로 보내 그걸 구해 오게 했다.

경이 당달봉사 되기 전이었다. 급한 환자가 있으면 비상용으로 사용하기 위해서였다. 보자기에 든 오동 상자 뚜껑을 열자, 반달 모양 세 개가 드러났다.

"제비집이야 안동에도 흔히 보는 건데?"

"모양새가 다르지 않습니까? 이건 예로부터 황제에게 바친 귀한 진상품이죠. 해안 절벽 동굴에서 서식하던 금사연金丝燕이란 새가 해조류와 이끼, 식물의 실을 뽑아내 자신의 털과 침으로 반죽해 만든 둥지랍니다."

맛이 담백하고도 달다. 고뿔도 멎고 피부도 곱게 한다. 폐와 위를 북돋울 최고의 보약이다. 아울러 인체의 면역력을 높일 효능도 탁월하다. 경 아가씨에겐 마침맞은 약재다. 모름지기 위와 폐가 강건해야 건강한 삶을 누리고 시력 회복에 도움이 될 겁니다.

"고맙기 이를 데 없구려."

이고는 감격해 뒷말을 잇지 못했다.

소들내는 정백의 지시에 따라 그걸 놋대야에 담아 청수로 불린 다음 집게로 제비 털과 잡티를 제거해 다시 찬물에 헹궜다. 그런 다음 그걸 가마솥에 넣어 청수를 붓고 갓 잡은 닭과 말린 국화를 넣어 끓여 경에게 먹였다. 섣달 초순, 파란 하늘 아래 감나무 밭에선 서리 맞은 감이 주황으로 물들었다. 임청각 사내종들은 감을 따고 여종들은 곶감을 만들기 위해 감 껍질을 깎아 꼬챙이에 꿰었다. 소들내도 감을 깎으며 언뜻 묘안이 떠올랐다.

유모 따라 걷던 경의 볼이 감처럼 익었다.

"아가씨, 지금 어디로 가는지 아시니꺼?"

"어디라니? 감나무 밭으로 가잖아. 까치가 날아와 감을 쪼아 먹는 게 선히 보이는데."

경이 그 감나무를 손짓했다. 과연 그 우듬지에서 까치가 감을 쪼아 먹는 게 소들내의 눈에도 잡혔다. 우리 아가씬 가짜 장님이야. 진짜 눈 뜬 봉사가 아니라니까. 소들내에겐 그 순간의 가짜란 말이 달콤한 희소식인 양 냉큼 외쳤다.

"우리 아가씨가 저 감나무에 오른 까치에게 기별 받고 예까지 오셨다니까."

사내종들과 여종들도 일제히 그 감나무를 쳐다보았다. 그 순간을 놓칠세라 소들내가 창을 불렀다.

우리 꽃담 아가씬 천하제일 미인이라,
까치도 반기며 동무하자고 까악깍 노래 부르네.

소들내가 선창하며 눈짓하자, 사내종들과 여종들도 손에 손을 잡고 원을 그리며 후렴했다.

어와 둥둥 내 사랑아, 어와 두둥 내 사아랑아.

경은 자신도 모르게 원 가운데로 들어가서 춤을 추었다. 하인들의 얼굴 하나하나가 한성 도령으로 떠올랐다. 한성 도령이 감하나하나에 주황 불을 밝히곤 손짓했다.

우리 꽃담 아가씬 천하제일 천재라

천자문이 눈을 밝히고 사서삼경이 입술에 알곡으로 여무네.

어와 둥둥 내 사랑아, 어와 두둥 내 사아랑아.

천자문 운운은 사촌 여동생이 하도 총기가 총총해 이용이 다섯째 삼촌에게 감탄해 아뢴 내용이었다. 그 사실이 소들내의 입을 통해 임청각 하인들과 초당마을 민초들, 와당마을 양반들에게도 알려졌다. 경의 몸놀림은 나비처럼 하늘하늘, 나뭇잎처럼 팔랑팔랑 공중을 나는 듯했다.

우리 꽃담 아가씬 천하제일 복뎅이라,

서씨 도령님과 백년해로 언약이 낙동강을 거쳐 한강으로 흐르네.

어와 둥둥 내 사랑아, 어와 두둥 내 사아랑아.

경은 까치 감나무를 보듬고는 볼을 비볐다. 청풍 동헌 앞뜰에서 한성 도령과의 밀어가 주황 불로 타올랐다.

그런 감격도 열흘을 넘기지 못했다. 설을 넘기고부터 몸부림은 패악으로 변했다.

"당달봉사가 어딨노? 그 귀신에 씌어 내 눈이 안 보인단 말이야."

얼금을 향한 패악질은 극에 달했다.

"네 이년, 감히 호박꽃이 목단이 되고파 내 눈에 탕약을 쏟았어?"

손톱으로 얼금의 얼굴에 상처를 입혔다.

"안 그래도 지 얼굴이 곰보라고 시집가긴 파이다 쌓는데예."

얼금은 삼십을 코앞에 둔 노처녀였다. 계집종의 당돌한 항의에도 노마님의 서슬은 온데간데없었다.

"용캐 피하면 안 되겠나. 니 얼굴에 손톱자국 나면 하나에 쌀 한 되 값을 쳐 주꾸마."

며칠 후, 노마님에게 얼금이 가당차게 나왔다.

"오늘은 지 얼굴에 열군 데나 손톱자국 났으니 쌀 한 말 값입니더."

노마님은 얼금에게 수를 주고는 제집으로 보냈다.

원망의 화살은 정백에게도 다름 아니었다. 영감탱이가 지은 약은 안 먹을 테야. 침도 안 맞을 테다. 정백을 향해 이빨을 갈았다.

노마님은 몸져누웠다. 이고도 지쳐 정백을 향해 허탄하게 내뱉었다.

"정녕 당달봉사에서 놓임 받을 순 없는가?"

"눈 감은 장님도 있는데, 눈 뜬 장님은 행운아입네다 ."

"누굴 놀리는 거요?"

아비는 억장이 무너지는데도 의원의 태도는 평온했다.

"무릇 하나를 잃으면 둘을 얻는 거랍니다. 따님의 두 눈은 천리를 꿰고도 남을 지혜의 보고이지요."

"지금 당신이 잠꼬대하다니. 그래, 우리 꽃담이 눈 뜨고도 그만한 지혜에 못 미쳤소?"

"지혜가 넘쳐나도 화를 자초하는 게지요."

이고는 정백의 어투에 심히 모멸감을 느꼈다. 허나 달리 어쩔 수 없어 의원의 우렁잇속에 애를 태울 뿐이었다.

달포가 지나자, 경은 악전고투로 변했다.

손톱은 갈고리 같았다. 식사 때면 수저를 사용하지 않고 양손으로 퍼먹었다. 동이가 밥과 국도 식혀 밥상 위에 놓았다. 소들내가 땋아준 머리 손질도 완강히 뿌리쳤다. 옷도 안 갈아입으려고 발버둥 쳐서 거지나 미치광이와 진배없었다.

"이리 오란 말이야. 우리 손잡고 숨바꼭질 하자꾸나."

희가 엉거주춤 다가가면 행여 잘못될까 봐 동이가 그 자리에 섰다.

"나의 동생 희야. 오늘이 그믐인데 초승달이 뜨겠네. 내가 초승달을 너의 품에 안겨 주마."

말을 달콤하게 하고 속임수까지 써서 유인했다. 이내 아귀처럼 달려들더니 콧방귀를 뀌었다.

"요것 보래, 동이 네년이 꽃님이야?"

용케 알아보고는 팔딱팔딱 뛰며 앙탈부렸다.

그 사이 김씨가 다섯 살배기 딸을 치마폭에 감싸고 섰다.

"동이도 아닌걸. 누구지? 젖비린내 난단 말이야."

"막둥이 동생이란다."

계모가 답했다.

"진아, 이리 온. 엉가가 안아줄게."

진이 경을 보고 울음보를 터뜨렸다. 순간 경의 손이 허공을 향해 허우적거린 틈을 타서, 노마님이 그 자리에 섰다.

"누구야? 노인 냄새가 확 풍기는걸."

"그래, 할미다. 주름투성이에 초승달을 얼굴에 새긴다고 나쁠 리 없지."

뒷걸음치던 경은 그 자리에 쓰러졌다.

순간순간마다 발하는 악전고투와 패악은 평생을 당달봉사로 지내야 하는 암담함이었다. 한성 도령과의 혼담도 깨어질 거란 절망감이었다.

이용이 오랜만에 귀가했다. 벼슬길에 오르긴 해도 곧 사직하고 떠돌아다녔다. 그런 사이 사촌 여동생의 사고를 들었다.

"경아, 네가 보고 싶어 달려왔단다."

"오라버니가 안 와서 얼마나 심술 났게."

경은 이용의 품에 안겨 흐느꼈다. 사촌 오라비는 부드럽게 달랬다.

"우리 놀이하자꾸나."

"무슨 놀이?"

"글공부만 한 놀이가 이 세상에 어딨냐?"

"참 그러네. 다 잊어버려 까막눈이 되었을걸."

경은 얼핏 지식의 까막눈이란 걸 바깥으로 내뿜었다. 곧 까막눈인 걸 깨닫고는 그 자리에 다시 쓰러졌다.

이튿날 깨어난 경을 향해 이용이 다그쳤다.

"우선 천자문부터 새로 써 보자꾸나."

"어떡해. 앞이 깜깜해 보이지도 않는걸."

"우리 꽃담은 깜깜한 어둠을 밝힐 지혜의 보고를 지녔거든. 그게 뭔고 하니 용기라는 거야. 의욕을 지닌다면 못할 게 뭐람."

"그럼. 난 무어든지 할 수 있단 말이야."

경은 보란 듯이 붓을 들고 경쾌하게 글을 써 내려갔다.

"손놀림만 바지런을 떨어서도 안 돼. 몸도 청결해야만 그 쓰임새가 빛을 발한 거거든."

이용이 글공부할 테니 목욕재계하자고 하면 순순히 응했다.

"다음은 사서삼경에 들어가기 전, 저 담의 그림을 그려 볼래?"

이용은 환쟁이를 불렀다. 봄이라 화단에는 꽃들이 활짝 피었다. 경이 숯으로 황칠해 방치된 걸 환쟁이가 외벽을 칠해 깨끗해졌다.

"오라버니, 뭔가 보여."

경의 얼굴이 환해지며 목소리가 달떴다.

"무엇이?"

"저 꽃들도 담도 보인단 말이야."

"그 보이는 걸 그려보려무나."

이용이 권했다.

"꼭 하고자 하면 천지가 환해지는 법. 넌 그리기엔 천부의 자질을 지녔잖아. 우리 예삐 이름이 꽃담 아닌가? 꽃담이 꽃담을 못 그리면 꽃담이 아니거든."

"그럼예. 내가 꽃담을 못 그린다면 꽃담이 될 순 없더."

경은 조심스레 그 벽에 꽃들을 그려 넣었다. 그러고선 낙관을 그 그림 아래에 찍었다. 이고가 맏딸을 위해 마련한 것이다. 경의 발자국에 까치 부부 발자국도 찍힌 걸 모방한 옥 낙관이었다. 얼핏 보면 상형문자 같기도 한 그 낙관을 판 도장장이가 풀이했다. 행운의 부적이라고.

"어떻게 제가 그린 것처럼 똑 같이 그립니꺼?"

환쟁이의 의구심을 이용이 풀었다.

"이보다 더한 기쁨은 없을 걸세. 시력을 완전히 잃은 게 아니라서 천만다행이라네. 역시 정백 의원은 화타 못잖은 명의거든."

이용이 선수 친 건 임청각 아가씨가 장님이라고 이웃에 소문난 걸 상쇄하기 위해서였다. 중매쟁이들의 입김을 막고, 불교 신도들의 비난을 저어하기 위해서였다. 안동 좌수가 칠층 전탑 연봉오리 금동 장식을 떼 내게 한 책임자 아닌갑네. 부처님의 화가 미쳐 그의 맏딸이 당달봉사 되었으니, 고소한지고.

이용은 『소학』고도 『여훈』 저서도 경에게 권했다. 후덕하고도 사리에 밝도록 가르쳤다.

"병신인 나를, 당달봉사를 누가 데려가겠노."

환히 웃던 한성 도령이 경의 기억에서 멀어져 갔다. 경은 한성 도령을 붙잡기 위해 손을 뻗쳐 허우적거렸다. 손에 잡힌 건 소들내의 얼굴이었다. 경은 다시금 맥없이 쓰러졌다. 정백의 간호로 겨우 일어났지만 무얼 먹지도 못하고 심한 우울증에 시달렸다. 소들내가 노마님에게 청을 올렸다.

"창을 가르친다고?"

"웃음은 만복의 근원 아닙니꺼. 가슴이 답답하고 울적하면 창만 한 묘약이 없는걸요."

앞 못 본 갑갑함을 창을 부름으로 해소한다는 게 소들내의 뜻이었다.

"내 손녀를 영원히 잃는 것보단 나은 처방이겠지."

노마님도 마지못해 응했다.

소들내는 동이에게 북을 머리에 이게 하고 경의 손목을 잡고는 영남산 기슭으로 안내했다.

"정말 한성 도령님과 평생을 함께 살고 싶으세요?"

"그렇고말고."

경의 눈동자가 환희에 젖었다.

"그러시려면 묘방이 있는걸요."

"무슨 묘방?"

"제가 가르쳐 드릴 테니 따라 하셔야 돼요."

소들내는 북 치는 요령에서부터 창 부르는 기본기를 경에게 가르쳤다. 경은 목소리도 해맑고 음의 높낮이도 트여 두어 달이 지나자 창을 부르는데 거리낌 없었다.

"속앓이도 없어지고 새 힘도 솟아나지예."

"그렇긴 해."

그에 덩달아 동전 꿰매기와 옷고름 달기, 버선본 뜨기, 저고리, 치마, 적삼, 바지, 조끼 등을 만들고 깁기까지 막힘없이 처리했다. 아울러 밥 짓고 김치 담그기, 나물 무치기, 전 굽기, 생선찌개 등, 그런 것들을 가르치던 소들내가 놀랄 정도로 경의 손놀림은 거의 정확했다.

"어쩌면 그리도 일을 척척 잘 하온니껴"

동이가 겹친 일로 몸이 뻑뻑해진 경의 몸을 안마했다.

"남들에게 보이는 듯이 행동하기가 쉬운 줄 알아? 어쩌다 가끔 밝은 세상이 보일 때 연습을 수없이 해 두어야만 진짜 깜깜할 땐 맹인이란 속박에서 벗어난 게지."

마루에서 몇 보를 걸으면 나의 방이 나오고, 부엌 찬장은 어디쯤 있고, 찬장 위엔 어떤 그릇들이 놓였나. 음식 만들 땐 양념을 어떻게 넣어야 맛이 나는지, 등을 머릿속에 담아 두는 거거든. 바느질할 땐 바늘을 들고 어디로 꿰매야 하는지도. 난 손끝으로 크기를 재고 손끝으로 얼마인가를 알게 되니, 바로 나의 양손이 눈동자며 저울인 셈이지.

맏딸로 인해 멍에에 짓눌렸던 이고도 한결 중압감에서 벗어났다.

"어떻게 했기에 우리 꽃담의 시력이 좀은 회복되었는가?"

"세상엔 눈뜬장님이 있으면 눈먼 천리안도 있는 겝니다. 제가 애꾸눈이 아니었다면 명의 근처에도 못 갔을 것입죠. 오른쪽 시력을 잃음으로 어둠의 세계도 꽤 보고를 껴안은 셈이랄지. 무릇 총기는 시력을 지닌 자에겐 술술 새나가기 쉽지만, 시력을 잃은 자에겐 혼불로 활활 타오르기 마련이란 걸. 아가씬 낮보다 환한 천리안이 되어 이 험악한 세상의 빛이 될 것을 믿어 의심치 않습니다."

"그렇다면 우리 꽃담이 신녀가 된단 말이오?"

엇박자 놓은 이고의 서슬은 전연 엉뚱한 방향으로 흘렀다. 그건 억장 무너짐에 놓임 받은 승자의 환호성이었다.

8

호타하가 반죽음에서 깨어난 건 사건을 당한 지 두어 달 지나서였다. 팔과 다리 골절이 구부러진 것 외엔 정신이 말짱했다. 사건 당일부터 달포가 지나서 눈을 뜨긴 해도 뇌사 상태라 몸도 가누지 못했다. 정백은 호타하를 자신의 초가로 옮겼다. 천녀와 남정네들이 성황산 움막으로 데려가려던 걸 막았다. 정백에겐 호타하가 자신이 치료해야 할 민초였지 불한당은 아니었다. 호타하가 반죽음을 이긴 건 떠버리처럼 내뱉던, 소림사에서 무예를 연마한게 효험을 본 거다. 정백 의원 의술이 신기다. 초당마을 사람들이 수군거렸다. 다시 두어 달 지나, 구부러진 팔다리 골절도 정상으로 돌아와 사건 전의 건강을 회복했다.

"사람이 거듭나려면 겉모습부터 달라져야지."

호타하는 삭도로 밀었던 머리털도 자라 털북숭이로 변했다. 정백은 가위로 호타하의 머리 모양을 손질해 머리끈으로 묶었다. 험상궂은 예전의 모습에서 벗어났다. 그래도 왼쪽 볼의 칼자국 흉터로 고약한 인상을 지우진 못했다.

"의원님, 이 불초 막심한 놈을 살려줘서 민망하옵니다. 어떻게 해야 지난날의 막돼먹은 놈에서 벗어나겠습니까?"

호타하는 정백에게 깍듯이 절을 올렸다.

"초당마을에 사는 어른들과 어린애들까지도 마주칠 때마다 절을 하는 것."

정백의 지시대로 호타하는 빳빳하던 양어깨가 구부러지도록 그들에게 절을 했다. 그러자 양미간 주름도 펴이고 인상도 선해졌다. 호타하를 보기만 해도 울음을 터뜨리던 아이들이 그의 등에 올라 무동 타기도 하고, 나뭇가지로 칼을 만들어 달라며 따랐다. 반년쯤 지나자, 그 노릇도 싫증 났는지 동문 거리 주막에서 술을 마시고 행패를 부렸다. 더욱이 사나흘 지나, 부내장으로 가서 유부녀를 겁탈한 게 들켜 감방에도 갇혔다. 초당마을에선 서슬 시퍼런 정백의 눈길을 피하지 못해 외지에서 저질은 행패였다. 정백은 이고에게 그 사실을 알리고 보상금을 받아 유부녀 남편에게 건넸다.

정백은 감방에서 풀려난 호타하를 데리고 성황산으로 갔다.

"성질머리 고약한 놈을 어떻게 해야만 그 버르장머리를 고칠꼬?"

정백의 사자후가 성황산 봉우리까지 울려 퍼졌다.

"한동안 무예를 사용 못 해 손이 근질근질, 몸이 간질간질했습죠. 의원님과 무예로 담판 지읍시다. 불초 소생이 이기면 소들내랑 짝짓기해 주시고, 지면 골로 보내 주시고요."

남의 유부녀를 겁탈한 것도 소들내에게 퇴박 당한 분풀이였다. 소들내가 경의 유모로 들앉을 때부터 호타하는 사모의 정을 누를 수 없었다. 소들내를 보면 잊어버린 모성애에 눈뜨고 가정이란 울타리가 그리웠다. 천애 고아로 자란 떠돌이에겐 소들내의 인심과 온정이 다함 없는 활력소였다.

"어디 겨뤄 볼래? 소림사에서 건둥건둥 익힌 무예가 강한지, 소싯적부터 가야산 오지에서 맹수들과 벗하며 자란 내가 강한지. 에 또, 호씨가 지면 진짜 할복자살하는지."

정백이 허리에 찬 의료용 주머니를 풀었다. 그 안엔 침 종류와 수술용 칼이 들었다. 명의원은 그 주머니에서 칼을 꺼내 바위 위에 놓았다. 칼자루가 벗겨 나간 칼날이 햇빛 받아 퍼렇게 번들거렸다.

그들의 겨룸은 한 시진 지나서야 정백의 승리로 끝났다. 칠순 노인이 사력을 다해 장정을 넘어뜨렸지만 일어나지 못하고 비실거렸다. 그 사이, 호타하는 제 목숨을 스스로 끊지 못하고 그 칼로 자신의 성기를 토막 냈다.

영남산에는 뻐꾸기가 노래 부르고, 산자락마다 진분홍으로 물들였다. 동이는 진달래 꽃길을 걸으며 산나물을 뜯어 바구니에 담았다. 산나물들이 바구니 안에서 파릇파릇 싹을 틔우는 듯했다. 저만치서 사금부리가 팬 장작개비가 동이 발치께에 떨어졌다.

"이걸 먹고 힘내."

동이는 대나무 통에 든 인삼차를 잔에 따라 사금부리에게 건넸다. 인삼을 초벌과 재벌 달인 건 어르신들에게 올리고 나머지 달인 건 사내종들과 계집종들이 나눠 마셨다. 인삼차를 들이켠 사근부리는 동이 손목을 꽉 쥐었다. 그걸 뿌리치고 달아나는 동이 뒤를 사근부리가 뒤쫓았다. 진달래 꽃잎들이 꽃비처럼 휘날렸다. 동이가 먼저 큰 바위 사이로 숨어들었다. 사근부리도 뒤따라 들어가서 동이 몸을 꽉 껴안았다.

"참을 수 없단 말이야."

동이가 사근부리를 밀쳐냈다.

"무얼 못 참아? 니 정말 그게 돼?"

"요것 봐라. 내 본때를 보여 주마."

사근부리도 자신이 사내구실 할지 의문이 일었다. 그래도 달아오른 열기를 저어하지 못했다.

며칠 전, 사근부리는 부내 장터 기생방으로 가서 그걸 시험 삼기 위해 바지춤을 내렸다. 기생이 남정네 성기를 보곤 생뚱맞게 굴었다. 니 불알을 누가 빼 먹었노? 달아오른 성기가 기생의 지청구에 사그라졌다. 고 요물단지의 별쫑맞은 짓거리에 비위가 상했다. 나의 첫 경험을 기생 따위에게 바칠 순 없다던 거부감도 치솟았다.

진달래 꽃잎들은 더욱 어지러이 흩날려 사내의 욕정을 북돋웠다.

"되고도 남을 테니 두고 봐."

사근부리는 동이의 치마를 벗겼다. 바지도 벗기고 나니 알몸이 드러났다.

"기오랑, 이러면 안 돼. 마님에게 혼난단 말이야."

"뭐라? 기오랑이라고? 난 너네들에겐 사근부리로 통했어."

처음 친척 아재비 손에 이끌려 임청각 바깥 행랑채로 들어섰을 때였다. 청지기가 물었다. 이름은? 기오랑이라 하옵니다. 열 살배기의 대답을 듣고 청지기가 오른손등으로 주걱턱을 탁탁 쳤다. 기씨라? 그렇습죠. 중국으로 가서 권세 누린 기왕후의 후손입죠. 아재비의 우쭐거림에 청지기가 퇴짜 놓았다. 왕후 운운? 귀하게 굴면 하인 자격이 없는 거야. 뒤로 돌아 가. 아재비가 쩔쩔맸다. 그게 그런께. 머뭇거리자, 청지기가 인심 좋게 굴었다. 척 보아하니 상판대기가 기생오래비처럼 생겨먹어 나으리의 잔심부름꾼으론 천상 요절이라. 눈에 명씨가 박혔으니 명토박이, 팍팍 얼근 곰보를 얼금이라 하거든. 그러믄예. 고게 삭아버렸으니 사근부리입죠. 아재비는 청지기에게 돈냥 받아 떠나고, 사근부리는 임청각 주인의 남종이 되었다. 임청각 하인들은 기오랑을 사근부리라 불렀다. 키가 자랄수록 인물이 훤했다. 계집종들이 군침 흘려 그 별칭은 질서를 지킨 방패막이 되었다. 계집종 중에서 동이가 유일하게 사근부리라 부르지 않았다. 기오랑은 동이를 친동생처럼 보호하며 막일을 도왔다. 근자엔 사모의 정을 억제치 못했다.

물오른 여체에서 풍긴 달착지근함이 진달래 향기와 더불어 더욱 남정네의 욕정을 북돋웠다.

"안 돼, 기오랑. 기오랑 안 돼."

그래, 사근부리가 아닌 진짜 기오랑의 참맛을 보여 주마. 기오랑도 옷을 벗고는 알몸으로 여체를 덮쳤다. 절정에 달한 남정네의 기성이 억눌렀던 자유에의 피 울음으로 이어졌다. 동이의 첫 물도 꽃샘바람 타고 꽃비처럼 내린 진달래 꽃잎을 더욱 빨갛게 물들였다.

9

삼 년 후 봄에 혼인하자던 이고와 서고의 약속은 이뤄지지 못했다. 양가 예비 바깥사돈이 세상을 떠나서였다.

경술년 겨울, 명종은 예조참의에게 관압사管押使로 임명해 명나라 수도 연경으로 보냈다. 관압사는 사신을 관리하는 중책이었다. 지기들은 예순 넘긴 서고에게 몸도 약질인데 머나먼 장정은 위험하다고 말렸다. 그런데도 '신하는 나라를 위해 목숨을 바쳐야 한다'는 결의를 다지며 떠났다. 관압사는 수레가 끄는 가마를 타고 가는 게 전례였다. 서고는 말을 타고 길을 떠나 동짓달 칼바람을 견디며 겨우 연경에 당도했다.

"경의 올곧은 자세는 과연 명신다운 덕목이로구려."

명나라 황제 세종은 서고에게 경의를 표했다. 건강이 좋지 않은데도 가마를 마다하고 먼 길을 말 타고 온 데 대한 찬사였다. 물욕도 탐하지 않고 청빈한 삶을 산다는 걸, 이미 세종은 대신들에게 들은 바였다.

"어명을 받은 신하가 어찌 여유낙락 하오리까."

서고는 열흘도 못 돼 관저에서 숨졌다. 과로와 지병이 악화되어서였다. 명나라 황제는 예부상서를 보내 제를 지내라고 명을 내렸다. 조선 사신에게 그런 특례는 전례에 없던 일이었다. 소문대로 청백리이며 예절 바른 데 대한 경애의 배려였다.

이듬해 사월, 서고의 차남 엄과 맏사위가 연경으로 가서 시신을 말수레에 싣고 한양으로 되돌아 왔다. 시신은 경기도 포천의 해룡산에 안장되었다. 먼저 숨진 부인의 묘 옆이었다.

이고는 약질인데다 소호헌 짓는데 피로가 쌓여, 결국 영원한 잠에 빠져들었다. 정백은 장녀의 불치병에 질려서란 진단도 내렸다. 아무리 경이 날고 긴 천리안을 지녔어도 봉사는 봉사였다. 집안 잔일도 혼자선 도무지 할 수 없는, 누군가의 보조가 필요해서였다. 시집가서 낭군을 도울 내조자로서의 자질도 문제였다. 차라리 귀머거리나 벙어리가 되었대도 골칫덩이가 아닐 텐데. 이고는 맏딸과 마주칠 때마다 가슴에 박힌 돌덩이가 커져만 갔다. 그런 고민을 지우기 위해, 이고는 더욱 소호헌을 짓는데 열성을 쏟았다. 애초에 저택을 짓기로 했지만 대저택은 아니었다. 그런데 차츰 집 모양이 갖춰 가자, 임청각 버금가는 대저택을 지어야겠다는 소명이 걷잡을 수 없이 일었다.

이고는 도반에게 자신의 의향을 타진했다.

"일흔여섯 칸을 지어주시오. 강학당을 군자정 못지않게끔 크게 지었는데, 집도 커야만 조화롭지 않겠습니까?"

"저도 고소원이옵니다."

도반도 쾌히 승낙했다.

"소호헌은 영남의 학자들이 모여 학문을 연마하고 토론할 서원 역할을 하게 될 거요."

예비 사위 해를 두고 등을 띄었다. 만에 하나 그 혼사가 깨진대도, 그 인품과 학식을 지닌 가난한 유학생을 데릴사위로 삼을 작정이었다.

그런 연유는 정백의 고백이 귀에 맴돌아서였다.

"태실에서 삼정승이 태어난다던데, 이미 한 정승이 태어난 거와 진배없습니다."

"누구?"

이고 자신도 이굉과 이용 부자도 관료 출신이요, 학계에선 알려진 문사이지만 정승 감은 아니었다.

"바로 꽃담, 따님입죠."

정백의 우렁잇속은 갈수록 오리무중이었다. 경을 완치하지 못한 죄밑으로 그러려니 싶었다.

"만일 의원이 아니었으면 우리 꽃담은 살아남지 못했을 겁니다."

그러면서도 이고는 그 말을 귀담아들었다. 그렇긴 해도 맹인 신붓감을 서씨 집안에서 며느리로 삼겠느냐였다. 그 고민을 해결하기 위해 이고는 벗을 찾아 나섰다.

이고는 하인들과 함께 고개 넘어 암자 앞에 당도했다. 뜰에 우뚝 선 백일홍 나무 그림자가 암자 처마에 걸린 한서암寒棲庵 현판에 무늬를 드리웠다.

"이렇듯 친히 왕림하시니 반갑기 그지없네."

이황은 단양군수직에서 물러났다. 한성으로 갔지만, 성에 차지 않아 다시 귀향했다. 근자에는 토계에서 그닥 멀지 않은 한서암에서 수도와 학문에 전념했다.

"얼마나 더 수양의 덕을 쌓고 발군의 경지에 이르러야만 진정한 학자다운 품격을 지니겠는가?"

"어느 곳이든 정착 못 한 것도 팔자소관이라 여긴다네. 관리직이 내겐 합당하지 않나 봐. 승문원에 봉직할 당시, 어머님 상을 당해 안동으로 내려와 삼 년 상을 지냈잖은가. 단양군수로 근무 중일 때도 형님이 충청감사로 발령받아 오셨으니 뒷전으로 물러

날 수밖에. 다시 풍기군수로 전임 되었지만, 또 사직했지. 소생에겐 거저 이런 생활이 격에 알맞다 싶으이."

"마음을 비우는 것도 한계가 있을 텐데. 민생 구제에 헌신하는 것도 나라 사랑의 기틀 아니겠는가."

"인간에겐 씨를 뿌리고 가꾸는 무한정의 내일이란 텃밭이 있기에 꾸준히 희망의 쟁기를 마련해야 하잖겠어."

공손하면서도 권위를 유지하는 게 쉽지 않거늘. 이고는 자신은 필부요 이황은 범부임을 대화를 나눌 때마다 깨닫곤 했다. 어쩌나. 가슴에 굳은 돌덩이를 해부하기 위해 예까지 왔는데. 이고는 마음을 추스르며 불안을 다잡기 위해 가만가만 내뱉었다.

"꽃담 말일세."

"이름처럼 고운 달 미인 아닌가? 해에게 들었다네. 임청각 손녀 따님과 백년가약을 맺기로 했다고. 더 이상 반가운 소식은 없을 터. 무릇 스승이란 제자의 낯빛만 봐도 심중을 헤아리잖소. 세상천지를 다 얻은 표정이라니."

가만있자. 여기서 달포쯤 지내더니 지난겨울 한성으로 갔다네. 부친이 중국 사신으로 가신다며. 어쩌나, 예조참의께서 숨겼다는 기별을 받고 새삼 청백리임을 깨달았지만.

바람에 백일홍 꽃잎이 흩날렸다.

"꽃담은, 꼬옷다담은 아아앞을 보볼 수수 어없게 되되었네."

"무슨 그런 말씀을."

"청맹과니라, 아아앞을……."

이고는 경이 그런 연유를 밝혔다. 경청하던 이황의 태도도 숙연해졌다.

"부부란 무언가? 장점은 북돋우고 서로 모자란 걸 채우며 동고 동락하는 게 아니겠나. 해도 천재, 경도 천재, 두 천재끼리 맞붙으면 쨍그랑 깨진 울림으로 서로가 상처를 입기 쉬운 거라, 난 그걸 걱정했거든."

이황은 다시금 목소리에 힘을 실었다.

"머잖아 인고의 아픔으로 맺은 열매가 달다는 걸 깨우칠 날이 오리라 믿네."

벗의 위로를 듣고, 이고는 어지러운 마음을 가라앉혔다.

이튿날 아침상을 물린 뒤, 이고가 먼저 안을 꺼냈다.

"일단은 저쪽에 알려야 하지 않겠나."

이황이 결론 내렸다.

"순리를 따르는 게 선비의 마음가짐이긴 하지. 그 문제를 소자는 일체 모르는 걸로 접어 두겠네. 다만 기약된 혼사를 지우기엔 해의 인품이 그 도를 뛰어넘었다는 걸 장담하고 싶으이."

벗의 전송을 받으며, 한서암을 뒤로 한 이고의 발걸음이 어제보다는 훨씬 가벼웠다.

이고는 숨지기 전, 부인과 세 딸을 군자정으로 불렀다. 모친도 작년 여름에 세상을 떠나, 경이 신경 쓰여 눈을 감을 수 없었다.

"내자는 희와 진과 함께 이곳에서 지내도록 하오. 소호헌은 경의 몫으로 정해 놓았으니."

"지당한 말씀이오이다. 경은 서방님과 저의 큰딸이온데 감히 누가 거절하오리까."

경의 눈동자에 부친과 계모의 모습이 어른거렸다. 때때로 무슨 긴한 일이면 천지가 밝아지며 그런 장면이 찬연히 떠오르곤 했다.

경이 소들내와 활옷에 수놓을 때였다. 타래버선이나 밥상보, 베갯잇보다도 활옷은 크기도 하려니와 수놓기도 여간 어려운 게 아니었다. 활옷의 마무리를 위해 봉황을 수놓는 순간이었다. 누군가가 등 뒤에서 빗나가며 멈칫거린 경의 오른 엄지와 검지 사이에 낀 바늘을 바로 잡는 손이 잡혔다. 차갑고도 투박한 소들내의 손이 아니었다. 손은 따스하면서도 부드러웠다. 더불어 등허리 모시 적삼 사이로 배어든 물기에서 젖 냄새가 풍겼다. 계모로구나. 그런데도 경의 입에선 희 어머니, 진 어머니란 호칭이 새어 나오지 않았다. 경은 그 손길이 마냥 좋아 젖 냄새를 음미하며 왼손을 등 뒤로 돌려 흘러내린 젖을 받아 입으로 가져갔다. 그리운 엄마 젖이었다. 보고 싶은 엄마 냄새였다. 가만한 목소리로 어무이 어무이, 부르는데, 다시 등줄기를 타고 흘러내려 경은 다시 왼손으로 그 물기를 받아 입으로 가져갔다. 눈물이었다. 짭조름한. 경도 덩달아 눈물이 흘러내렸다. 그러고는 입에서 세 음절이 또박또박 새어 나왔다. 어 머 니.

소호헌을 내게 양도하겠다니. 부친의 유언을 고스란히 받아들인 계모가 경에겐 생모처럼 정감을 불러일으켰다.

"어머님도 참, 소호헌을 저 혼자 가로챈다면 그런 욕심꾸러기가 어딨나요? 어머님과 희랑 진이랑 저랑 함께 살면 되잖습니껴."

김씨는 남편의 임종도 그러려니와 전처 딸의 변모가 가슴 적셔 머리를 마룻바닥에 대고 훌쩍였다.

경도 눈물 삼키며 부친 품에 안겼다. 몸은 식어 예전의 따스한 품속이 아니었다.

"경아, 이 지팡이도 내가 특별히 마련한 거니 어디 가든 손에 쥐고 다녀라."

손잡이가 넓고도 튼실한, 괴목에 옻칠한 지팡이였다. 만일 무뢰한에게 낭패당하면 그곳에 상대의 목도 낚아채란 뜻이 숨은 양.

맹인이 되고부터 경은 이용에게 호신술을 배웠다. 벼슬에는 뜻이 없고 낚시질이나 하며 떠돌이 짓에 길들인 이용은 호신술에 능했다. 사촌 오라비는 경에게 필요한 건 요조숙녀와 안방마님의 기품보다도 더 중요한 게 호신술이란 감을 잡았다. 그건 어떤 치기보다도 목숨을 지킬 방어막이었다. 경은 악바리 근성으로 매치고 쓰러트린 그 어려운 과정을 통과했다.

경은 더욱 부친의 품속으로 파고들었다.

"아버님, 곧 달이 뜰 텐데 달마중하셔야지요."

소호헌 공사는 얼추 마무리 중이었다. 이고는 맏딸과 더불어 소호헌 강학당 앞 누마루에 올라 달을 우러르며 시를 읊조린 게 낙이었다.

經營高閣壓江頭 강 입구에 높은 집 지어
登眺都忘歲月流 올라와 바라보며 세월이 흘러감을 모두 잊었네.

晚樹寒蟬秋項咽　저녁 나무 차가운 매미 가을이라 더욱 목이 메고
暮山蒼翠雨餘稠　저녁 산 푸른 물 비 온 뒤라 더욱 짙구나.
亭中牽與雖同樂　정자 가운데서 흥에 겨워 비록 즐거움 같이 하나
湖上追懷暗結愁　강 위에 회포를 쫓으며 남몰래 근심을 맺는다.
滿目悲歡多少思　눈동자에 슬픔과 기쁨이 담겨 얼마큼 생각나는데
倚闌閒數泛波鷗　난간에 기대어 한가로이 물결 위에 떠 있는 갈매
기 헤아린다.

　부친이 시를 읊조리면, 경은 그 박자에 맞춰 흥얼거렸다. 솔숲
의 매미는 가는 여름이 서러워 더욱 울어대고, 학 부부는 소호헌
둘레를 날아다녔다. 갈매기들은 오는 가을이 저희들 시절인 양
앙앙망천 물결 위로 풍풍거렸다. 경은 부친의 눈동자에 어린 기쁨
은 딸과 더불어 시를 읊조린 거다. 슬픔은 딸의 상처를 치유하지
못한 안타까움이 구구절절 맺힌 거란 걸 터득했다.
　이고의 숨 쉼은 더욱 가팔랐다.
　"아버님이라니? 아부지라 불러라."
　얼굴 비비며 목을 껴안은 맏딸의 응석이 이고의 눈시울을 적
셨다.
　차라리 눈 뜬 다섯 살배기 아이의 지능이라면 돌아가는 세상
을 볼 텐데. 날마다 변하는 자연의 조화, 시시때때로 들락거린 객
식구들의 차림새와 표정들조차도 삶의 진수를 깨닫거늘. 넌 그
나이에 천자문을 떼었거늘.
　"아버님, 달이 떠서 온 누리를 훤히 비추는군요."

뜰에서 숨죽이던 하인들도 우후후 신음을 토했다. 맹인이래도 별다른 식견을 지녀서일까. 달을 유난히 사모해서일까. 소들내도 동이도 아가씨의 때맞춰 발한 총명 앞엔 저절로 고개가 수그러졌다.

"그래, 달마중 하자꾸나."

이고는 맏딸에게 등허리를 맡긴 채 달을 우러렀다.

"경아, 넌 앞모습보다도 뒷모습이 더욱 태가 나고 보기에 좋단다. 뒤끝이 깨끗해야만 자신의 발자취에 오점을 남기지 않는 거거든. 나의 딸 경아, 무슨 일을 당해도 저 달처럼 고운 얼굴로 세상을 이겨라."

이고는 그 말을 남기고 숨을 거뒀다.

신접살림, 소호헌

1

저물녘, 신랑 일행은 안동 소호헌 앞길에 당도했다. 한양에서 떠나 열닷새를 지낸 뒤였다. 말을 타고 달려 문경새재를 넘어오기까지 그만한 날수가 지났다.

소호 들녘에는 농부들이 소를 몰고 써레질하던 일손을 멈췄다. 동구 밖에선 어미를 기다리던 송아지들이 '음매 음매' 목소리를 높였다.

그런 정경에 눈도장 찍던 신랑을 향해 서임수가 흥을 돋웠다.

"저 들녘이 이씨가문에서 서씨가문으로 옮겨질 거니, 만석꾼이 부럽지 않겠군."

경이 혼례를 치르고 나면, 이용은 삼촌 유언에 따라 그 토지를 해의 이름으로 등기해 둘 것이다.

"밥 굶지 않고 살면 됐지. 만석꾼이 무슨 벼슬이라고."

서엄의 목소리가 잠겨 들었다. 가난한 살림에 노부를 모시고 형의 가족과 서자동생까지 책임져야 했던 고된 나날들이 떠올라서였다.

모친이 사경을 헤맬 때였다. 맏형 대는 오른손 무명지를 깨물어 그 흐른 피를 모친 입에 넣어 깨어나게 했다. 그랬지만 겨우 하루 만에 모친이 숨졌다. 대도 피를 많이 흘려 모친 상중에 숨을 거뒀다. 아내와 장남을 잃은 서고의 슬픔도 슬픔이려니와 서엄에겐 맏형의 업도 짊어져야 할 멍에였다.

그 단지 사건은 한성 사람들에게 효의 지표가 되었다. 이고도 서임수에게 그 사실을 듣고, 맏딸의 혼인을 결정한 이유 중의 하나였다. 효를 실천한 집안이야말로 가화만사성의 효시였다.

노을이 호반을 황금으로 물들였다. 해는 호수에 손을 담아 휘저어 보고는, 솔숲으로 들어가 노송 허리에 등을 기댔다.

"이 솔숲은 학이 깃을 치는 곳이라네."

서임수가 뒷말을 이었다.

저 뒷산은 한산이씨 종택이 있대서 한산이라 불리구. 소호헌 서쪽엔 소씨들이 살고, 소호헌의 북쪽 안망실에 영양남씨들이 집성촌을 이루었지. 그 마을 옆에 우리 서가들이 살지만 예닐곱 집들이라 별로 빛을 못 보았거든. 이젠 저렇듯 웅장한 저택이 들어섰으니 우리 서가들도 소호리 땅김을 누려야 되잖은가. 저 앞산은 향로봉이라 부르고.

신랑 일행은 대저택 솟을대문 안으로 들어섰다. 그들은 행랑채와 사랑채를 지나 강학당 앞에 이르렀다. 두 개의 솟을 중문이 보였다. 북으로 난 중문은 여인들이 안채로 가기 위한 문이고, 남

100

으로 난 중문은 남자들이 강학당으로 들어가는 문이었다.

"저기 기와에 용 두 마리가 나는 모양이 새겨졌잖은가?"

서임수가 손짓으로 강학당 지붕 머리를 가리켰다. 여염집에선 보기 드문, 특별히 치장한 용머리 기와였다.

"용은 황제를 뜻하잖아. 우리 새신랑이 학문의 최고봉에 올라 입신양명하라는 장인어른의 염원이 담긴 거라네."

망와와 암막새는 용 문양이고, 누마루 수막새는 봉황 문양이었다. 문양 자체도 정교한, 도반이 궁궐 기와 장인에게 특별 주문해 만든 것이다.

강학당은 단층 팔작지붕에 목조 기와였다. 건물의 정면과 측면이 넓고 동쪽으로 대청이 널찍했다. 대청과 누마루 사이엔 띠살창문이 네 개나 달렸다. 대청의 다른 세 면은 널빤지 문을 달아 벽을 삼았다. 대청 동쪽으론 꽤나 넓은 누마루를 따로 달고, 그 옆엔 온돌방도 마련되었다. 그 대청 공간은 서실로 쓰기 위해, 온돌방은 책을 읽기 위해, 특별히 이고가 예비 사위를 위해 마련한 곳이다.

남종들의 안내를 받으며 신랑 일행이 강학당 안으로 들어갔다. 그들은 사흘 후에 치를 혼례를 위해 고단한 몸을 풀었다.

오월의 훈풍을 타고 군자정 앞뜰에 햇볕이 쨍 내리쬐었다. 종가의 청청한 기왓장에도, 정침마당의 석간수 영천과 연꽃이 봉오리를 맺은 연못에도 그러했다. 솟을대문과 사주문, 일각문에도, 햇빛이 한결 밝게 빛났다.

군자정 마루에는 고성이씨 원로들과 바깥사돈 서엄과 서임수가 앉아서 아래를 내려다보았다. 도반은 임청각과 소호헌을 지은 공로로, 정백은 신부의 목숨을 살린 명의원이라 귀빈으로 군자정 마루에 앉은 영광을 누렸다. 연못 둘레와 그 동쪽 위 언덕엔 선비들과 학자들이 모여들었다.

초례청 북쪽에는 화조도 열두 폭 병풍이 펼쳐져, 화사함에 눈이 아렸다.

초례상을 두고 그 옆 둘레에는 그 종가 친척들이, 바로 옆 서쪽엔 혼주 이용과 모친 성주댁이 나란히 의자에 앉았다. 신부 여섯째 삼촌과 신부 계모도 이미 숨졌다. 임청각 새 주인 이용은 모친 성주댁의 도움을 받아 이번 혼사의 제반 일들을 지휘했다. 솟을대문 안뜰에는 초당마을과 와당마을 사람들이 모여들었다. 바깥 행랑채 뜰에는 남자 하인들이, 안 행랑채에는 초대된 손님들의 하인들이, 정침마당엔 여자 하인들이 서성거렸다. 안채 방들과 마루에는 나이 많은 친인척과 안사돈들이 서로 수인사를 나누었다. 그 밖에도 솟을대문 바깥 길에는 길손들과 각설이패들, 무당들과 문둥이 패들도 끼리끼리 덕석을 깔고 앉았다. 그들은 호타하의 위엄에 눌러 혼례식이 끝나기를 기다렸다.

성기를 자른 사건 뒤, 호타하는 몰라보리만치 양순해졌다. 정백은 호타하를 자신의 초가에서 치료했다. 소들내는 의복과 보양식을 책임지고 돌봤다. 호타하는 정백과 이고의 배려와 소들내의 온정에 감읍해, 임청각의 솟을대문 지기를 자청했다.

초례상은 괴목을 조각해 옻칠한 것으로 반질반질 윤이 났다.

102

그 상 위에는 청과 홍의 초가 꽂힌 촛대 한 쌍과, 소나무 가지와 대나무 가지를 꽂은 청자 화병 한 쌍이 놓였다. 백미 두 사발도, 밤과 대추를 담은 백자 접시도 놓였다. 문어조와 백자 술병 두 개와 두 개의 잔도 자리를 차지했다. 그 혼례상의 귀빈으로 초청된 수탉과 암탉은 비단 보자기에 싸여 발목이 잡힌 채 눈동자를 또록또록 굴리며 뒤뚱거렸다. 새벽에 수탉의 홰친 소리는 밝고 신선한 하루의 첫 출발이요, 암탉이 달걀을 많이 낳듯 신부도 아이를 많이 낳으란 기원으로 혼례식 때면 놈들이 초청 받았다.

소나무와 대나무는 절개를, 밤과 대추는 장수와 다남을 뜻했다. 쌀은 밥 굶지 않은 걸 복으로 여긴 우리 선조들의 농경문화를 향한 예우였다. 청색은 신랑, 홍색은 신부의 색으로 예부터 전해 온 관습이었다. 문어조는 문어를 십장생 모양으로 오렸다. 수부다남을 누린다는, 소들내의 매운 솜씨가 돋보였다.

"신랑 입장,"

시자侍者의 호령이 군자정 지붕 위로 쩌렁 울려 퍼졌다.

신랑이 사주문 안으로 들어서자, 모두의 시선이 쏠렸다. 사모관대 쓰고 쌍학흉배 단 남색 관복을 걸치고 허리에는 서대를 두른 신랑을 보고, 하객들이 탄성을 발했다. 목이 긴 검정색 목화를 신어, 큰 키에 생김새도 훤칠해 주위를 압도해서였다.

신부 혼주가 사주문 앞으로 나가 신랑을 맞이했다. 신랑은 읍한 자세로 공손히 허리를 구부렸다. 기럭아비가 들고 온 목안을 시자가 받아 성주댁에게 건넸다. 성주댁은 치마폭을 들춰 공손히 받았다. 기럭아비는 서임수의 사촌 동생 서현수였다. 슬하에 칠

남매가 건강하게 잘 자라고 등 따습고 배부를 정도의 토지를 지녔다. 부부 금실도 좋아 복을 두루 갖췄다고, 소호리에 사는 대구 서씨 가문 남자 중에서 이번 혼사의 기럭아비로 선정되었다.

목안은 귀티나게 잘생긴, 기예가 특출한 명품이었다. 기러기는 연을 맺으면 숨질 때까지 정절을 지킨다고, 백년해로의 정표로 신랑이 가져온 것이다.

혼주는 선채로 서쪽을 향했다. 신랑은 성주댁에게 목안을 받아 들고 북쪽을 향해 무릎 꿇고 앉아 백자 쟁반 위에 놓았다. 신랑은 일어나 두 번 절하고, 초례청 동쪽에 섰다.

전안례가 무리 없이 끝났다. 서엄과 서임수는 서로 마주 보며 고개를 끄떡였다.

훈풍은 정침 마당에 선 신부의 머릿결을 스쳐 이마에 원을 그리더니 콧등을 거쳐 입술에 머물렀다. 경은 연지곤지 찍은 화사한 낯빛으로 진분홍 입술을 달싹였다. 신부는 소들내의 도움으로 두루치기 치마 위에 무지기를, 밑단에 금박 입힌 다홍 스란치마를 어깨에 걸쳤다. 자주색 회장을 넣은 삼회장 연두색 저고리도 입었다. 그 위에 활옷도 곁들었다. 머리 모양은 어여머리로 홍사에 금박 입힌 도투락댕기를 맸다. 더불어 보석으로 장식한 족두리를 쓰고 용잠도 꼈다.

동이가 신부에게 당혜도 신겼다. 소들내가 목단과 나비를 수놓은 걸 안동의 장인 갖바치가 만든 것이다.

신부 단장을 끝낸 소들내가 양손으로 가락 젓기를 했다.

"우리 아가씨, 아니, 우리 신부님은 구름 타고 오른 선녀 아니오니까?"

"선녀가 하늘로 오르면 서방님은 나무꾼이 되어 팔딱팔딱 뛸 텐데 우짤꼬."

이용의 처 광산댁이 응수했다.

"한울님이 두레박을 내려 서방님을 귀히 모실 테니 그런 염려는 마이소."

동이가 신부의 앞뒤 차림새를 점검하고 한쪽으로 기운 족두리도 바로 세웠다.

"우리 엉가는 조선 제일 신부답게 초례청이 빛나고도 빛날 테지."

희가 실수하지 말라며 언니를 감쌌다.

"내가 엉가 치마폭에 숨어 신부가 되면 안 돼?"

진이 어리광을 부렸다.

마침내 시자의 외침이 군자정 대들보를 울렸다.

"신부 입장."

경은 수모手母의 인도에 따라 하얀 비단길을 사뿐사뿐 걸었다. 수모는 광산댁과 소들내였다. 신부 뒤를 따라 종종걸음 치던 까치 부부의 발자국이 비단길에 무늬를 낳았다. 경은 일각문을 지나 초례상을 가운데 두고 신랑 맞은 편 서쪽에 섰다.

일순 신랑의 시선이 신부의 모습에 머물렀다. 잔잔한 미소와 더불어 얼굴에 애련한 빛이 감돌았다.

신랑은 시자의 손짓으로 북쪽에 마련된 놋대야에 든 물로 손을 씻었다. 신부는 남쪽에 마련된 놋대야에 손을 씻는 시늉을 했다. 이어 신부가 두 번 절하고 신랑은 한 번 답례했다. 다시 신부가 두 번 절하면 신랑이 한 번 답례해 교배례가 끝났다. 신부 혼주의 헛기침과 성주댁의 내리 쉼이 화음을 이루었다.

뒤이어 시자가 백자병에 든 술을 잔에 따라 신랑에게 주고 안주를 권했다. 신랑은 신부를 향해 읍하고 술잔을 기울여 땅에 조금 부은 뒤 들이키고 안주도 씹어 삼켰다. 시자가 다시 신랑에게 술잔을 권했다. 신랑이 다시 신부를 향해 읍하고 술을 들이켰다. 뒤이어 시자가 신랑 신부에게 표주박을 주고 술을 따르면 신랑과 신부는 서로 표주박을 바꿔 술을 들이켰다. 박을 반으로 나눈 게 표주박이라면, 신랑과 신부는 동심일체, 하나란 뜻이었다. 더불어 근배례가 끝났다.

혼례식을 지켜보던 군자정의 노인들도, 혼주 뒤에 선 친척들도, 초대받은 하객들도, 안도의 숨을 내쉬었다.

임청각으로 가기 위해 신랑은 교자를 타고 서엄과 서임수는 말을 타고 고갯길에 이르렀다.

신랑 일행이 동문거리 주막에 당도했다. 구경꾼들이 모여들었다. 미리 기별 받은 주모가 도배된 방안으로 신랑 일행을 안내했다. 신랑이 예복을 갈아입고 밖으로 나왔다. 구경꾼들의 환호성이 터졌다.

왁자한 울림이 노를 젓는 사공의 귀에도 들렸다. 에헤야, 에헤야, 신랑 행차하신다. 사공은 노를 들고 창을 불렀다. 사공들은 철마다 임청각 주인에게 품을 받아 그 종가 식솔에 대한 보살핌이 남달랐다.

웅성거린 구경꾼 중에서 누군가가 한탄조로 내뱉었다.

"신랑은 사지 멀쩡해 잘도 생겼다마는, 쯧쯧."

서엄은 귀를 의심했다. 그냥 흘려들을 객담인 줄 여겼더랬다.

"그러게 말이네. 부잣집에 장가가서 엽전꾸러미가 쌓이긴 하겠다만."

"와이 카노. 입이 방정이지."

주모가 쉬잇, 하며 나불대던 아낙의 입을 막았다.

서엄은 주모를 뒤란으로 불렀다.

"방금 뭐라 했기에 분위기가 뒤숭숭한고?"

"아입니더. 잘못 들었습니더."

"냉큼 사실대로 고하지 않으면 관가로 호출할 테다."

주모는 또 무슨 날벼락을 당할까 봐 파리해졌다.

"아휴, 고만 화를 거두시소. 경 아가씨, 아니지예, 신부님이 당달봉사인 기라예."

"뭐라? 혼인을 방해하는 죄도 감방살이 면치 못한다는 걸 알렸다."

"저정마말이라니께예. 만일 거짓이라면 제가 죽일 년이 되고도 남습니더."

서엄은 해와 서임수를 방안으로 불러들였다.

"아저씨, 이 무슨 기막힌 짓인지요? 해와 저를, 아니 우리 대구서가 가문을 농락할 겁니까?"

서임수는 서엄의 불같은 성격을 알기에 능장 부렸다.

"무슨 일로 불통 튀기는고?"

"신부가 당달봉사라뇨?"

서엄은 아재비의 헛기침을 무시하고 쇳소리로 맞섰다.

"사기 혼인에 앞장서서 챙긴 게 무엇입니까? 소호리 논마지기라도 안겨 준답디까?"

"그 문제는 당사자 신랑에게 물어보게나."

서임수가 뒤로 물러섰다.

"해는 총각이지 신랑은 아니죠. 아직 혼례 전이니 되돌아가면 그만입니다."

서엄은 분노를 삭이며 그 자리에 풀썩 주저앉았다.

"재산을 많이도 안겨 준대. 처녀가 재색 겸비한 귀상이라고, 퇴계 선생이 달 미인이라 불렀다나. 지혜는 얼마나 출중한지, 낙동강 물을 말로 길어 은하수에 쏟아 부울 정도라네. 너무 흥감스러워 어쩐지 불안에 떨었지요."

그래, 우리 해가 그만한 곳에 장가 못 갈까 봐 사기에 얹혔단 말입니까? 해는 우리 대구서가 가문을 반석 위에 올릴 영재이잖습니까. 당달봉사가 어떻게 내조를 하겠느냐고요. 또 우리 대구서가 가문이 얼마나 청빈한 집안인데, 그까짓 자산에 퉁때 올려야 되겠습니까? 집안 망신도 유분수지. 얼른 돌아가자고요.

해가 조심스레 입을 열었다.

"형님 송구하옵니다. 신부 쪽에서 사기 친 게 아니라 제가 아저씨에게 그 사실을 비밀로 하시라고 사정했습니다."

"왜? 무엇 땜에?"

108

서엄의 쉿소리에 바깥의 웅성거림이 멈췄다.

"저는 경 아가씨 외는 혼인하지 않기로 이미 결심을 굳혔거든요."

서엄은 동생의 착 가라앉은 태도에 더한층 화가 솟구쳤다. 한순간도 앞 못 보는 게 얼마나 치욕이요 곤욕인데.

"요런 바보 좀 봤나. 아버님이 청혼하신 건 이씨 낭자가 봉사되기 이전 아닌가. 변명도 필요 없다. 얼른 돌아가자고. 어서."

형의 서슬에 해는 당당히 맞섰다.

"제가 눈병 나서 열흘 동안 눈 마개 하고 지냈잖습니까?"

"그럼. 얼마나 학문에 매달려서 그러나 싶기도 하고. 진짜 봉사가 되면, 어쩌나 싶어 온 식구가 발칵 했지."

"사실은 눈병 난 게 아니라 꾀병이었죠. 경 아가씨가 장님이 되었다는 아저씨의 말씀을 듣고, 장님이 된 저 자신을 시험해 보고 싶었거든요. 경 아가씨의 입장이 되어보고 싶기도 했고요."

이 멍텅구리 좀 봤나. 착하고도 착한 네가 식구에게조차 속임수를 쓰다니.

"그래, 어떻든?"

"장님이 되어도 심지가 굳으면 무슨 일이든 해 낼 거란 자신감을 얻었지요."

참 순진도 해라. 이십 세도 안 된 네가 성리학이란 어렵고도 어려운 학문에 입문했다고 학계에서도 떠들썩한데, 진짜 눈먼 장님이로구먼.

서엄이 할 말을 잃고 낙담한 틈을 타서 서임수가 조건을 내세웠다.

"혼인해 살다 정 무엇하면 소실을 둬도 되잖아. 신부는 안방마님으로 대접하고 내조는 소실이 얼마든지 할 텐데."

"아저씨도 참. 저희 형제들이 아버님 소실 때문에 곤욕 치른 걸 모르시진 않겠지요?"

서엄의 분통이 다시 터졌다.

한성 사람들은 부모에게 효도하고 형제들이 의좋게 지내며 가내가 화목한 집안을 '서씨들'이라 불렀다. 대구서씨들이 대대로 청빈하면서도 그런 예를 갖춘 집안이라서 그리 불리었다. 대의단지 사건도 더욱 그런 예를 뒷받침해서였다. 그렇긴 해도 서고의 소실이 놋그릇을 주문하고 돈이 없어 그 값을 치르지 못해, 육조거리 시전 장사치들에게 비웃음 샀다. 소실에서 난 영도 어미를 닮아 허욕 많고 술독에 빠져 말썽을 피웠다. 그러므로 서엄이 그 문제들을 해결하기 위해 애를 태웠다.

"소실이라뇨? 저는 경 아가씨만으로 만족할 겁니다."

해가 단호히 고집부렸다.

"사대부 집안들이 제 아무리 양반입네 턱을 높여도 가난에 찌들면 밥 굶기 마련이잖아. 재복이 무더기로 들어오는 걸 마다해서야 되겠는가. 지금 해에겐 여웃돈이 넉넉해야 출셋길도 빨리 트인다네. 그 본보기로 나를 보게나. 신부 부친 무금정과 서당지기로 공부해 나란히 진사시험에 합격했지만, 시류에 얽매여 이리도 쫄쫄 박복하게 지내잖은가."

신붓감이 맹인 된 걸 알고도 서임수가 양가 혼인 맺기를 마다

하지 않은 건 가난에 한이 서린 탓이었다.

해보다 여덟 살 많은 서엄은 진사시험을 여러 번 치러도 떨어져 낙심하고 있던 터였다. 박학능문으로 주위에 알려져도 생활고에 찌들어 재능을 발휘할 수 없다는 게 이웃들의 평이었다.

"참, 깜빡이네. 해가 잔병은 없다지만 선천적으로 야윈 몸매잖아. 그러니 기를 북돋을 명약으로 몸을 보신해야만 조선에서 내노라할 석학이 되지 않겠나. 건강해야만 재능을 발휘하는 거거든."

엽전 꾸러미를 포대기로 쌓아놓았대도 명의가 없으면 병도 낫지 못할 터. 조선의 화타라 불린 정백 의원이 임청각 권솔을 돌보잖아. 까짓것 허약한 체질도 건강 체질로 못 바꿔 놓을까 보냐. 신부가 맹인이라지만 시시때때로 볼 수 있는, 완전 맹인도 아닌 게 정백의 의술이 빛을 발한 거지. 또 예사 여인들이 따르지 못할 영안을 지닌 것도 후한 점수를 줘야 마땅하거늘.

아재비의 설득이 웬만큼 먹혀들었는지, 서엄은 더 고집 피우지 못했다. 그 틈을 놓치지 않고 해가 재촉했다.

"형님, 이미 사주단자도 보냈고요. 오늘이 바로 혼례일 아닙니까. 우리가 지금 한성으로 되돌아간다면 경 아가씬 어찌 되겠습니까. 일생을 혼인도 못 하고 눈물로 지새우지 않겠습니까. 저의 이익을 위해 도무지 그럴 순 없습니다. 바깥에 모인 저 많은 사람을 보십시오. 저이들이 배고프기 전 얼른 가서 혼례를 치러야지요."

서엄은 동생의 고집을 꺾을 수 없어 말 등에 오르고, 신랑은 교자 위에 올랐다.

영남산에는 부엉이도 잠들고 풀벌레들의 지저귐도 멈춘 고요한 밤이었다. 신방 근처엔 얼씬도 말라던 바깥주인의 엄명으로, 친인척들과 하인들도 일찍 잠자리에 들었다. 다만 소들내와 동이가 정침 갓방에서 바깥 동정에 귀 기울였다.

신방은 안채 안방이었다. 화단에서 서걱거린 나무들의 그림자가 쉬엄쉬엄 다가와 창호지에 무늬를 드리웠다. 달은 영천에도, 하인들이 비질한 마당에도, 신랑이 군자정에서 신방으로 갈 때 걸은 목화 자국마저 훤히 비추었다. 댓돌 위에는 신랑의 검정 목화와 신부의 목단 당혜가 나란히 놓였다. 그 목화와 당혜는 첫날밤을 알린 청신호인 양 달빛에 젖어 들었다.

쌍 놋촛대에는 청초와 홍초가 밝게 타올랐다. 벽을 가린 화조도 병풍이 어우러져 방안은 무릉도원처럼 붕 떠 오르듯 했다. 화조도 보다도 더욱 해를 달뜨게 한 건 신부의 자태였다. 어디에도 맹인 낌새도 못 느낄 정도로 신부의 자태는 기품이 흐르면서도 매혹이었다. 이마와 볼을 타고 흐른 연지곤지가 선홍빛 입술과 더불어 한결 화사함과 부드러움을 더했다. 더욱이 눈동자는 그리움을 담은 청청한 빛으로 아롱졌다.

해는 신부의 족두리를 벗기고 어여머리와 앞 댕기와 주렴도 벗겼다. 활옷도 벗기자, 신부의 떨림이 손끝에서부터 전해졌다. 해는 신부를 감싸 안았다. 손가락을 꼽고도 꼽은, 오 년 넘은 날수를 헤아리며 그리움에 목맸던 나날들이 이 순간을 위해서가 아니었던가. 신랑은 신부의 손에 무얼 쥐여주었다.

"목안을?"

"내가 손수 다듬은 거라오."

경은 목안을 어루만지고는 가슴에 품었다.

"서방님을 닮았군요."

"어떻게 그런 사실을 아시오?"

대목들을 통해 설악산의 나무들을 구했다. 궁궐을 짓다 남은 춘양목도 구해 목안을 다듬고 다듬었다. 진정 내 모습이 담긴 '서해 목안'이 되게끔. 수십 개를 다듬고 나서 그중에서 합당한 열 개를 골랐다. 그중에서 좋은 부분을 취해 다시 다듬은 게 그 목안이었다.

"서방님이 손수 다듬은 거라면 그 혼이 배여 진정 서방님을 닮은 목안이 된 게지요."

어쩜 저리도 거리낌이 없을까. 해는 맹인 아닌 스승을 대한 양 목소리에 공경을 실었다.

"그럼 그 목안의 생김새를 들려주겠소?"

경은 서너 번 그 목안을 쓰다듬고 청초와 홍초 촛대 가운데서 또 서너 번 살피곤 입을 열었다.

"귀공자처럼 훤하면서 볼에 살이 붙었군요. 두상은 길고. 지혜가 눈동자에 박혀 빛나고 몸통은 날씬하군요. 춘양목의 결도 살아 움직인 듯하고요. 또 하나,"

"그게 뭐요?"

해의 눈빛이 밝게 빛났다. 경은 낭군의 얼굴을 유심히 살피고는 명쾌하게 답했다.

"오른쪽 볼 위에 검은 점이 나 있군요."

해는 청풍 동헌 앞뜰의 일들을 떠올렸다. 낭자는 이마가 반듯하고 청청한 눈동자는 별꽃처럼 튀고 갈매기 입술에 야윈 몸매였다. 그리하여 자신의 살을 접붙이고 싶을 정도로 애연스러웠다. 허나 자신도 훌쩍한 키에 야윈 몸매였다. 이젠 볼에 살이 붙고 그동안 오른쪽 볼 위에 검은 점이 생겼다. 그런 변화를 어떻게 맹인이 지적할까.

"낭자, 그대는 성성한 눈동자를 지닌 아리따운 귀녀이잖소. 어떻게 장님이라 소문났습니까?"

다만 시력이 약할 뿐인걸. 해는 신부를 껴안고 하늘로 오르고 싶었다. 내가 맹인인 걸 알고도 도망 안 가고 오셨구나. 경의 눈동자도 환희에 젖었다.

"그건 사실이에요. 어쩌다 지금처럼 세상이 보일 때가 있지만. 저의 일생에 가장 소중한 날인데 그걸 못 헤아린다면 산목숨이 아닌걸요."

정백도 경에게 주의를 주었다. 인간의 뇌는 마음의 움직임과 변화의 조짐을 담아 그게 입술을 통해 말하게 한다. 눈으로도 보이게 한다. 아가씨 눈동자는 얇은 각막이 검게 변해도 무얼 꼭 이루어야 할 각오를 다진다면 어느 순간 맹인의 멍에에서 벗어난다고.

쑥뜸이 효과를 본 것도 정백의 지론에 윤기를 더했다. 정백은 경의 체질에 쑥이 알맞은 걸 알고, 월출과 사내종들을 시켜 지리산 산골에 자란 약쑥을 뜯어오게 했다. 그리하여 발목, 손등, 목 뒤에 쑥뜸 뜨는 걸 계속했다. 덕분에 어쩌다 간절한 소망이 검은 각막을 헤치고 빛으로 이끌었다.

과연 그랬구나. 혼례식 때도 신부는 술잔에 술 한 방울도 안 흘리고 초연한 자태로 임했지. 해의 눈동자도 환희에 젖었다. 낭군은 또 무얼 내밀었다.

"이건 무엇이오?"

"귀주머니 아닌가요?"

되묻는 경의 얼굴이 꽃송이처럼 활짝 피었다. 청풍 동헌 앞뜰에서 부친의 헛기침에 놀라 그 자리를 뛰쳐나올 때 흘린 걸 주워 이때껏 간직하고 계시다니. 신부도 반짇고리 안에 담긴 귀주머니를 꺼냈다. 경이 손수 만든 남자용 귀주머니였다.

"우리 이걸 바꿔치기 해요."

신랑과 신부는 귀주머니를 서로 바꿨다. 신랑은 신부에게 또 추가 주문했다.

"이 옷고름을 꿰매 주겠소?"

군자정에서 퇴계 문하생들이 신랑에게 장난칠 때 떨어져 나간 저고리 옷고름이었다. 신부는 바늘귀에 실로 꿰어 옷고름을 저고리 앞섶에 매끈하게 달았다. 신랑은 신부를 와락 껴안았다.

"긴히 말씀드립니다."

신부의 입술이 젖었다.

"무엇이오? 하늘의 별을 따오라고 해도 그리하겠소."

신랑은 신부의 양손을 꽉 쥐었다.

"아버님에겐 아들이 없고 제가 아버님의 맏딸이옵니다. 아버님과 어머님, 새 어머님, 세 분의 기제사를 서씨가문에서 우리 후손들이 내리 지내도록 허락하소서."

절절이 가슴에 닿은 부탁이요 호소였다.

"분명 그리하도록 하겠소."

꼬끼오, 수탉의 자명종이 널리 퍼졌다. 신방에서 치른 신부의 첫물이 옥양목 수건에 고이 배어들었다.

"그대와 나의 첫날밤 언약이구려."

신부는 뭔가 빠져나간 듯한 아랫도리 통증을 견디며, 옥양목 수건으로 낯가림한 신랑을 향해 미소 지었다. 나의 기쁨이 저 첫물에 무르녹았구나.

"반드시 지키리다. 생생한 나의 두 눈이 그대의 눈동자에 생기를 불어넣어 햇빛보다 더 환한 눈동자를 지니게 되리란 걸."

신랑은 신부를 껴안아 눈동자에 눈 맞춤했다. 신부의 코에 콧김도 쐬었다. 그리고 신부의 입술에 자신의 입술을 포갰다.

2

가뭄 끝에 단비가 내렸다. 초여름의 더운 기운이 가시고 한결 시원했다. 신부는 안채 마루에서 신랑과 마주 보고 앉았다.

소호헌 안채도 서향으로 안방과 마루, 건넌방으로 된 구조였다. 건넌방은 서안과 책장이 놓여 신랑이 책을 읽는 곳이었다. 친인척 여인들이 들락거리면 마루를 통하지 않고서도 신랑이 바깥으로 나가게끔 남쪽 여닫이문도 달렸다. 마루는 예닐곱 사람들이 앉을 정도로 꽤 넓었다. 아침이면 신혼부부가 나란히 앉아 그날의 일들을 의논했다. 북쪽으로 난 문을 열면 뒤뜰의 화단에는 봉숭아, 접시꽃, 달리아, 유도화가 피어 꽃 잔치가 열린 듯했다. 띄엄띄엄 핀 맨드라미 사이에서 수탉이 홰를 치자, 뒤따르던 새끼들이 어미 품을 파고들었다.

"저 맨드라미 꽃송이가 수탉 볏과 닮지 않았소?"

해는 신부에게 몸짓과 눈빛으로 대화를 이끌었다. 달포가 지나자, 경은 보이지 않아도 낭군의 의중을 꿰뚫었다.

"그러기에 사람들은 수탉 볏을 벼슬이라 부르며 경애하더이다."

"내가 당상관을 머리에 얹기를 원하오?"

"고소원이옵니다."

"소생은 내자의 지팡이가 되기를 바라오. 일생을 안내자가 되는 게 다함없는 기쁨 아니겠소."

"무슨 엉뚱한 말씀을 하니꺼. 만일 그러신다면 전 이 세상 사람이 아닐 거니더."

경의 동공이 흐릿해졌다.

실언했구나. 해는 긴장했다. 누구에게든 검은 머리 파뿌리 될 때까지 사랑하겠다는 맹세가 나의 아내에겐 역반응을 일으키게 된다는 걸.

"우리 정다이 소호 둘레를 돌아보고 뒷산으로 오릅시다."

"이걸 머리에 쓰시고 걷는다면 저의 기쁨일 거니더."

맨드라미 꽃송이를 엮어 장식한 화관이었다. 경은 어릴 때 임청각 학자 목 아래서 과거에 합격하고 금의환향한 유학생의 머리 위에 그런 걸 씌우고 환영한 걸 상기하며, 그 화관을 만들었다. 이 아까운걸. 그 꽃송이가 봉오리를 맺고 피어날 때까지 얼마나 많은 노력을 기울이는데. 해는 목구멍까지 차오른 쓴소리를 삼켰다. 그러면서도 맨드라미 화관을 만들기 위해 고심했을 아내를 나무랄 수도 없었다. 신혼의 단꿈에 젖은 데다, 자신도 그 기나긴 날들의 간절함이 새삼 그리워서였다.

신부가 북쪽 솟을중문을 열었다. 그 아래 옆 우물가에서 일하던 동이가 일손을 멈추고 안주인의 뒤를 따랐다. 신랑도 기오랑의 안내를 받아, 남쪽 솟을중문을 열고 나왔다.

솟을대문을 지키던 호타하가 그들 부부를 보고 뒤로 물러났다.

신랑 신부가 혼례식을 올리고 처음 소호헌으로 오던 길이었다. 호타하를 호위병으로 채용한 건 이용이었지만 대문 지기로 이끈 건 정백이었다.

임청각에서 소호헌까지는 아침밥 먹고 길을 떠나면 낮밥을 먹을 즈음 당도하는 거리였다. 산을 넘고 들을 지나면 도둑 떼를 만날 수도, 문둥이들의 행패에도 맞서기 위해선 호타하 같은 호위병이 필요했다. 이왕 소호헌으로 간 김에 그곳 솟을대문 지기로 영입하는 것이 마땅하다고, 정백이 이용에게 건의했다.

소호리에 강학당이 들어섰다는 소문이 영남 각처에 퍼졌다. 그러자 어중이떠중이 유학생들이 많이 몰려들었다. 임청각의 친손녀요 만석꾼 외손녀가 억만금을 쥐고 시집왔다는 소문이 그들의 화제로 떠올랐다. 한량들과 각설이패들, 문둥이들도 떼거리로 몰려들어 소란을 피웠다. 경은 강짜 부린 남정네들에겐 소호리의 논밭에서 일하게 하여 그 삶을 넉넉히 안겨주었다. 노부모를 모신 극빈자들에게는 소호리의 토지 경작을 하게 해서 그 수확으로 생활에 윤기가 흐르게끔 도왔다. 호타하와 소들내는 그런 일들을 잘 무마해 신혼부부의 짐을 덜어주었다. 해와 경은 솟을대문 바깥 옆의 회화나무 아래서 걸음을 멈췄다. 이고가 임청각 학자 목순을 캐어 심은 건데, 신랑의 가슴께에 닿을 크기였다.

"서방님이 과거에 장원해 금의환향하실 때, 여기에 청홍 비단 끈도 걸게끔 아버님이 미리 준비해 두셨는걸요."

아내의 간절한 바람을 저어하지 못해 해는 마지못해 답했다.

"아무튼 이 학자수가 길이 보전되어, 우리 강학당을 드나든 유학생들이 많이 과거에 합격하기를 바라오."

소호는 실꾸리에 감긴 실이 다섯 살배기 아이 손아귀 둘레의 길이만큼 깊다는 곳이었다. 그 나이 또래 아이 키의 두 배 정도였다. 그다지 깊지 않고 가뭄이 져도 바닥이 드러나지 않아 들여다보는 길손들의 모습이 비쳤다. 그리하여 호사가들에겐 천생 호수답다는 평을 들었다. 호수 둘레에 선 수양버들 가지는 호수를 빗질하고 홍련과 백련은 봉오리를 틔웠다. 나비 떼들도 숨바꼭질하며 꽃송이 사이로 오락가락했다. 잠자리 떼들도 날아다니고, 매미도 시원스레 찬가를 부르는, 초여름의 흥취를 뿜어댔다.

해가 설핏 기울 무렵이었다. 모를 심은 들에도, 물결이 찰랑찰랑 흐르는 안망천에도 일꾼들과 빨래하는 여인들이 보이지 않았다. 신혼부부는 조심스레 발걸음을 옮겼다. 호수 둔덕에서 기웃거리던 따오기와 뜸부기도 인기척에 놀라 보금자리로 숨어들었다. 앞장선 해는 맨드라미 화관을 쓰고, 경은 동이의 부축을 받으며 뒤따른 게 호수에 비쳤다.

"비녀는 바로 꽂혔어?"

연봉에 산호를 물린 은비녀였다.

"그러믄예. 고이 적삼 앞섶도 똑바로이니더."

꽃분홍 치마에 은조사 저고리를 받힌, 초록 고이 적삼 입은 신부의 모습이 소호를 채색으로 물들였다.

경은 낭군의 맨드라미 화관은 희미하게 보여도, 호수 위에 뜬 자신의 그림자를 볼 순 없었다. 곁에 선 동이 얼굴도, 모를 심은 들녘도 보이지 않았다. 때때로 그런 기이한 현상으로 한동안 실어증에 시달렸다. 그런 예를 상쇄하기 위해 동이를 데리고 소호헌의 구석구석과 그 둘레를 돌고 돌았다. 혼자서 거닐 여유를 지니기 위해 신발이 닳도록 답습했다.

그들은 솔숲으로 들어갔다. 학이 둥지 친 노송 아래서 신혼부부는 통나무 의자에 앉았다.

"스승님이 그러시더군. 나이가 들수록 소나무가 정겹다고."

해가 이황을 떠올렸다.

"아버님도 그러셨지요. 참 잊을 뻔했네."

경은 학의 깃을 주워 낭군의 오른쪽 귀에 걸었다. 하나를 더 주워 자신의 오른쪽 귀에도 걸었다.

"우리 이 깃으로 명 시구들을 써 보도록 해요."

아내의 하는 짓이 마음에 닿아 해가 상쾌하게 웃었다.

어느새, 노송 위 둥지에서 학 부부가 내려와 해의 양어깨에 나래를 접었다. 그런 낌새를 눈치챈 경의 얼굴이 화끈 달아올랐다.

"이제까지 아버님 외에는 저들이 그러지 않는데."

지난 유월 초순이었다. 신혼부부는 안동부 일직현 바랑골 동산에 있는 이고 부부 묘지를 참배했다. 바랑골 동산은 소호헌 앞쪽이며 향로봉 남쪽에 위치한 곳이었다. 안내자는 서임수였다.

신랑은 신부에게 다짐했다. 아버님이 내자에게 베푼 온정을 이제부턴 내가 대를 이어 베풀도록 하겠소.

그날 소들내도 경에게 속닥였다.

아씨, 어르신 묘지 동산과 향로봉 둘레까지 진달래가 엄청 피었거든예. 저 꽃들을 따서 술을 빚읍시더.

경도 선선히 응했다.

소호두견주라 부르면 한결 운치가 나겠지.

해는 양어깨에 동동거리는 학 부부를 쓰다듬었다.

"경기도 포천의 부모님 묘소 근처의 소나무 숲도 학의 보금자리거든. 내가 가면 이렇듯 놈들이 반긴다오."

한산 자락에 오를 때는 신랑이 신부를 감싸며 걸었다. 그들은 소호헌 뒷동산에 올라 감꽃이 열린 감나무 밭에서 걸음을 멈췄다. 신랑이 먼저 떨어진 감꽃을 줍자, 동이도 따라 주웠다. 신랑은 노끈으로 감꽃을 꿰어 만든 화관을 신부 머리 위에 얹고, 감꽃 목걸이도 신부 목에 걸었다.

"맨드라미 화관이 당상관 벼슬을 뜻한다면 감꽃 화관은 당상관의 부인, 정경부인이 쓰는 거로군."

낭군이 동화를 엮자, 경도 소원을 담았다.

"필히 열두 광주리에 담고도 남을 화관들일 거니더."

밤이 되자, 경은 안방에서 이부자리를 폈다. 요를 깔고 그 위에 이불을 덮었다. 손 감정이 눈대중을 넘나든 게 맹인들의 일상이었다. 허나 손 감정이 눈대중을 넘나들 리 없다는 게 경의 고민이요, 자신이 풀어야 할 과제였다. 이부자리 하나를 두고도 그걸 어떻게 펴야 하는지 난감했다. 더욱이 어떤 자세로 낭군을 맞이해야 할까, 의문이 일어 소들내에게 배우긴 했다. 그래도 사랑의 행위란 배움이 아닌 원초이기에 경의 고민은 컸다.

경은 어떤 자세로 낭군을 사로잡을까, 전전긍긍했다. 겉으론 남들에게 정다운 부부로 보였다. 실은 그들 부부에겐 남들이 누린 보통의 삶이 아니기에 신경이 곤두섰다. 경은 잠자리에 들어도 자신의 몸짓이 낭군에게 어떤 모습으로 보일까 몸을 사렸다. 그런 예가 잦아지자, 성행위가 불발로 끝난 횟수가 늘어갔다.

해도 아내를 어떻게 다루어야 할지 확신이 서지 않았다. 맹인으로 대한다면 거만함이 불쑥 내비쳐 아내에게 상처 주기 쉬울 테지. 지나친 감싸기 작전은 위선으로 보여 아내에게 경각심을 일깨울 테니. 그러면 부부 사이에 금이 가기 마련일 것이다

그날 경은 낭군과 한 이불 속에 들었다. 낭군이 몸을 뒤채며 아내를 품에 안으려는 순간, 외마디 신음을 토하며 끙끙거렸다.

"왜 그러시니껴."

"무엇에 찔린 것 같소. 왼쪽 다리에."

해가 잽싸게 일어나 흐르는 피를 옥양목 수건으로 싸맸다. 그 이부자리는 경이 꾸몄는데, 바늘이 요의 솜에 들어간 걸 미처 알지 못했다.

배나 가슴, 엉덩이였다면 어찌 될 뻔했을까. 어디 잠자리뿐이 랴. 상을 차려 낭군 앞에 대령하기, 친인척들 앞에서 낭군을 소개하기 등, 지아비를 위한 내조의 길은 끝이 없었다. 한없는 배려와 헌신이 따르기에 경은 몸도 마음도 피폐해졌다. 가랑비를 맞아 솜옷이 젖었는데도 낭군은 그걸 그대로 입어 고뿔에 걸린 것도, 맹인 아내에 대한 하인들의 쑥덕거림도 예사로이 지나칠 일은 아니었다.

경은 낭군에게 권했다.

"소실을 두도록 해요."

"정말 내가 그러기를 원하오?"

경은 낭군 품에 안겨 흐느꼈다.

"나는 내자의 그 모습 그대로가 좋다오. 덧난 행동을 한다면 진정이 아니라 거짓이거든. 이까짓 고생을 감수 못 한대서야. 우리 앞에 놓인 난제를 하나씩 풀어나가도록 합시다."

낭군의 위무를 듣고 경은 내조에 걸림이 없게끔 손발이 닳도록 예습했다. 상 차리기와 상을 들고 나가는 것, 어느 모임에는 어떤 옷을 입어야 하는지도. 더욱이 항상 웃는 얼굴로 낭군을 맞이한다든지, 잠자리에서도 어떻게 해야만 하는지를. 경은 소들내의 권유와 자신의 지혜를 곁들여 익혔다.

소호헌의 찬방은 안채 건너 고방 옆이었다. 찬모는 소들내였고, 보조는 움펑네와 딸랑네였다. 두 하녀는 안망실의 영양남씨 여종들이었다. 그 댁 살림이 기울어 더 이상 부리지 못해 경이 소들내랑 의논해 거둬들였다.

"앞으로 내 밑에서 일하려면 정신 똑바로 차려야 해. 잔꾀 부린다든지 게으름 피우면 쫓아버릴 테니 알아서 하라고."

소들내의 마음이 편치 못한 건 친정의 가세가 기울어서였다. 부모와 형제들도 숨지고 이복 남동생 아들 부부가 대를 이었다. 소호리란 지명도 고려 때 소들내의 윗대 선조 소씨가 호수 근처에 살았대서 그리 불리었다. 소씨는 시랑侍郞 벼슬에 올랐다. 자손들도 길하고 부유한 집안이라 텃세도 누렸다. 이젠 가세도 기울고 후손들도 명줄이 짧아, 그 후광을 잇지 못했다. 소들내는 임청각을 떠나 소호리로 올 때 그 수를 받은 걸 친정 조카며느리에게 건넸다. 그들이 밥 안 굶을 정도의 논밭이 있어도, 가까이서 몰락한 친정 사람들을 볼라치면 눈물 밖에 나오는 게 없었다.

소호헌으로 오고부터 소들내도 동이도 일손이 바빴다. 소호헌에서는 하인들 수가 일백여 명이라지만 항시 일손이 모자라기 마련이었다. 임청각 주인 소유의 토지는 함경도, 전라도, 합천, 금산에도 있어 하인들 수가 일천여 명이나 된다는 소문이 떠돌았다. 임청각도 소호헌도 하인들이 얼추 농사짓는 머슴들과 그 식구들이라 현지에서 지내며 무슨 잔치가 열리든지 긴한 날이면 본가로 드나들었다. 노인들과 아이들도 많아 실제 일하는 하인들 수가 숫자에 비해 적었다. 그 외에도 해산물과 고기, 채소를 실어 나른 하인들도 적잖았다. 그들은 산지로 돌아다니며 물건을 구해 왔다.

해산물을 수레에 실어 온 남정네가 안채 고방으로 옮겼다. 그의 아낙은 우물 옆 관리실 방을 기웃거렸다. 유학생들과 손님들이 사랑채와 강학당으로 수없이 들락거렸다. 그들을 돌보는 건 기오랑이었다.

이고가 숨지기 전, 기오랑과 동이를 혼인 맺게 했다. 그곳은 그들 내외의 보금자리였다.

"남의 신방을 엿보는 것도 오랏줄 맨다는 걸 모를 린 없겠제?"

관리실 방문을 열고 나온 동이가 아낙에게 지청구를 쏟았다.

"이 벌근 대낮에 깨소금 찧어 들컸다고 앵 토라질 게 뭐람."

얼금 얼굴의 곰보 자국들이 검붉게 변했다. 홀아비랑 혼인해 생선 장수한다는 소문을 듣고 경이 소호헌에 해산물을 납품하는 하인으로 영입했다. 매번 수를 넉넉히 대접할 테니 부디 싱싱한 걸 가져오게나. 아들 낳고 전처 자식들마저 돌본, 찌든 가난에서 벗어나자, 얼금은 안주인의 손목을 잡고 훌쩍였다.

뒤이어 나온 기오랑을 보고 얼금의 입술이 날을 세웠다.

"상판대기는 예나 지금이나 깎아논 밤처럼 잘도 생겨먹어 호강에 겨웠지만 우짜노, 니 고게 고장 안 나고 잘도 돌아가나?"

"요것 보래. 낯짝은 소가 써레질하게끔 생겨 먹은 판에 입은 펄펄 살아 나부랑 대니, 내 니를 떡고물로 맨들어 주마."

기오랑이 소매를 걷어 올리며 씩씩거렸다. 동이가 사금부리 양팔을 꽉 붙들고 말리자, 얼금이 착하게 굴었다.

"다신 니를 사금부리라 안 부르고 기오랑이라 부를 테니, 니도 나를 갑수네라 불러다고."

"아들 낳았다고 억세게 폼 재네. 그라몬 우리 서로 에끼는 기다.”

 기오랑이 다시 악을 못 피운 건 정백의 진단에 기가 꺾여서였
다. 앞으로 너희 내외가 경 아가씨에게 죽도록 충성해야 하느니
라. 네가 사내구실은 할지언정 아이를 낳진 못한다.

 소들내가 이불을 들고 솟을대문 옆 대문 지기 방 앞에서 걸음
을 멈췄다. 인기척에 호타하가 방문을 열고 나왔다.

 “호씨 양반, 해가 중천에 떴는데 낮잠에 빠져들몬 수문장 노릇
은 누가 하겠능교?”

 “난 양반이 아니외다.”

 “양반이 아니라믄 천민이란 말이니껴?”

 “천민 중에서도 개차반이었습죠.”

 “소싯적 개망나니는 낙동강 물에 흘려보내고요. 이젠 안동 소
호헌의 수문장이 되었는데, 호씨 양반으로 거듭났잖습니껴.”

 “양반은 무신 양반. 내 안태본은 중인이외다.”

 “중인이래도 괜찮소. 깜부기 양반보다야 훨씬 나으니. 저 벼
이삭을 좀먹는 깜부기처럼 돈냥으로 산 양반놈들도 얼른 솎아내
야 우리 조선이 대국으로 불리지 않겠소.”

 소들내가 깜부기를 들먹거린 이유는 소호 들녘에 깜부기가 많
이 돋아나 벼 이삭을 좀먹어서였다.

 “나를 양반이라 불러주는 것도 버거운데 수문장이라니.”

 “소호헌도 어느 대궐 못잖은 저택 중의 저택인데, 그만한 벼슬
을 지녀야만 제값을 하는 게 아니겠슈.”

 소들내의 위로에 사내의 기가 팔팔해졌다. 호타하는 사내종들

을 데리고 황금들판으로 갔다.

벼 이삭 사이에서 날뛰던 메뚜기들이 깜부기에 부대껴 날개가
검게 얼룩졌다.

"요놈의 깜부기 양반놈들, 뒈져라, 칵 뒈져라."

호타하가 저주를 퍼부으며 깜부기를 솎아냈다. 덩달아 사내종
들도 기를 발하며 후렴했다.

3

길손이 솟을대문 안으로 들어서자, 기오랑은 그가 타고 온 말
을 마구간으로 끌어들였다.

"학봉을 뵌 지 얼마만인가?"

먼저 온 이중립이 김성일에게 악수를 청했다.

해보다 네 살 많은 이중립은 자유 분망하고 호탕한 성격이었다.
이중립은 해가 차분하면서도 학문에 파고든 자세가 정연해 진정
내 벗이란 감이 들었다. 해의 혼례식 날, 군자정 앞뜰에서 본 신랑
의 품격에 매료됐다. 그리하여 소호헌을 자주 방문해 해와 학문을
토론하고 이젠 한 이불 속에 잠잘 정도로 친한 사이였다.

"모난 성격을 갈음하느라 진땀 좀 뺐지요. 구계선생."

김성일은 해보다 한 살 아래였다. 그들은 서로 너나들이하지
만, 이중립에겐 그러지 못해 대화를 나눌 땐 선생이란 호칭이 따
라붙었다. 김성일은 자존심이 강하고 원칙을 지킨 의리파였다.

"함재는 신혼의 단꿈에서 벗어났는가?"

김성일의 물음에 이중립이 초를 쳤다.

"갈수록 깨소금이라 내가 비집고 들어갈 틈이 없어 속깨나 썩는다네."

"구계선생도 참, 이곳에 죽치고 지내니 눈치코치에 질리지 않습디까? 오늘 저녁, 당장 짐 싸 들고 한서암으로 갑시다."

김성일은 한서암에서 명상 구도로 나날을 보냈다. 근자에 스승이 한성에서 성균관 대사성으로 봉직 중이라, 여가를 틈타 소호헌을 방문했다.

"왜? 호공이 호녀랑 그곳 헛간에서 신방 차려 새끼를 낳던가?"

태백산 어느 암자에는 호랑이 부부가 차지해 그곳에서 수도하던 스승도 제자들도 혼쭐나 도망친 사례가 그들의 화제에 올랐다.

낮밥은 안동 고등어자반 정식이었다. 쌀밥에 미역국, 해물파전, 네모반듯하게 자른 김 옆에 참기름 친 간장 종지가 놓였다. 상추 졸임도 칼칼해 그들은 허기진 배를 채웠다. 얼금 내외가 영덕에서 실어 온 안동 고등어자반은 싱싱하고도 씹히는 맛이 진국이었다. 경은 그걸 넉넉히 구입해 서씨 일가들에게도 나눠주었다. 이웃에 사는 노부모를 모신 부부들에게도 선의의 손길을 뻗쳤다.

김성일은 사흘 밤낮을 지낸 저녁에 한서암으로 돌아갔다. 이중립도 이튿날 새벽에 예천 본가로 향했다.

"벗들이 내자의 음식 솜씨를 칭찬해 내가 민망할 정도였소."

해가 신부 등허리를 감쌌다. 경은 신랑의 목을 껴안았다. 그들은 안방을 돌며 발에 가락을 실었다.

"그건 아무것도 아녜요. 진짜배기 요리는 앞으로 후하게 진상할 테니 부디 학사님들을 자주 초대해 토론회도 열어야지요."

"진수성찬 올렸다간 또 이불에 오줌 싸면 어떡하겠소?"

술에 취한 이중립이 이불에 지도를 그려 새벽에 도망쳤다.

"살다 보면 그런 실수가 살맛을 제공하는 거잖습니꺼."

해는 아내를 보료 위에 눕히고 바지춤을 내렸다.

"그 친구, 족제비처럼 눈을 번들거려, 우리가 한 몸 된 지도 열흘이 더 지났구먼."

강학당에서 들려온 캉캉 울림이 바람을 타고 안방 문풍지에 실려 왔다. 경은 안채에서 벗어나 강학당 출입문 앞에서 귀 기울였다. 먼저 와 쩔쩔매던 기오랑이 안의 동정을 밝혔다.

"한성에서 왔다며 웬 도령이 막무가내로 쳐들어 왔습니더."

"대문 지기는?"

"메뚜기 잡으러 들로 갔어예."

해를 진단한 정백이 메뚜기를 들기름에 볶아 먹으면 기가 보강된다고 했다. 소들내는 여종들과 짬만 나면 논으로 가서 메뚜기를 잡았다. 며칠을 별일 없이 보내던 호타하도 그들 뒤를 따랐다.

해의 싸늘한 외침이 더욱 캉캉 울렸다.

"누가 오라고 해서 예까지 왔나?"

"유생이 강학당을 드나드는 건 당연하지 않습니까?"

혀 꼬부라진 탁한 목소리가 뒤를 이었다.

"만 유생이 여길 드나들어도 넌 안 돼."

"형, 왜 안 돼? 나도 당연히 서고 선생의 피를 이어받은 아들인

데.”

경의 눈가가 경련을 일으켰다. 무슨 충격을 받으면 일으킨 연쇄 반응이었다. 어쩐다. 예단을 장만할 때 시부가 슬하에 오 남매를 두었다고 중매쟁이가 그랬는데. 신랑 맏형부부는 숨지고 중형부부와 시집간 두 누이가 있다고. 새삼 동생이라니?

“피, 피라고? 내겐 너 따위 동생은 없어. 어서 나가 줘.”

“형, 그리도 고상한 사지 멀쩡한 형이, 조선 천지 제일 천재라고 불린 형이 당달봉사에게 장가들다뇨? 맹인이 병신이란 것쯤은 잘 아실 텐데.”

네, 이놈. 호통이 먼저 울렸지만 억, 신음이 뒤이어 터졌다. 이복동생의 대항에 밀려 해가 바닥에 나동그라졌다.

어쩌나. 경은 미닫이문을 열고 강학당 안으로 들어섰다. 기오랑이 바깥주인의 몸을 일으켜 업고 안채로 향하는 게 희미하게 보였다. 경은 당당히 이복시동생 앞으로 나아갔다.

형수와 마주치자, 영은 뒷걸음질 쳤다.

“도련님, 인사가 늦어 송구하니더.”

“나를 도련님이라고? 형도 나를 동생으로 안 여겼는데.”

“서방님과 닮았는데, 닮음만큼 확실한 증거는 없잖습니껴.”

“그래, 내가 형을 안 닮을 리 없지. 어느 곳이 닮았지?”

눈 깜빡할 사이였다. 시야가 샛노래지며 흑암이 다시 경의 눈동자를 덮쳤다. 깜깜 절벽이었다. 경은 찬찬히 눈을 가늘게 뜨고 눈근육을 움직였다. 다행히 이복시동생의 얼굴이 희미하게 보였다.

“얼굴은 길고 이마는 넓고 코는 오뚝하고 턱은 좁고 귀는 당나 귀인 걸요."

형수는 당달봉사가 아니야. 맹인이 아니라고.

시동생이 되뇌며 열린 문을 통해 바깥으로 뛰쳐나갔다.

"호씨 양반, 소림사에서 무술을 배웠다던데 진짜요?"

소들내가 의심을 발했다.

"무술이 아니라 무예라니까."

호타하가 으스댔다.

"무술은 뭐고 무예는 또 뭐요?"

"무술은 막무가내로 치고받지만, 무예는 서로 대항해도 보기 좋을 만치 예를 갖춘 거라니까."

에 또, 부모님을 일찍 여의고 장사하는 삼촌 따라 중국에 갔거든. 만나는 사람마다 내 몸뚱이 천상요절로 무예와 찹쌀궁합이래. 소림사 무예가 귀신 곡하니 그곳에 입문하라며 꼬드기더라고. 어렵사리 삼촌 친구 소개로 그 절의 고승 탄탄 스님의 제자가 되었지.

"스승을 잘 만났는데 왜 곁길로 접어들었소?"

"탄탄 스님 밑에서 잔심부름하며 불경도 읽고 무예도 익혔잖아. 근데 서너 달이 지나 스님이 노환으로 숨졌거든. 그 소문을 듣고 소림사를 습격한 비적 떼들에게 두들겨 맞았지 뭐야. 요행히 그 절을 드나들던 조선 뱃사람의 도움으로 겨우 인천까지 오게 되었슈다."

"오랑캐들, 비적 떼에게 잡히면 멀쩡한 사람도 가루가 된다쌓던데 요행히 목숨은 건졌구마."

"내가 누구요? 오랑캐족들이 호시탐탐 노리고 싹쓸이해도 씀바귀처럼 돋아난 고려 사람의 후예잖소. 놈들에게 쩔쩔매는 척하면서 놈들의 사타구니에 발길질했더니 고놈들이 벼락 맞은 개구리처럼 발랑 까발린 틈을 타서 걸음아 나 살려라 하며 도망쳤지, 뭐."

"장하고도 장한 우리 호씨 양반이었구려."

"한성으로 갔는데 삼촌마저 숨졌으니. 어떻게 퇴마옹을 알게 되어 안동 땅에 발을 디뎌, 소들내를 알게 되었잖소."

"초년고생은 사서 하는 거라잖습디껴. 그 고생이 액막이가 되어 가리늦게나마 신수 훤하게 소호헌의 수문장이 되었으니 살판 난 게지."

호타하와 소들내의 대화가 솔숲 바람을 타고 노송 사이로 퍼졌다.

시월 초닷새, 장인의 기제사 날이었다. 해는 솟을대문과 솟을중문 둘을 열어 마당을 비질했다. 그런 다음 직접 쓴 지방을 제사상 위에 올리고는 대청마루에 섰다. 경도 혼인하고 나서 소호헌에서 치른 부친의 첫 기제사라 낭군 왼쪽에 섰다. 희와 진도 언니 옆에 섰다. 이용과 서임수도 자리를 함께 했다. 안채 마당에는 덕석을 깔고 고성이씨 친인척들, 강학당엔 해의 지기들과 유학생들이 모여들었다. 사랑채에는 이고의 벗들과 서씨들이, 그 마당엔 하인들이 기제사가 끝나기를 기다렸다.

자정이 지나자, 소들내가 안채 건넌방에서 음식상을 차렸다.

"조카 장인은 청렴결백하면서도 시와 풍류를 즐겼다네. 날 때부터 재복이 따라붙어 만복을 누린 행운아였달까."

서임수가 먼저 젓가락을 들었다.

"만복이라뇨? 딸이 당신 기제사를 떠맡아 조상에게 불경죄를 지었는데, 그리도 과찬을 해 대십니까?"

이용이 사촌 제부를 곁눈질하며 자세를 고쳐 앉았다.

"한성에서 태어나 자라 이곳에 오니 지기도 친인척들도 별로 없어 적적했습니다. 근데 이렇듯 여럿이 모여 환담도 나누고 식사도 하니 참 즐겁습니다."

해가 진심을 아뢰었다.

"태기는 있는가?"

이용이 경에게로 고개 돌렸다.

"오라버님도 참, 혼인한 지 겨우 반년 지났는데 벌써 아이 운운하니껴?"

희가 입바른 소리로 눙쳤다.

"지금 엉가에겐 아이가 가장 소중한 거니 잘 모셔야지."

"엉가가 배불뚝이 되고 얼굴에 기미 끼면 내 엉가 안 같아서 어�찜담."

진이 가당찮게 나오자, 이용이 나무랐다.

"넌 누굴 닮아 불알 찬 사내대장부가 치마를 걸친 모양새인지 모르겠네. 계집애라면 두 엉가처럼 꽃담이나 꽃님으로 불려 이름값을 해야 할 텐데. 키는 말 만하게 자라니 언다 시집보낼꼬?"

"친척들이 용헌공 할아버님을 닮아 범 눈에 거인 될 조짐이 보인다 하더라고. 그러니 군복 입고 변방에 나가 나라에 충성하면 장차 대장군이 되지 않겠능교. 삼정승이 태어난다던 태실방에서 어머님이 용꿈 꾸고 저를 낳으셨는데, 허튼 꿈은 아니겠니더."

진이 반박했다.

"무금정이 딸 셋을 똑소리 나게 키웠구먼."

서임수의 칭송에 경이 옷깃을 여몄다.

"저희들이 부족한 게 많으니 잘 가르쳐 주옵소서."

4

스승의 부름을 받고, 해는 한서암으로 갔다. 김성일과 유학생들이 떠나고 난 뒤였다. 뒤숭숭한 암자를 기오랑과 동이가 정돈해 분위기가 깨끗해졌다. 이불과 옷들도 아내가 새로이 마련한 거라 한결 평온을 안겨주었다. 한서암 둘레는 백일홍이 지고 풀잎과 갈댓잎들도 노랗게 변해, 소호헌보다도 늦가을이 빨리 오는 듯했다.

이황은 성균관 대사성에 봉직했지만 이내 물러나 귀향했다. 이어 한서암에서 독서 함양과 후학들을 가르치기 위해 헌신을 다져왔던 터였다.

"몸이 야위어 보이는군."

스승의 물음에 해가 고개 숙였다.

"지난여름, 무더위에 더위 먹어 입맛을 잃어 그렇습니다."

"부인의 내조에 걸림은 없던가?"

"무엇 하나라도 저를 꿰어 그게 불만이라면 불만이옵니다."

"그럴 테지. 천재는 천재의 의중을 캐는 데 밝을 터니. 서로 화목하고 이웃 사랑 실천에 노력하게나."

해는 한서암에서 달포를 머물렀다. 스승의 잔심부름도 하고 주경야독으로 나날을 보냈다. 신선한 공기를 마시며 학문에 파고드니 입맛도 되살아났다.

경은 한서암을 다녀온 남편에게 황토 냄새와 싱그러움, 기도 실린 걸 헤아렸다. 해도 달뜬 목소리로 아내 귀에 열기를 불어넣었다.

"스승님이 그러시더군. 함재야말로 나의 후계자가 될 테니, 몸가짐을 바로 하고 열심히 학문을 갈며 닦으라고."

"여부 있습니꺼. 저도 고소원인걸요. 그렇긴 해도 과거시험에 급제해 당상관이 되고 나서도 얼마든지 길이 열릴 거니더."

아내의 외고집을 아는지라, 해는 용의주도하게 꿈꾸어 온 바를 펼쳤다.

"나는 구도에 뜻을 품고 성리학을 깨우치기 위해 벼슬길을 저버렸소. 곁길로 간다면 중심을 잃고 희망은 턱없이 바래지거든. 장인어른께서 강학당을 마련하신 건 사위를 영남학파의 거목이 되란 뜻일 텐데."

"기와에 새겨진 용머리는요? 임금님을 모실 제 일인자가 되란 염원이잖습니꺼. 퇴계 선생님도 고의든 타의든 관직에 오르신 게 수차례였잖아요. 그분의 제자도 그런 길을 답습해야만 서씨 가문을 반석 위에 올릴 거니더."

경은 그런 예를 들며 낭군에게 자주 바가지를 긁었다. 작년 봄, 서엄이 진사시에 장원해 성균관사예가 된데 더욱 자극을 받아서였다.

강학당을 드나든 유학생들이나 선비 중에 학문을 빙자 삼은 게으름뱅이들이 많았다. 군자정과 귀래정, 반구정을 드나들던 학사들과 선비들도 거의 탁상공론으로 나날을 보내며 술독에 빠져들었다. 경은 낭군에게 차근차근 고하며 예를 들어 권했다. 수양과 덕을 쌓는 건 늘그막에 가서도 충분하다. 젊음을 나라 위해 헌신하는 게 진정 사나이다운 기백 아니냐고. 제가 왜 한성 도령님을 연모했게요. 한성은 뜻을 펼칠 최고의 금당 아닌가요? 그곳에서 최고봉에 오른 서방님을 상상했거든요. 그렇다면 강학당은 어떡하게? 반문하는 해의 기염도 만만찮았다. 후학들의 면학 장소로 대여해 주는 거죠. 아내의 청을 해는 단박 거절했다. 장인어른께서 나를 위해 지으신 이 소호헌을 타인들에게 양보할 순 없어.

동짓달에 접어들자, 예년보다 겨울이 빨리 오나 싶게 추웠다. 사나흘 지나, 안망천의 언 물도 녹아 흐르고 잔챙이들도 꼼지락거리며 기지개를 켰다. 경은 낭군과 더불어 임청각으로 향했다. 가마 화로에선 숯불이 타올라 가마 안은 따스했다. 바깥은 찬 바람이 불 텐데. 경은 낭군의 건강이 걱정되었다. 혼인한 지 삼 년 지났지만, 임신도 못 하고 낭군도 몸이 편치 못함이 겉으로 드러났다. 친정 가는 길이 멀어 교자 타기를 권했는데, 낭군이 거절했다. 무엇 하나도 불편함을 바깥으로 들레지 않은 성격이라, 경은 그것도 마음 놓을 상황은 아니었다. 속마음을 토하면 질병도 달아난다는 건 그만큼 울적함에서 벗어난 게 아닐까. 무얼 안으로 다스린 것도 한계가 있는 법이었다. 가마 안은 숯불이 타올라 매캐했다. 경은 주렴을 걷었다. 말고삐 잡은 기오랑을 앞세우고 낭군은 의연한 태도로 말을 몰았다. 그건 순간의 느낌이고 실제 보인 건 아니었다. 그런 감각은 사태 파악에 도움 주지만 거의 오리무중이라 신경이 쭈뼛해 졌다. 소들내는 가마 오른쪽, 동이는 가마 왼쪽에서 발을 동동거리며 걷고 있을 것이다.

임청각의 솟을대문 앞에는 사내종들과 여종들이 모여들었다. 그들은 군자정으로 오를 돌층계까지 줄줄이 서서 해의 일행을 박수로 환영했다.

그들 부부는 이용과 광산댁의 안내로 군자정 안방으로 들어갔다.

경은 친정 식구의 열띤 환영을 받아도 서늘함이 옷깃으로 스며들었다. 여섯째 숙모가 친자식처럼 두 여동생을 돌봐 준대도 부모를 여읜 공백을 메워 주진 못하리라 싶었다. 희와 진이 음전한 예사 반가 규수들과는 달리 통통 튀면서도 밝게 세상을 바라보는 저력은 임청각 주인 손녀란 자긍심과 부를 누린 여유일 거라고 경은 나름대로 헤아렸다. 마치 자신이 맹인이지만 그 둘을 지니지 못했다면 날개 잃은 철새와 다름없을 거란 자괴지심이었다.

성주댁이 해에게 두 사람을 소개시켰다.

"인사하게나. 자네 처삼촌 사위 변 서방과 장 서방일세."

금산군수를 지낸 경의 셋째 삼촌 사위들이었다. 해는 그들과 혼례식 때 서로 인사를 나눴다. 소호헌 집들이 때도 초대된 귀빈들이라 목례로 인사를 대신했다.

"이 영광된 자리에 저희를 오게 하서서 감읍하옵니다."

변영청이 처 숙모에게 예를 갖췄다. 진사시험에 합격하고 안동부 관아에서 봉직하는, 깐깐하면서도 목이 뻣뻣한 관리였다.

"저도 불러주시니 영광이옵니다."

사마시에 합격하고 역시 안동부 관아에서 봉직하는 장문보가 머리를 바닥에 닿을 정도로 절을 올렸다. 유들유들하면서도 사교에 능한 기질이 드러났다.

그들 두 사위가 그 자리에 초대된 건 곧 있을 재산 분배 내용에 보증 서기 위해서였다.

"서 서방, 한성 도령에서 안동유림으로 거듭난 재미가 쏠쏠할 텐데 근황은 어떤가?"

변영청이 배를 내밀었다. 처가살이가 복에 겨운 게 아니냐는 비아냥거림이었다.

"고소원이었던 게 이루어져 책을 벗 삼습니다."

해가 유연하게 나왔다.

"사가독서賜暇讀書가 질리지도 않던? 몸에 쥐 나고 팔다리가 쑤셔대니 감질나서 그 노릇을 집어치웠지. 모름지기 사내대장부는 바깥출입 해야만 기가 펄펄 살아나는 걸세."

장문보가 몸을 좌우로 흔들었다.

해의 낯빛이 흐린 감을 잡고 경의 눈가가 얼룩졌다. 그런 낌새에 진이 뚝배기 끓는 소리를 냈다.

"변씨 형부, 장씨 형부처럼 나도 안동부 관아에 봉직 중인 관리에게 시집갈까 봐."

"넌 장수에게 시집간다고, 관리 신랑감들에게 퇴짜 놓고선 무슨 잔소리냐."

사촌 오라비의 들쑤심에 희가 반격을 가했다.

"서슬 시퍼런 임청각 주인 노릇이 얼마나 고된지. 선비들과 유생들, 행랑에 있는마름들과 하인들, 객식구 등, 날마다 수많은 사람에게 부대끼니 어쩌지. 아직도 팔팔한 우리 오라버니 허리가 반은 구부러졌잖아. 까짓것 요것조것 따질 것 없이 날품팔이면 어때. 아무 데나 시집가고 말지 뭐."

말은 쉽게 하면서도, 임청각으로 드나들던 중매쟁이들에게 퇴짜 놓은 게 그들 자매의 고자세였다.

성주댁의 눈짓 따라 방안이 고요해졌다.

"너희 부부를 오라고 한 건, 재산 분배할 양식에 서서방의 도움이 필요해서란다."

숙모의 엄명에 따라 희가 해 앞에 연상을 놓았다. 해가 붓을 들자, 진이 벼루에 물을 붓고 먹을 갈았다.

성주댁이 목소리에 힘을 실었다.

'가옹家翁이 돌아가실 때 유언에 따른 필적을 남겨 두지 못해 내가 대신 언급하는 바이다. 내 몸의 기력이 쇠한 데다 치질을 앓은 뒤 곽란까지 겸해 증세가 거의 죽을 지경에 이르렀다. 이제 조금 회복되었지만, 노병으로 생사를 알기 어렵다. 그러기에 가옹 주변의 전민田民 가사 및 우리 부처가 함께 살며 모은 재산을 적첩자녀들의 몫으로 허락하니, 자손들이 오래도록 전해 사용 경식하도록 하라. 봉사할 노비는 가옹 주변의 실한 노비를 골라 지급한다. 적첩자녀들이 만일 나의 진의를 알아보지 못하고 반목 쟁송한다면 오로지 법으로 다스릴 뿐이다. 그들이 취득한 전답도 빼앗아 열에 셋을 다른 동생이 지닐 일이다. 가옹이 임종할 때 모든 재산을 나에게 주시니, 감격스럽고 슬퍼함이 더욱 깊기에, 네가 취득해 문서를 만들어야 한다.'

성주댁은 해가 막힘없이 술술 붓 놀린 걸 보고 난 뒤, 아들에게 시선을 돌렸다.

"말씀대로 받들겠나이다."

이용이 허리를 조아리자, 앙다물었던 성주댁의 이빨이 풀어졌다.

해는 재산 분재 서식에 알맞게 기록했다. 발급자는 성주댁, 수급자는 참봉 이용과 양처 복초였다. 첩에게 난 이수와 여동생도 이에 속했다.

성주댁은 다시 강조했다.

'생전에 문서대로 따르되, 만일 이용이 여의치 않아 죽은 뒤에도 그대로 따르게 하라. 또 복초福初가 먼저 죽으면 다른 적손에게 이행하게 할 일이다. 문서 세 개를 만들어 두되, 하나는 적자 이용이 보관해라. 다른 하나는 첩 자녀들에게 주고, 다른 하나는 가옹의 첩가妾家에 보관해 두되, 대대로 상전相傳할 일이다.'

해의 글씨를 살피던 희가 사촌 올케의 이름에 눈길이 머물렀다.

"복초라니, 뭔가 땅기는 존함이로구면."

돌확 둘레를 서성이던 두꺼비가 와자한 그들의 웃음소리에 놀라 마루 밑구멍으로 들어갔다.

"외자 이름은 쌈박한 인상을 풍기지만 복초 이름은 낙낙해 보이지 않습니껴."

광산댁이 자신의 이름에 주를 달았다.

잠시 침묵하던 성주댁이 이빨을 앙다물고 얼굴에 성에를 끼얹었다.

'가옹의 첩자妾子 이수李守는 일찍이 어미를 여의었다. 가옹이 떠난 뒤에도 내가 데리고 살면서 보살펴 주기를 내 피붙이와 다름없게 하였다. 그런데도 인륜을 범하고 상서롭지 못한 죄를 지어 쫓아 버렸더니 다시 나타나지 않는다. 그러므로 이수를 자식과 매한가지의 예로 논하진 못할 일이다. 가옹 첩자를 내가 고관告官하여 치죄治罪한다면 인정상 차마하지 못할 터. 참봉은 다른 자식과 같은 예로 취급하되, 내가 죽은 뒤에도 몽왈현신蒙曰現身케 하지 말며, 당일 기제사도 참여 못하게 하고 재물 마련을 핑계 대는 짓도 하지 말게 하라.'

기록을 마친 해도 집필란에 '유학 서해 幼學 徐嶰'라 쓰고, 도장을 찍어 문서를 완성했다.

이수는 경보다 열세 살 많은 사촌 오라비였다. 성주댁이 배다른 아들을 키우고 혼인시켜 주었더니 부내장의 기생방을 드나들며 추태를 부렸다. 그의 아내는 남편의 손찌검을 견디지 못해 심장병으로 숨졌다. 임청각 하인들은 이수의 손에 독이 묻어 아내마저 잃었다고 쑥덕였다. 이수는 가출해 소식이 없더니, 이태 만에 여자를 데리고 귀가했다. 여자는 중인 딸이지만 행동이 올바르고 성주댁에게 고분고분 따랐다. 임청각 식솔들은 이수의 바람기가 잠재워져 다행으로 여겼다. 이수도 머슴들과 타작마당에서 벼 타작하기도, 영남산으로 올라 갈비를 지고 오거나 장작을 져다 나르며 성실히 일했다. 이수가 다시 방탕의 늪에 빠진 건 여자가 아이를 사산하고 숨졌기 때문이었다. 그에 따라 폭음으로 나날을 보내더니 와당마을의 친척 아재비 첩을 농락했다. 그 사건으로 첩이 자결하는 바람에 이수는 관가에 잡혀갔다. 그로부터 얼마 안 돼 탈옥해 어디론지 도망쳐 생사도 알 수 없었다. 그 친척 아재비는 첩의 시신을 임청각 정침 마당까지 끌고 와 핏대 올려 성주댁은 몸져누웠다. 성주댁이 분재 재산 원본에 그 사실을 기록하게 한 건, 이수가 다시금 집안 망신을 시키지 않도록 제재를 가하기 위해서였다. 이굉은 이고보다 삼 년 먼저 세상을 떴다. 임청각의 새로운 주인으로 노마님이 명했지만 일 년도 못 돼 숨졌다. 노마님도 상명喪明 당한 억눌림에 몸져누워 숨을 거뒀다. 당신 당대에 아들 다섯을 여의었다. 그런지 일 년 만에 이고도 숨졌다. 경은 부모와 삼촌들도 없는 대저택에서 성주댁과 이용의 보호를 받으며 그날그날을 넘겼다. 맹인도 그러려니와 현실도 앞이 깜깜한 나날들이었다. 애오라지 낙이 있다면 한성 도령을 그리워하고 그와의 혼인을 학수고대했다. 그런 와중에 소들내와 동이가 자신의 양쪽 눈이 되어 도움을 줘도, 철저히 홀로서기에 길들여야 했다. 짬만 나면 임청각 일대를 돌고 돌았다. 소호헌에 둥지 틀고서도 그 버릇은 여전했다. 이젠 눈은 멀어도 귀는 더

밝아져 소호헌의 남성용과 여성용 솟을 중문을 누가 들어오는지, 남자와 여자가 바꿔치기해 드나든 것도 가려냈다.

이복시동생이 달아난 뒤 사나흘 지났을까. 한밤중에 누군가의 발소리가 여성용 솟을 중문에서 들려왔다. 귀 익은 발소리가 아니었다. 낭군은 기오랑 내외와 한서암으로 갔다. 호타하와 소들내, 다른 여종들도 안망실 서현수 댁에 혼사가 있어 자리를 비운 뒤였다. 그렇다고 해도 강학당에선 유학생들이 공부하고, 행랑채엔 사내종들이 들락거렸다. 대문 지기는 호타하가 임시로 사내종을 세워두었다. 도둑일지라도 호락호락 넘볼 정도로 집안이 허술한 게 아니었다. 경은 감각이나 냄새만으로도 무엇인지 가려냈다. 주춧돌에 떨어진 빗방울 소리를 들어도 비가 얼마나 오는지, 고방에 쌀이 얼마나 재였는지를 알았다. 침입자는 여성용 솟을 중문이 닫힌 걸 열지 못했다. 그리하여 담을 타고 넘어와 안채로 발소리 죽이며 조용조용 걸어오는 게 귀 밝히 들렸다.

발소리로 봐서 민첩하거나 요령에 달관한 도둑도 아니었다. 누굴까. 감이 잡히지 않았다. 경은 촛불을 끄고 귀를 쫑긋 세웠다. 초하루라 하늘에 달이 뜨지 않아 웬만큼 자신감이 생겼다. 아무래도 밝음에 익숙한 정상인들보다도 청맹과니에겐 어둠에 익숙한 게 겨룸에는 이로울 터였다. 뒤늦게 어떤 낌새를 느꼈는지 임시 대문 지기가 부른 호각소리에 잠을 깬 하인들의 발소리가 가까이 들렸다. 침입자는 안방으로 피신하려는데 발을 헛디뎌 넘어졌다. 안주인이 지팡이를 열린 안방 문 앞에 놓아두었다. 경은 재빨리 넘어진 무뢰한을 방안으로 끌어들였다.

"누군지 신원을 밝히렷다."

안주인이 지팡이를 들고 침입자의 엉덩이를 내리쳤다. 무뢰한
이 비명을 질렀다.

"형수님, 살려 주십시오."

경은 지팡이를 든 채 다그쳤다.

"도련님, 이 무슨 짓이오?"

"노잣돈이 떨어져 엽전을 훔치러 왔소이다. 배도 고파 밥도 먹
어야겠고요."

"쉿, 조용히."

하인들이 안채 마당으로 가까이 왔다. 경은 잽싸게 이불로 시
동생을 가렸다. 임시 대문 지기는 안채 마루턱에 앉아 고개를 뻗
어 안방 동정을 살폈다.

"도둑이 들지 않았니껴?"

"아니, 잘못 본 것 같네."

하인들이 되돌아간 뒤, 경은 시동생을 안심시켰다.

"건넌방으로 가서 기다리시예. 밥상을 차려 오겠니더"

소반을 들고 온 형수의 자태는 한점 흐트러짐이 없었다. 진정
형수는 봉사가 아니야. 영은 무섬증이 일었지만, 밥을 먹은 후 사
정했다.

"형수님, 이번 일은 절대 형님에겐 알리지 마옵소서. 이 미련
한 시동생이 다시금 호소하옵니다. 한성으로 가야 하기에 노잣돈
좀 빌려주십시오."

"빌려 드릴 테니 꼭 갚도록 하이소."

경은 시동생에게 노잣돈을 충분히 건넸다.

5

소호헌 강학당에는 유학생들이 몰려들었다. 일백여 명의 영남학파들이었다. 그들이 초청된 건, '성리학의 이해와 발전사'에 대한 토론회를 열기 위해서였다

해는 강학당 입구에서 류운룡과 인사를 나눴다. 그는 이용의 사위였다.

"집회를 주관하시려고 고모부님께서 많이도 애태우셨지요?"

"겸암을 귀빈으로 초청하려고 이 자리를 마련했다네."

그들은 양손을 맞잡고 웃었다. 해는 류운룡과 마주치면 처사촌 질녀 남편이라기보다도 친동생처럼 정이 쏠렸다. 한서암에서 동문수학하기도 하고, 영남학파의 기린아로 주목받아서였다. 버팀목처럼 아내와 자신을 돌봐준 이용의 사위라 더욱 정겨웠다.

김성일이 류운룡에게 악수를 청했다.

"겸암도 왔으니 이 자리가 더욱 빛나겠군."

"소인이 어찌 학봉 선배님의 학덕에 미치리까."

류운룡이 김성일을 앞자리로 이끌었다.

"송암, 오랜만일세."

이중립의 인사말에 권호문이 화답했다.

"구계가 이 자리에 있을 줄 알고 왔다네."

이황이 권호문을 '드높은 기개에 여유롭다' 라고 제자를 칭찬했다던 소문이 영남학파들의 화제에 올랐다. 그들 곁으로 다가온

정인홍이 해의 어깨를 툭 쳤다.

"소인을 초청해 주시니 영광이옵니다."

"뭘요. 당연한 게 아니겠습니까."

해가 답하자, 이중립이 정인홍의 양손을 붙잡았다.

"내암을 이 자리에서 만나니 더욱 반갑군."

이중립은 조식 문하생으로도 수학해 정인홍을 알게 됐다. 해에게 초청 인사 명단에 넣으라고 입김을 발했다. 성리학에 열정 쏟는 학구파라 배울 게 많을 거라고도.

그 자리에 모인 유학생들은 거의 이십 세 안팎의 청년들이었다. 자유로이 스승을 찾아다니며 수학했다.

"서서방, 이런 영광스런 자리에 나를 초청해 주니 고맙기 그지없다네."

이용도 해의 손목을 잡았다.

각자 지정된 자리에 앉자, 사회자 이중립의 목소리가 쩽 울렸다.

"먼저 이 자리를 마련한 함재의 인사말이 있겠습니다."

해가 단상에 올랐다. 박수 소리가 강학당의 대들보를 울리고 환호성이 용머리 기와를 흔들 듯했다.

해는 텃세가 빵빵한 지방 유학생들의 눈총에 겨워 아찔해졌다. 그래도 한성에서 잔뼈가 굵고 여러 학술 토론 모임에 참여했던 터라 마음을 다잡았다.

"이제부터 성리학에 대한 토론을 시작하겠습니다. 자유로이 고견을 말씀해 주신다면 은혜로운 자리가 되겠습니다."

이중립의 호명으로 토론자들이 단상에 올라 지정된 좌석에 앉았다. 김성일, 권호문, 류운룡, 정인홍이었다.

김성일이 안을 꺼냈다.

"먼저 성리학이란 학문을 이해하기 전, 그 학문이 어떻게 시류를 탔는지 알아보는 게 옳을 것 같습니다."

권호문이 뒤를 이었다.

"성리학 이전에 한당 유학 훈고학이 유학자들의 주 관심사였습니다. 진시황의 분서갱유 이후 유학 서적들을 복원하고 서적의 내용에 각주와 해석을 달던 학문이었죠. 그렇지만 기존의 서적들을 복원하거나 해석하는 등 유학자들의 연구는 뒷전으로 밀려났지요. 종당엔 과거시험에 합격하기 위한 학문으로 우를 범했습니다."

사회자의 호명으로 류운룡이 고견을 펼쳤다.

"그런 상황에서 도교와 불교가 발전했습니다. 하지만 자연과 사물을 연구하고 사람이 어디에서 태어나 죽으면 어디로 가는가와 같은 철학적인 물음에 사로잡혀 유학자들은 위기를 느꼈습니다. 그래서 나온 학문이 바로 성리학이었습니다."

"성리학이 인간의 생사를 다루기 위한 학문이라면 좀은 지나친 논리 아니겠습니까?"

정인홍이 논리 정연하게 지론을 펼쳤다.

"성리학이란 인간의 본성과 사물의 이치를 탐구하는 학문입니다. 사상의 바탕은 유학이지만 불교와 도교의 영향을 받은 학문이지요. 성리학을 집대성한 학자는 주희 선생이었습니다. 그분의 성리학 핵심 사상은 '이기론'이었고요."

김성일의 반박이 잇따랐다.

"단순히 이기론이라 못 박는다면, 많이도 섭섭하다고 주희 선생이 나무라기도 하시겠죠. 저는 좀 더 근원적인 걸 살펴보고자 합니다. 이기론에서 이理는 결코 변하지 않는 사물의 본성입니다. 모든 사람은 그걸 지녔으며, 그건 유학의 성선설에 기초한 인간의 본성이고 사물의 본질입니다. 기氣는 사람마다 다르게 지녔잖습니까. 어떤 사람은 선하고 착하게, 어떤 사람은 포악해 보이니까요. 결국, 이는 동질성이지만 기가 달라서 귀하고 천한 것이 나누어진다고 여겼습니다."

이번에는 이중립이 자신의 견해를 밝혔다.

"결국, 성리학에서는 이기론에 기초한 신분제를 긍정으로 보았지요. 기가 다르기에 모든 사람의 신분이 다르고 역할도 다를 수밖에 없지 않겠습니까. 그런 성리학의 신분제에 대한 생각을 '분수론'이라고도 합니다. 이기론과 더불어 성리학 사상의 핵심이랄지. 성리학이 그런 신분제를 받아들인 건 당연하다 할까요."

"질문 있습니다."

누군가의 목소리가 우렁차게 울렸다. 질문자는 유학생 중에서도 가장 나이 어린 소년이었다.

"하회에 사는 류성룡입니다."

모두의 시선이 유창한 목소리 주인공에게 쏠렸다.

"장가보내면 첫날밤에 신부 앞에서 오줌 눌 풋내기구먼."

누군가가 짓궂은 공세로 소년의 기를 깎아내렸다. 그래도 류성룡은 목을 가다듬었다.

"성리학을 알려면 무엇을 어떻게 공부해야 합니까?"

"이번에는 함재 선생의 고견을 들어볼까요?"

사회자가 해에게 손짓했다. 해는 류성룡을 향해 미소 짓고는 단상에 올랐다. 류성룡이 형 따라 한서암을 방문했을 때 서로 인사를 나눈 사이였다.

"첫째는 격물치지, 그건 사물에 대해 끊임없이 탐구해 지식을 넓히는 겁니다. 외부의 것을 먼저 탐구해 이치를 깨닫는 것입죠. 그럼으로 성리학은 개인의 수양이나 명상보다는 경전의 연구, 사물의 탐구 등을 더 중시했습니다. 훈고학보다 더 실용의 학문이라 불렀지만, 훗날 양명학에 의해 비판 받았지요. 둘째, 거경궁리는 격물치지의 구체적인 방법이랄지. 거경은 사물을 탐구하고 경전을 연구하는 것, 궁리는 두뇌에 담긴 인식론의 부분이겠죠. 성리학에선 궁리보다는 거경을 더 중시하는 경향이 강했습니다. 그런 경향은 글을 읽고 경전을 쉽게 접한 이점이 되었고요."

누군가가 해를 향해 손을 들고는 일어나서 질문했다.

"성리학이 우리나라에 전래된 시기와 어떻게 발전했는지를 알고 싶습니다."

해는 낯선 선비에게 목례하고 자신의 견해를 밝혔다.

"명확한 건 아니지만, 대개 북송에서 성리학이 발흥할 무렵인 고려 인종 전후가 될 거란 게 학자들의 견해입니다. 당시 고려 학자들이나 사신들이 송나라의 서적들을 수집해 왔거든요. 고려 예종 때는 중신들이 경전 강론한 걸 살펴보면, 성리학은 중국에서 발흥하고 성장한 것과 거의 때를 같이하여 전래된 것으로 보입니다. 주자학으로서의 성리학 도입은 고려 충렬왕 때로 추정됩니다. 안향 선생은 주희 선생의 호 회암晦庵에서 '회晦'자를 따 당신의 호를 회헌晦軒이라 하여 그분에 대한 존경을 담았지요. 뒤이어 이제현, 이색, 정몽주 선생은 성리학이 정치와 사상의 토대가 될 계기를 마련하셨습니다. 그분들처럼 성리학을 익혀 과거시험을 통해 중앙으로 진출한 신진 사대부들은 성리학 정신에 의존해 정책을 제안했습니다. 불교의 폐단을 지적하고 성리학의 명분을 토대로 제도를 개혁할 것을 주장했지요. 더불어 배원친명의 외교 정책, 토지 제도의 개혁 등에 힘썼습니다."

해가 차근차근 답하자, 환호성에 뒤이어 박수가 불꽃 튀며 쏟아졌다.

안채 마루에서 저녁 식사를 준비하던 경의 귀에도 박수 소리와 환호성이 들렸다. 경은 손길을 멈추고 귀 기울였다. 얼마나 이런 날이 오기를 고대했던가. 경은 낭군이 영남학파의 유학자를 뛰어넘어 조선 천지에서 제일가는 학자로 거듭나 조선을 다스릴 명재상이 되기를 바라마지 않았다. 행촌과 용헌공, 두 어른이 고성이씨 친정 가문을 빛냈다면, 낭군도 대구서씨 가문을 빛낼 명재상이 되기를 소원하고도 소망했다. 경은 자신의 수치, 맹인에 가려 낭군의 출세에 방해가 안 되게끔 세상을 폭넓게 관조하는 능력을 지니기 위해 열정을 쏟았다. 식사 때마다 요리는 어떤 것을 상에 올리나, 상 차리기와 그릇 하나도 손수 점검했다. 일주일마다 원로학자들을 초청해 자신이 소학과 성리학을 배우는데도 게을리하지 않았다. 그 학문에 도통한 낭군과 대화를 나누려면 걸림이 없게끔. 스스럼없는 대화야말로 부부 금실의 초석일 테니. 무엇보다도 낭군의 건강을 위해 정백이 진찰하고 처방하도록 그 길도 열어놓았다.

신바람 나게 요리를 장만하던 소들내의 재담이 경의 기를 북돋았다.

"아씨, 이게 왜 약藥대구인지 아시니껴?

"약이 되니 약대구겠지."

말주변 없이 답하면 소들내가 흥을 더욱 북돋웠다. 유모의 재담은 경에겐 보약 이상의 효과를 거둘 때가 많아 귀담아들었다.

"자고로 거제에서 잡은 대구를 금대구라 카는데, 알을 꺼내 말려 넣은 게 약대구인 기라예."

금대구 속에 든 알을 꺼내 소금에 절인다. 그런 다음 그 알을 대구 뱃속에 집어넣어 소금 치고 난 뒤 건조대에 내 건다. 연이어 겨울 내내 서너 달 동안 어란魚卵처럼 꾸둑꾸둑 말린다. 그걸 손수 칼을 저며 먹는다. 짜면서도 오돌오돌 씹힌 맛이 퀴퀴하면서도 고소해 입맛을 돋운다. 그러면서 소들내는 가장 듬직한 걸 골라 칼로 알을 저며 숟가락에 담아 경의 입에 댔다. 경은 약대구 어란을 입안에 넣었다. 한 숟가락, 두 숟가락도 마다하지 않고 씹어 삼켰다.

"오매, 소태처럼 짜서 위장에 탈 나몬 우짤 낀데."

"유모, 한 숟가락만 더 다고."

"안 됩니더. 얼굴이 누르팅팅 호박처럼 부어 나리님이 박대하몬 집안 망신인께.”

경은 약대구 어란 한 숟가락을 더 입안에 넣고 씹어 삼켰다.

“약대구 어란을 포식한 우리 아씨, 대구서씨 알토란을 낳으신 다면 을매나 좋겠노.”

소들내의 가락이 잦아들자, 길안댁의 맞대꾸가 크게 울렸다.

“약대구가 우리 대구서씨랑 찹쌀궁합인가 봬, 알토란 운운하게.”

교자상은 십인 용으로 열두 개가 마련되었다. 교자상 하나에 다섯 마리 약대구가 놓였다. 손님들이 먹다 남은 약대구 머리와 몸통과 꼬리는 내일 아침 식사 때 해장국을 끓여 상에 올릴 예정이었다. 약대구를 먹고 나면 짠맛이 위를 해칠까 봐 후식으로 수박도 상에 올리게끔 준비했다.

약대구를 거제에서 구해 온 건 얼금 내외였다. 이번 잔치 때 그걸 손님들에게 대접하도록 권한 건 정백이었다. 유학생들이 학문에 매달려 위가 쓰렸을 테다. 약대구 어란과 그 해장국이 별미로 위를 보강할 거라고.

경은 손님을 많이 치른 날에는 하인들을 시켜 정백을 초당마을에서 모셔와 사랑채에 묵게 했다. 그 많은 유학생 중에서도 환자가 있기 마련이었다. 정백은 사랑채에서 말 멀미에 취한 환자를 치료 중이었다.

반주는 소호두견주였다. 경이 소들내의 솜씨에 힘입어, 진달래꽃에 찹쌀과 누룩을 원료로 두 번 담금질해 발효시켜 여과한 것이다. 단맛이 나면서도 향취가 좋은 고급술이었다. 몸살과 고뿔, 관절과 신경통에 효과가 뛰어났다. 술맛도 일품이라 귀빈들은 그 청주를 영남의 명주라고 일컬었다.

이튿날 오후, 유학생들이 소호두견주 한 병과 약대구 한 마리를 선물 받고 돌아간 뒤였다. 해의 안내로 이용, 류운용, 류성룡이 안채 건넌방으로 들어왔다.

"고모님, 술맛도 일품이고 식사 때마다 진수성찬이었잖습니까. 벗들의 칭찬에 제가 장가를 가도 참 잘 갔다 싶어 우쭐하고도 남았습죠."

류운용이 경에게 인사 올렸다.

"별로 차린 게 없었는데 과찬 하시다니."

경은 류운용이 조카사위지만 동갑내기라 대놓고 하대하진 못했다. 발소리를 듣거나 목소리로 누구인지, 대화를 나누면 인품은 어느 정도인지 가늠하긴 해도, 정작 류운룡의 생김새를 보진 못했다. 임청각에서 류운룡의 혼인잔치 뒤풀이 때, 그 후에도 두어 번 상견례 할 때도 목소리만 익혔다.

"인사 올려야지. 형수의 고모님이시며 함재공의 부인에게."

류운룡이 동생에게 눈짓했다.

"뵈옵기를 소망했사옵니다."

겸손하면서도 유쾌한 목소리에 경의 시야가 밝아졌다. 경은 눈웃음치며 미소로 답했다.

"저도 사돈도련님 뵈옵기를 소망했사옵니다."

귀공자의 풍채가 햇살처럼 피어오른 듯했다. 경은 사돈도령의 얼굴을 접하자, 과연 재목답다는 감이 일었다. 이황이 한서암을 방문한 류성룡을 '하늘이 내린 재상감'이라고 평했다던가. 그 내용을 낭군에게 듣고, 경은 이번 행사 때 류성룡을 만나도록 당부했다.

류성룡도 사돈 부인이 장님이지만 기지가 출중하다는 소문을 듣고 만나서 대화라도 나누고 싶었다.

이용과 해도 경의 시력이 회복됨을 보고, 방 안 분위기가 한결 화기애애해졌다.

"서서방, 아까 내가 강조했듯이 과거에 응시해 장원하는 걸 잊지 말게나."

이용이 이번 행사 때 특별 강사로 초청된 것도 경이 입김을 발해서였다.

여러분들은 앞날이 창창한 기린아들이다. 과거에 급제해 명신이 되어 우리 조선을 빛내야 한다는 게, 이용의 설교 내용이었다.

　6

'아아, 슬픕니다. 개자 해는 불초 무상해 태어나 어려움을 겪었고, 자라선 곤궁해 천지가 광대하니 일신을 용납하기 어려웠습니다. 누가 저 같은 어려움을 당했겠습니까. 저의 생이 불행해 너무나 무거운 액을 만났습니다. 하늘이 재앙을 내려 어머님이 돌아가셨던 것입니다.

우리 아버님은 누구와 벗하시겠습니까. 슬프고 슬픈 우리 세 아들과 두 딸과 한 며느리는 마음이 찢어져 가슴치고 발을 구르며 어머님의 좌우에 앉았습니다. 제가 들기론 인자는 반드시 천수를 누리고 수명은 하늘에 달려 선한 이에게 후하다고 하였습니다.

아, 영령이시여, 저의 어머님은 타고난 자질이 굳건하며, 또 자애롭고 온유하여 시어머님을 모심에 순수하고 효성스러웠습니다. 낭군을 섬김에 성실하고 근면하셨습니다. 자식을 기르는데도 가르침이 적절해 아들들은 박학다식한 분에게 맡겼고, 적은 허물도 소홀함이 없도록 마땅히 병의 뿌리도 끊게 하였습니다. 은혜가 비복에게까지 미쳐 온 집안이 화기애애하였습니다. 손윗사람을 공경히 모셔서 예의와 도리에도 어긋나지 않았습니다. 첩에게도 인자하고 은혜롭게 대하셨으니 더욱 남들이 하기 어려운 일이었습니다……

어머님이 꺼져가는 생명을 겨우 이어 가시던 날 저물녘, 병은 더 위독해지고 의원도 손 쓸 방도가 없었습니다. 장자 대형이 깊은 효심과 지극한 정성으로 땅에 머리를 조아리곤 뜰 가운데 서서 슬프게 하늘에 기도 올렸지만, 하늘은 묵묵히 아무런 말씀이 없었습니다. 맏형은 붉은 마음을 쏟아부은 듯 무명지를 깨물어 그 흐르는 피를 어머님 입에 넣어 겨우 하룻밤 목숨을 부지했습니다. 손가락을 자르거나 할복하는 건 세상에 드문 인仁이거늘. 그처럼 다급하고 망극한 순간에 단지를 해도 아픈 줄 몰랐습니다. 깨무는 고통이 참기 어려워 치아가 서로 부딪치는 데도, 오직 지극한 효심으로 손가락을 깨문 아픔을 참았던 것입니다. 어머님의 영혼이 혹 아신다면 '장하다, 우리 큰아들', 이렇게 말씀하셨겠지요.

맏형은 그 후로 물만 마시고 목 놓아 울며 그리움을 금치 못했습니다. 슬픔이 몸을 상해 병이 매우 심각해져, 갑자기 맏형도 세상을 떠났습니다. 두 분의 상을 당하자, 집안 살림이 궁색해 겨우 묏자리만 팠습니다……

엄형과 친지의 도움, 선령의 보살핌에 하늘도 나의 외로움을 불쌍히 여기셔서 현명한 여인을 아내로 맞이하였습니다. 정숙하고 착한 것이 문왕文王의 배필과 같고 공경하는 게 양홍梁鴻의 아내와 같아 백년해로하기를 바라오니, 어머님의 영혼이 보우해 주옵소서…….'

모친 영전에 올릴 제선비문祭先妣文을 읽는 해의 목소리가 떨렸다.

"전 아직도 그런 슬픈 글을 읽기도, 그런 비참한 현실을 보지도 못했는걸요."

낭군이 아홉 살 때 모친과 맏형을 동시에 잃은 그 참담함을 듣고, 경은 가슴이 저렸다.

"이 글은 졸작이라 참담한 기억을 생생히 증언 못했다오. 어머님께 못다 한 불효와 맏형에게 지은 어리석음을 어찌 보상하리까."

해의 목소리가 가늘어졌다.

"아네요. 절절이 가슴 적신 훌륭한 글인 걸요."

"그 가혹함을 목격한 뒤, 나는 출세의 닻줄을 끊어 버렸소. 사람이 어디에서 태어나 죽으면 어디로 가는 건지. 그런 의문에 시달리며 성리학에 더욱 파고들었달까. 영진 꿈을 접은 대신 구도의 뜻을 선택했다오. 이젠 약관에 성리학의 문장과 학업이 선비들의 추종을 받는다지만 아직도 부족한 게 많아 연마하는 거라오.”

낭군이 받은 상처는 치유될 수 없는 가슴의 옹알이일 것이다. 그 사건 이후 아버님도 숨졌으니. 밤이면 낭군은 식은땀을 흘리고 선잠에서 깨어났다. 나 또한 그랬거늘. 어머님을 일찍 여의고 아버님마저 혼인 전에 저세상으로 가셨거든. 그 허허로움을 견디기 위해 내 몸 건사에 무진 애를 태웠잖은가. 그러나 어쩜담. 그동안 힘겹게 쌓은 학덕을 져버리기엔 경은 낭군의 피땀 흘린 수고가 아까웠다. 좀 더 여유를 두고 영진 꿈을 펼치게끔 내조하리라.

“어머님은 씨앗 샘이 없으셨나 보죠?”

“왜 없었겠어. 손가락 깨물고 인내 하셨겠지.”

“만일 그러셨다면 아버님도 무명지를 깨물고 숨졌을 텐데.”

그들은 좀 전의 암울함에서 벗어났다.

“내자도 그렇잖겠소. 인애와 덕을 갖췄으니. 내가 다른 여자에게 눈을 돌려도 능히 참으리란 걸.”

“전연 아네요. 전 씨앗 샘만은 참진 못할 거니더.”

그래, 그렇지. 세상을 밝히 본다면 어떤 꼴불견도 너그러움으로 포용하련만. 어둠의 절벽에선 안간힘으로 옆 돌아볼 겨를 없는 우를 범하기 쉬운 거거든. 그런 옹졸함에서 벗어나기 위해 무던히도 인내한 결과 주위에 도움 주긴 했지만. 그건 진정 나의 참모습이 아니야. 부를 누리니 얼마를 떼 내 베푼 적선이었거늘. 진정 마음에서 우러나온 덕행은 아니었어.

"정숙하고 착한 것이 문왕의 배필 같고 공경하는 게 양홍의 아내와 같아. 그건 정말 아네요."

문왕은 중국 주나라를 건국한 무왕의 부친이었다. 그의 부인 태사는 인자하고 총명해 부군을 잘 내조함으로 문왕은 중국 서부의 맹주가 되었다.

"양처가 밀어주었기에 문왕은 세력을 확장해 아들에게 제왕이 되게끔 예비하였잖소."

"전 너무나 보잘것없는데, 그것도 넘쳐 양홍의 아내까지 비교하시다니."

경은 무안쩍어 고개 숙였다.

"우리 양홍의 부부가 되어 보자고, 응."

"그러다마다요."

경이 쾌히 승낙했다.

해가 고사를 읊조리며, 양홍을 흉내 냈다.

중국 후한 때, 양홍의 아내는 평소엔 검소한 차림새였다. 시집가면서 화사하게 치장했다. 여러 날이 지나도 낭군이 거들떠보지도 않아 양홍의 아내는 그 이유를 물었다.

'나는 소박한 옷을 입은 사람과 같이 산속으로 들어가려 했건만, 비단옷에 분 바르고 눈썹 그린 여인이 어찌 내 소원이었겠소?'

경도 양홍의 아내가 되어 화답했다.

'저도 그러기 위해 입던 옷을 가지고 왔나이다.'

양홍의 아내는 무명옷을 입고 물 긷는 모습으로 낭군 앞에 나타났다. 양홍은 크게 기뻐했다. 진정 나의 아내라며. 이름을 맹광이라 지어주고 함께 패릉산으로 들어갔다.

해가 해설하고 나서, 경의 양손을 잡았다.

"거안제미擧案齊眉란 고사가 있잖소."

"밥상을 눈썹 높이와 가지런히 들어 올려 바침?"

"그건 맹광을 두고 칭송하는 거잖우. 내자도 충분히 그럴 자격을 갖췄거든."

한성에서 온 중씨의 서찰을 받고, 해는 아내가 이복동생에게 베푼 온정에 감격했다. 영은 한성으로 가서 서엄에게 그 사실을 고했다. 앞으론 개망나니 짓은 삼가겠다고, 울며 호소한 사실이 그 서찰의 내용이었다. 이 무슨 징조인지, 우리 부부에게도 아이가 없어 조상 뵐 면목이 없다. 너마저 태기가 없다니. 부디 그 문제에 유념하도록 하라는 내용도 적혔다.

경은 중씨가 아이를 못 가진 이유도 모친과 맏형의 죽음을 현장에서 목격한 억눌림일 거라 헤아렸다. 그리하여 정백에게 기를 보강할 탕약을 짓게 해 서임수가 한성 가는 길에 가져가도록 청했다. 낭군이 쓴 제선비문도. 해마다 두어 번 서임수는 한성으로 갔다. 서엄과의 도타운 정도 정이려니와, 한성에서 열린 전국 대구서씨 문중 행사와 회의에 경상도 서씨 문중 대표로 참석하기 위해서였다.

강학당에 묵고 있던 유학생들에게도 경의 배려가 해에게 온정을 불러일으켰다. 식사에서부터 새 옷을 만들어 입게 했다. 암자로 수도하기 위해 떠나면 미숫가루와 밑반찬을 만들어 주었다.

사내종들을 시켜 어느 암자로 가서 쌀부대를 전하기도 해 남몰래 도움 주곤 해서였다. 그들 중에서 정인홍은 장기간 소호헌에서 학문에 파고들고 해와 함께 성리학을 강론했다. 정인홍이 두 달 남짓 소호헌에 머문 건, 해의 성리학에 통달한 그 정련함을 뛰어넘고자 하는 학구열과, 간염으로 정백의 치료를 받기 위해서였다. 정인홍은 그동안 탕약을 달여 마시며 몸조리도 잘해 병이 완쾌됐다.

"너무 과찬하시면 제가 몸 둘 바를 모르겠습니다."

"내가 있잖소. 평생을 내자의 지팡이가 되리란 건, 내자가 장님이 되었다는 소식을 접하고부터였소. 구도의 길이란 결국 눈을 감아서 일궈낸 정의이기에 구도자도 장님과 다름 아니거든. 나는 내자를 하늘이 내린 천상반려자로 여긴다오. 때 묻지 않은 열 살의 눈동자를 지닌. 내자의 그 모습에서 나를 반추하고 글을 읽으면 깨달음이 쉬이 온다오."

하도 낭군의 고백이 절절하기에 경은 그의 품에 안겼다.

7

희는 지난해 삼월에, 진은 올해 구월에 시집갔다.

성주댁은 두 질녀 혼사를 아들 며느리에게 지우고 싶지 않았다. 질녀들에게 숙모란 존재는 친밀감을 안겨 줘도, 사촌 올케는 건너지 못할 강처럼 거리가 있는 법이었다. 희는 열일곱 살이라 만혼이었다. 진은 워낙 체격이 크고 올 돼 열셋에 신부가 돼도 이른 감이 들지 않았다. 희는 안동부에 근무하는 행정 직원 김일양에게, 진은 안동부를 지키는 별정직 군인 이명정에게 시집가서 소원을 이룬 셈이었다.

진이 시집가고 난 뒤, 경은 임청각 태실방에서 열흘을 지냈다. 자신도 그러려니와 낭군도 몸이 허약해 정백의 치료도 받을 겸 원기를 회복하기 위해서였다. 경은 여동생의 혼사 문제로, 해는 학문에 매달려 피로와 두통도 겹쳐 안정이 필요했다.

새로 도배된 태실방은 신방처럼 아늑하고도 평안을 안겨주었다. 이불과 요도 새것이라 해는 새삼 성욕이 일었다.

"우리 정승 하나 빚을까?"

"쉿, 누가 엿들으면 어쩌게요."

그러면서도 경은 자신의 심중을 낭군이 터득해 볼을 붉혔다. 혼인한 지 사 년째 접어들었지만, 태기가 없어 백방으로 노력해도 묘약이 없었다. 마침 친정에 왔던 김에 태실방에서 낭군과 화합하고 싶었다. 만일 낭군이 끝까지 벼슬길을 마다하고 학자로 일생을 보낸다면, 옥동자를 낳아 그 아들이 서씨 가문을 빛낼 당상관이 되게끔 키우고 싶었다. 정백도 권했다. 이 보약을 두 분이 달여 잡수시면 임신의 조짐이 보일 거라고. 자궁의 냉증도 치료되고 저린 손발도 따스해졌다. 낭군도 기가 보강되어 합궁하는 게 최선의 묘방이라고. 경도 삼정승이 태어난다던 태실방에서 낭군과 혼연일체가 되면 그만한 특효가 없을 거라 싶었다. 정백이 자신을 삼정승 중의 하나라고 했다던데, 맹인이요 아녀자가 어찌 그 직에 오르며 감당하리. 낭군과 나도 못다 이룬 꿈을 내 아들에게 전수하리라.

그들 부부는 목욕재계하고 보료 위에 누웠다. 여느 날보다도 해의 애무는 끈질기고도 집요했다. 경은 낭군의 품에 안겨 달고도 긴 잠에 빠져들었다.

날씨가 싸늘해지자, 안망천의 빨래터에 여자들로 붐볐다. 소호헌 여종들과 대구서씨 부인들이었다. 해마다 계절 따라 이불과 요 빨래를 감독하던 소들내에겐 다리에 쥐가 나고 목이 쉴 정도로 바쁜 나날들이었다.

호타하가 애벌빨래 뭉치를 짊어지고 안망천 둔덕에 내려놓았다.

"호씨 양반, 솟을대문으로 가서 수문장 노릇이나 잘하시라고."

"요새 손님들이 별로 없어 느는 게 잠이라오. 띵띵한 배 좀 꺼지기 위해선 운동이 필요하다니까."

호타하가 양손으로 배를 두드렸다.

임시 아궁이에선 장작불이 활활 타올랐다. 가마솥엔 애벌빨래가 부글부글 끓으며 거품이 바깥으로 새어 나왔다. 동이가 불쏘시개로 타오른 장작불을 휘젓고 나서 걸레로 가마솥 둘레를 닦았다.

기오랑이 장작을 지고 와서 안망천 둔덕에 내려놓았다. 호타하가 땔감을 가마솥 곁에 우물 정자로 쌓아올렸다.

"바늘에 실 아니랄까 봐, 찹쌀떡처럼 붙어서 야단이냐?"

"야단 피울 새가 어딨능교? 치마끈만 잡아도 앵 토라져 모로 돌아눕는데."

기오랑이 씩씩거렸다.

경의 맥을 짚어본 정백이 임신이란 진단을 내렸다. 소들내도

162

동이도 안주인에게 정성을 쏟았다. 임신한 조짐이 보이긴 하나 아직 안심할 상황이 아니라고, 정백이 행동조심 입조심 하라고 당부했다.

"우리 서씨가문 아씨가 임신이라니, 이 아닌 기쁜 소식인가?"

길안댁의 탄성을 소들내가 잠재웠다.

"좀 가만히 두고 보자고요. 입이 방정이몬 복이 달아나잖니껴."

"그만한 방정에 누가 재를 뿌릴까. 부부 금실이 너무 좋아도 조왕님이 샘내셔서 탯줄을 앗아 간다는 것도 말캉 거짓말인가 보제."

서현수의 아내 의성댁이 방망이를 들고 힘껏 두들겼다.

"요것 보래. 유생 도련님들이 퍼질러놓은 뜨물에 이가 달라붙어 큼큼거리니. 자아, 방망이질은 뒤로 미루고 아씨 빨래를 그 흐르는 물에 담가 헹궈 내시라고예."

그 물이 흘러 낙동강 깊은 곳에 이르러 잉어님과 붕어님들에게 이 떼들이 달라붙으면 참 기막힐 긴께. 사람 피를 이 새끼들이 물어뜯고 사람들이 잉어와 붕어님 살에 붙은 이를 냠냠거린다면 통쾌할 복수이겠지만 허파가 뒤집힐 텐데.

소들내의 입질에 움펑네가 곱살 맞게 굴었다.

"이 숭년에 이가 달라붙은 붕어님도 별미 아니겠습니껴."

딸랑네가 애벌빨래 든 함지를 이고 와선 안망천 둔덕에 쏟았다.

"딸랑딸랑 그 발소리가 오늘에야 빛을 보는구먼. 부엌에선 그릇들을 쪼그랑 방망이로 맨들어서 영 글러먹던데."

무슨 일에든지 설쳐대 두서없이 굴던 걸 움펑네가 빗댔다.

"성님은요? 사사건건 머리카락 홈파듯 해 쌓으니 두 눈동자가 해골바가지인 양 폭 기어 안 들어갔능교."

딸랑네의 비아냥거림을 듣고 움펑네가 방망이 들고 삿대질했다.

"뭬야? 해골바가지라고? 저승사자가 조년을 안 데려가고 방구만 퐁퐁 끼어댔치니 지옥이 구린내 천지라 카더라."

소호 둘레를 거닐던 노승이 애벌빨래 뭉치를 짊어지고 온 호타하와 마주쳤다.

"신수 훤하다마는 창창한 그 기개가 어디로 도망갔는고?"

"척 보아하니 퇴마옹이로군."

"불알 찬 사내라면 도끼로 대들보를 쪼갤 일이지 옷 나부랭이 따위에 신경 쓸까 보냐?"

퇴마옹의 타박에도 호타하의 기가 팔팔해졌다.

"겉으론 학승입네 주둥이를 까발리지만, 뒷구멍으론 가시나 젖무덤에 입김 토하니, 이녁 사타구니에 나무아비타불이 안 새겨졌능교."

"요놈이 소호헌 대문 지기 되었다고 두 눈에 쌍심지를 잘도 켜는군. 내 니를 골로 보내 주꾸마."

퇴마옹이 앗, 이얍 하며 양손에 기를 모아 예전의 부하를 내리쳤다. 호타하가 퇴마옹의 목을 거머쥐고 소호에 머리를 담갔다. 퇴마옹이 푸푸거리며 얼굴을 물 밖으로 쳐들었다.

"가슴에 엉터리 호심경을 달고 탁발승이 되어 집집이 돌아다닌 꼬락서니라니. 미주알고주알 해쌓는다고 부처가 환생해 우리 어깨동무하자 카든? 네 놈이 다시 소호리나 임청각에 나타나면 내 니를 지옥으로 떨어트릴 테니 알아서 기라고."

논에서 벼를 베던 남정네들도, 앙망천에서 방망이를 두들기던 여인들도 깔깔거리며 히죽거렸다. 걸핏하면 퇴마옹이 목탁을 두드리고 어느 집이든 마음대로 들어가서 보시를 요구해서였다. 그들은 그 짓거리에 질렸던 터라, 호타하의 반격에 쾌재를 불렀다.

"어디 봅시다. 우리 귀염둥이가 얼마나 컸나."

"지난 주일엔 눈썹만치 자라더니 오늘은 눈시울을 웃돌 정도로 자라는 게 손 감각으로도 감이 잡히는걸요."

"열흘이면 눈동자만큼 자라고, 삼칠일이면 인중만큼 자라고, 에잇 왜 시간이 이리도 더디 지날까. 몸조리도 잘하고 태교도 중요하니 유념하도록 하시오."

"좋은 것만 보고, 좋은 생각만 하고, 좋은 일만 하고, 항상 웃는 얼굴로 지내잖니껴."

해와 경의 밀어가 창호지에 배인 촛불의 그림자에 스며들었다.

8

무오년 오월 열아흐렛날이었다. 해맑은 하늘 아래 햇빛은 소호헌 학자목의 잎들을 더욱 푸르게 비췄다. 안채 안방에선 으앙, 세상에 태어남을 알린 첫 기염이 소호헌 둘레를 쩽 울려 퍼졌다. 산파는 탯줄을 자르고 소들내는 핏덩이를 보고 기염을 토했다.

"아씨, 옥동자인 기라예"

경은 신생아를 품에 안았다. 보송한 털이 손에 잡힘과 동시에 청청한 눈동자가 시야에 머물렀다. 경은 신생아 눈동자에 입맞춤했다. 때맞춰 방문 열고 들어온 낭군에게 핏덩이를 건넸다.

"아들아, 우리 아들아."

해는 아기의 고추와 불알을 쓰다듬곤 아내를 껴안았다.

호타하와 기오랑은 금줄을 솟을대문 사이에 걸었다. 당근과 솔방울이 달린 소나무 가지를 새끼줄에 엮은 금줄이었다.

찬방 부엌에선 가마솥에서 슬슬 끓는 미역국 냄새가 강학당까지 번졌다. 대각 미역국은 소고기와 마른 홍합을 넣고 푹 고운 거라 뽀얀 국물이 젖줄인 양 피어올랐다. 소들내는 안방으로 들어가서 밥상을 해와 경 부부 사이에 놓았다. 수수 찰밥, 미역국, 찐참조기, 고사리, 시금치, 도라지나물이 차려진 밥상이었다. 신생아는 새근새근 잠들었다. 그들 부부의 숟가락과 젓가락을 올리고 내린 가락이 박자를 맞췄다. 밥상엔 빈 그릇들만 남았다. 물린 상을 든 소들내의 실팍한 엉덩이가 물레 잣 듯 흔들렸다. 소호헌의 식구와 객식구들도 신생아의 탄생을 축하하며 낮밥을 먹었다.

아들이 삼칠을 넘기자, 해는 '태실방胎室房'이라 쓴 현판을 안채 안방 문 위에 달았다.

"태실이란 왕실에서 태를 묻던 석실이란 거잖소. 우리 옥동자는 왕자 못잖은 복락을 누릴 것이오. 이름은 뭐라 지을까?"

"이 세상에서 둘도 없는 제일 빛날 이름이 뭔지."

경이 화답했다.

며칠 지나, 해는 아들 이름 쓴 글씨를 아내 연상 위에 놓았다.

"성溝이라고요?"

"그럼. 나의 이름 해가 중국 곤륜산 북쪽의 골짜기란 뜻 아니오. 중국인들의 뿌리가 황하인데 그 원천이 곤륜산에서 유래 되었답디다. 그 산의 정상이 북극성과 마주 본대서 우주의 중심이란 설도 나돌지. 곤륜산에는 사백사십 개의 문들과 다섯 개의 성, 열둘의 누각이라나. 그 산의 주민들은 신선들이고 지도자는 옥황상제라 불리는 도교의 최고신이며 여신은 서왕모라 불리거든. 사람들은 그 성스러운 영역으로 들어가지 못한다지만 수행을 쌓아 신선의 경지에 달하면 가능하다니 얼마나 바람직한 경사겠소. 그 정상의 생명나무 복숭아를 따 먹으면 영원한 생명을 얻는다고들 하더라고. 그 신화에 도전해 보기 위해 내가 성리학을 파고든 연유라오."

"우린 땅을 밟고 사는 인간들이지 신선은 아니잖우?"

"성리학의 최고봉에 달한다면 가능하리란 게 나의 바람이거든. 나는 옥황상제, 내자는 서왕모, 그 사이에 태어난 왕자가 우리 성이잖아. 우리 아들은 필히 입신양명해 내자의 소원을 풀어 줄 거요. 낙동강을 거느린 성을 뛰어넘어 기필코 한강을 건널 성이 될 것을 믿어 의심치 않소."

"감히 제가 낭군의 학덕에 미치리까. 또 하나, 우리 옥동자는 타고 날 때부터 효자인 걸요."

"무슨 변화의 조짐이라도?"

"어쩌다 세상이 아슴푸레 보이던 게 이젠 가끔이니 어미에게 그보다 더 효자 노릇이 없지 않겠니껴."

경이 암흑 절벽에서 허우적거릴 때, 정백이 위안을 주었다. 아가씨, 혼인해 아이를 낳으면 여인들의 체질이 변하는 거와 같이 그 눈동자도 각막 검정 꺼풀이 벗겨져 환한 세상을 볼 겝니다. 일테면 백에 하나이던 게 백에 열은 열릴 테니 눈동자를 위아래, 좌우로 흔든 운동을 부지런히 하옵소서. 어쩌면 그 수치를 뛰어넘어 흐릿하게나마 세상을 볼 겝니다. 다른 건 제쳐 두고라도 아가씨는 그런 암담함을 뛰어넘을 영안이 뚫렸으니 세상을 밝게 볼 혜안을 지녔잖습니까.

"그럼 이 글씨가 보이오?"

"태실방이란 글씨도, 우리 옥동자도, 낭군도 보이는걸요. 무슨 긴한 일을 하려면 손 감각으로 알던 게 이젠 흐릿하지만 감을 잡을 정도로 보이기도 하고요."

"그렇다면 우리 아이를 많이 낳읍시다. 내자 눈동자가 변함없이 환해지게."

해는 아내 눈에 입을 맞췄다.

이른 봄, 낭군이 뱉은 가래에 피가 섞여 경은 아찔해졌다. 그렇지 않아도 날로 허약해지는 느낌을 받고 낭군의 학문 탐구에 방해가 될까 봐 서책과 서안을 강학당 옆방으로 옮겨 놓았다. 성의 재롱에 빠져들지 않게끔, 부부 관계도 줄일 겸 해서였다. 그래도 낭군은 아내 사랑과 아들 귀애가 더 우선인 양 자주 안채로 드나들었다. 경은 다부지게 쏘았다.

"안채 금족령을 내렸잖아요."

"자꾸만 오고 싶은 걸 어떡하오."

"인내해야죠. 한성 서씨 도령이 안동 소호헌에 둥지 틀고 학문 탐구에 전력을 기울인단 소문이 멀리 퍼졌는데 뒤처진다면 어떡해요."

"난 이대로가 참 좋거든. 인간이 누릴 낙이 뭐요? 내게 삼락이 있다면 첫째, 스승을 잘 만나 학문의 경지에 오른 것. 둘째, 아내와 더불어 가화만사성을 이룬 것. 셋째, 아들을 잘 두어 그 가문을 빛낸 것이거든. 그 셋을 다 거머쥐었으니 더 바랄 게 무어겠소?"

"네, 오죽하리오. 첫째는 우리 혼인 전에도 그런 낙을 누리셨지만 그건 입문에 불과하죠. 둘째와 셋째는 아직 머나먼 장정 아닌지요. 그 셋 모두를 일구기 위해 밤낮 가리지 않고 피땀 흘리셔야 할 텐데. 나태가 금물이며 독이 된다는 걸 내 님이 모르신다면 어떡하나."

"나도 그게 금기라는 걸 왜 모르겠어. 사실 무금정 선생 따님을 연모하며 밤을 지새우고 학문에 파고들던 그 시절이 그립소. 성리학이 바로 이경 아가씨라 여기고 어루만지며 보듬기도 하고, 보고프고 보고파서 눈물 흘리기도 했거든. 이경 아가씨를 사로잡기 위해 무엇 하나를 더 꿰어야 한다며 글자 하나하나를 뇌에 새기기 위해 나날을 더 나아가서 시간을 실타래에 감듯, 날줄 씨줄로 베를 짜듯 했던 창창한 날들이었소. 이경 아가씨가 장님이 되었단 소식을 접하곤 왜, 왜, 하필이면 이경 아가씨인가. 그래, 그래. 필시 무언가 있을 게다. 그 연유가 뭘까. 그런 의문에 휩싸이며 그 뜻을 헤아리기 위해 성리학을 해부하기로 했소. 내 눈은 의원의 눈이 되고 내 손은 의원의 칼이 되어 성리학을 파헤치고 파헤쳤거든. 마침내 정상의 봉우리에 이경 아가씨가 깃발을 나부끼며 나를 오라고 손짓하더군."

"그 다음은?"

경은 낭군의 사랑 고백에 취했다.

"이경 아가씨가 입었던 옷이 뭐게?"

"선녀가 입었던 하늘하늘한 만지면 솜털처럼 가벼운, 꽃송이처럼 피어오른, 화사함의 극치 아니던가요?"

"아냐. 실오라기 하나 안 걸친 알몸이었어. 정상으로 오르던 해도 알몸이었거든. 서해와 이경의 사랑 이야긴 이 밤도 유효한, 앞으로도 영원히 이어질, 사랑의 완성이지. 그게 뭐고 하니, 우리 사이에 옥동자를 더 낳는 것."

해는 아내를 가슴에 품고 경은 순순히 응했다.

여전히 유학생들과 선비들은 소호헌으로 몰려들었다. 서임수와 서현수를 비롯한 안망실의 서씨들도 일을 돕기 위해 솟을대문으로 드나들었다. 성의 돌잔치 때는 한산이씨들과 영양남씨들, 진주소씨들도 모여들어 소호헌 일대가 잔치마당이 되었다. 임청각 식구도, 초당마을 민초들도, 와당마을 고성이씨들도 와서 돌잔치를 축하했다.

"어쩜 형부를 인감도장처럼 택했을까?"

진의 축하 인사에 희가 반문했다.

"쏙 빼닮은 게 아니고?"

"닮음의 유전인자는 후대까지 천년만년 이어진 거라잖아. 인감도장이야 형부만의 거니 그 천재성과 학구열이 성의 눈동자에 총총 박혔거든. 그러므로 영남학파의 거두 이세란 존칭까지 받겠는걸."

닮음이 천년만년 이어진다는 건 얼마 전, 안망실에 사는 이색 후손이 삼백 년을 뛰어넘어도 그의 초상화와 빼닮았다. 과거에도 장원해, 그 소문에 자극받은 언니를 겨냥한 진의 부추김이었다.

"아서라. 형부는 그렇다 해도 우리 성은 행촌 공과 용헌 공의 정기를 이어받은 명재상이 될 테니 두고 보라고."

다시금 벼슬의 욕망이 치솟아 경은 양손을 움켜쥐었다.

"난 내 아들이 그이만 한 인물이 된대도 더 바랄 게 없겠어."

희도 지난겨울에 아들을 낳았다.

"사나이 대장부가 쩨쩨하게 그 무슨 벼슬이라고 광대 줄을 탈까 보냐. 난 내 아들이 김종서 장군처럼 명 장군이 되어 백두산 호랑이가 되었음 해."

"아직 뚜껑도 열기 전 그 무슨 허풍일까 보냐."

말을 쏘면서도 희는 여동생의 임신이 대견한 양 진의 배를 쓰다듬었다.

성의 돌상은 백완반百玩盤이었다. 길상무늬로 다리를 투각해 만든 것이다. 상 위에는 백설기, 수수경단, 무지개떡, 송편, 인절미, 계피 떡 등 열두 가지가 놓였다. 백설기는 아기의 신성함과 장수를 기원하고, 수수경단은 팥고물을 묻힌 거라 붉은색은 덕을

쌓고 귀신이 붉은색을 기피함으로 무병장수를 기렸다. 무지개떡
은 아기의 꿈이 무지개처럼 이루어지기를 기원하는 뜻이었다. 돌
잡이로는 쌀, 천자문 책, 활, 지전이 돌상 위에 놓였다. 성이 잡
은 건 천자문이었지만 쌀 든 대접이 뒤엎어져 천자문 앞면에 쌓
였다. 문신에 부귀가 따라붙으니 금상첨화라고, 서임수가 외쳤
다. 덩달아 돌상을 가운데 두고 빙 둘러선 친척들이 환호성을 질
렀다. 성도 짝짜꿍하며 화답하더니, 오른손 약지에 끼었던 금반
지가 떨어졌다. 그걸 주워 입으로 가져가는 걸 동이가 빼앗아 다
시 성의 오른손 약지에 끼었다. 그건 서엄이 한성에서 서임수 편
으로 보낸 돌 금반지였다.

　돌잔치 때 빠트릴 수 없는 게 찰밥이었다. 그즈음 한산이씨 종
택에서 종손 돌잔치가 먼저 열렸다. 그 만든 찰밥을 그 댁 자부가
소호헌으로 가져 왔다. 경은 친정에서 즐겨 만들던 수수 찰밥과
는 다르고 맛도 진미라 그 자부에게 물었다. 무엇 하나라도 진귀
한 거나 배울 게 있으면 허수히 넘기지 못하는 게 경을 경답게 하
는 품위요, 맹인이란 허점을 보완한 지침이었다.

　"이걸 어떻게 만들었나요?"

　경의 물음에 그 자부가 화답했다.

　"저희 윗대 어르신이 지은 『목은집』에 기록된 시를 읽고 제가
빚어 봤더니 별미 중의 별미였지요. 찹쌀을 아교처럼 둥글게 뭉
쳐서, 산꿀을 넣으니 색깔도 알록달록, 대추와 밤에다 잣까지 섞
으니, 달콤한 맛이 입안에 고였다."

　"우리 집안의 참한 며느리가 있어 저세상에서도 마음 든든히

여긴다고, 목은 선생님의 칭찬이 들리는군요."

"그게 약이 된다고 약밥이라 하신 시 제목도 있던 걸요.「적성 유판사가 약밥을 보내옴赤城兪判事送藥飯」이라는."

"세상엔 우리 인간들에게 유익 주던 하고많은 약이 있을 텐데, 약밥이라니 참 듣기 좋군요."

경은 아들 돌잔치 때 그 약밥을 지어 손님들에게 대접했다.

9

날이 밝았는데도 강학당에선 바튼 기침도 어떤 기척도 들리지 않았다. 소호헌의 하루는 해의 바튼 기침으로 시작되고, 경이 안 방 촛불 끄는 것으로 마무리 되었다. 경은 밖으로 나왔다. 안마당 비질을 끝낸 기오랑이 경의 뒤를 따랐다. 찬방에선 여종들의 도 마 두드리는 소리와 소들내의 잔소리가 들렸다. 가마솥마다 밥이 뜸 들여지는 구수한 냄새가 초가을의 서늘한 공기를 타고 경의 코끝을 스쳤다.

'늦잠 잤구나.'

근자에 성이 잘 보챘다. 길안댁이 경에게 오 남매를 키운 선배 다운 일화를 들려주었다. 말문이 열리고 종짓굽이 떨어져 걸음마 를 시작하면 하루가 다르게 자라기에 아기들이 자주 칭얼거린다 고 했다.

여느 날과 달리 강학당 안은 텅 비어 고적함이 감돌았다. 경도 뒤따르던 기오랑의 발걸음도 경쾌하지 못했다. 경은 발꿈치를 들 고 실내를 지나 방문을 살며시 열었다. 가파른 낭군의 목소리가 들렸다. 다급한 기오랑의 몸놀림을 손짓으로 저어하고, 경은 낭군의 입술에 귀를 들이댔다.

"사랑하오. 우리 성을 잘 키워 주시오."

그 말을 하고는 침묵이 흘렸다. 경은 양손으로 낭군의 얼굴을 똑바로 세우곤 응시했다. 타다 남은 촛불이 활활 타오르며 그 빛이 낭군의 미소 띤 얼굴을 비추는 게 경의 눈동자에 어렸다. 청풍 동헌 앞마당에서 처음 마주칠 때의 그 미소 어린 얼굴이었다. 첫날밤에 마주 본 그 미소 어린 얼굴이었다. 아들을 처음 껴안고 바라보던 그 미소 어린 얼굴이었다.

"그러다마다요. 잘 키우고말고요."

낭군은 여전히 미소 띤 채, 목소리에 힘을 실었다.

"우리 성은, 이 애비가 못 이룬 영진 꿈을 펼쳐 조선을 빛낼 명신이 될 것이오."

"그럼요. 우리 조선을 빛낼 명신이 되고말고요."

경은 그 미소가 자신에게 옮아오는 느낌을 받고, 미소 띤 얼굴로 낭군을 응시했다. 청풍 동헌 앞마당에서 처음 마주칠 때의 그 미소 어린 얼굴로, 첫날밤에 마주 본 그 미소 어린 얼굴로, 아들을 처음 껴안고 바라보던 그 미소 어린 얼굴로.

'젊은 나이에 흙으로 돌아가는 사람이야 예부터 많았지만, 어린 나이에 도를 깨친 공과 같은 이 누가 있겠는가. 어린아이였을 때부터 이미 터득한 걸 깨달아 바로 이치를 구할 줄 알았다. 소학을 열심히 공부해 감히 뛰어넘지도 않았다.

그해 계축년, 안동에 장가들어 왔을 때였다. 나는 첫눈에 흠모하게 되었다. 공의 나이 열일곱이라 견문이 없으리라 여겼다. 뜻밖에도 학문이 정련되어 부족한 나를 도에 들어가도록 이끌었다. 보잘것없던 자질을 깨우쳐 채찍질하며 권려함이 깊고 간절하였다. 우러러볼 만한 내 벗들 중 제일이었다. 서로 책상을 같이 쓰고 한 이불 속에서 지내며 배우고 본받은 게 그 얼마였던가.

학문을 좋아하던 정성을 잠시도 쉬지 않았다. 환하게 깨닫지 않은 것도 없었다. 의로움과 이익의 나눔과 인간과의 관계도 서로 어긋나지 않았다. 선과 악의 기미와 떠나고 나아가는 도리도 자세히 연구하지 않은 것이 없었다.

그 배운 바를 살펴보면, 대학을 여러 해 탐독해 깊이 의미를 터득하며 조금도 게을리하지 않았다. 경한 글자는 오래도록 가슴 속에 간직해 깨닫고 깨달았다. 함재涵齋라고 편액을 달았으니 어찌 그 뜻이 없겠는가. 그걸 근본 삼아 시종 어기지 않았다. 아름다운 뜻은 임천에 두고 명성과 이익을 즐기지 않았다. 세상에 나가고 자연에 은둔하는데 혹 구차함이 있을까 항상 두려워하였다. 여러 차례 형님의 서찰을 받고도 오히려 머리를 돌리지 않았다. 비록 더 사셨다 하더라도 반드시 출세하기를 즐겨하지 않았을 것이다.

가정과 형제지간에도 최선을 다했으니 하늘을 우러러 무슨 부끄러움이 있으리오. 친족에겐 은혜를 베풀고 남을 지성으로 섬기며 정성을 다함으로 현우 귀천 모두 기뻐하였다. 부귀해도 스스로 엄숙함을 지녔다. 남과 다투지도 않았다. 털끝만큼의 사심도

마음에 두지 않고 활연히 공평 공정하였다…….'

조사를 읽는 이중립의 목소리가 떨려 나왔다.

장례식은 소호헌 강학당 옆 뜰에서 거행되었다. 고인의 벗들과 퇴계 제자들, 유학생들이 모여서 장례식을 지켜보았다. 소호리와 임청각 식구들과 친인척들, 하인들이 소호헌의 안마당과 바깥마당을 꽉 메웠다. 담밖엔 광대들과 걸인들이 장례가 끝나기를 기다렸다.

경은 소복하고 안채 마루에 앉아 조사에 귀 기울였다. 낭군이 내게 미소를 안겨 주었는데 나도 떠나가는 낭군에게 그 미소로 화답하겠다는 양, 마음의 동요를 내비치지 않은 채. 경의 양옆에 희와 진이 언니 눈치를 보며 몸을 사렸다.

성을 업은 광산댁이 아이 조막손으로 관을 쓰다듬게 했다. 부자의 이별을 문상객들이 지켜보았다.

고인의 이복동생도 관을 쓰다듬었다.

"아깝고도 아까워라. 그 쌓고 쌓은 학문은 어쩔 거냐."

통곡으로 이어진 피 울음을 김성일이 말렸다.

"그만 눈물을 거두게나. 형을 고요히 보내는 게 최선의 대접이라네."

장지는 경기도 포천의 선산이었다. 소호헌에서 장지까지는 반달이 걸렸다. 마부는 수레에 관을 싣고 말을 채찍질하며 앞서가고, 뒤에 선 사내종들이 줄을 이었다. 관을 장지로 이끈 책임자도 고인의 이복동생이었다. 영은 길가에 핀 들국화와 코스모스를 꺾어 관 앞에 헌화했다. 문상객 중에 이중립, 이용, 유운룡, 유학생들이 말을 타고 그들 뒤를 따랐다.

"어디로 가시려고요?

정백에게 경이 나지막이 물었다.

"가야산 토굴로 가렵니다."

경의 시야에 정백이 흐릿하게 보였다. 정백의 눈과 마주친 건 처음이었다. 백발노인은 경을 다독였다.

"아씨에겐 보이는 순간보다 안 보인 세계가 더 아름답다는 걸 기억 하소서."

"왜 그래야 하죠?"

"보이는 건 현실이지만 안 보인 건 희망이니까요."

"그러고 보니 그이도 그 명제에 많이도 열성을 쏟은 것 같습니다."

"희망은 인간에겐 다함없는 양약입니다. 일생을 그 명제에 매달리는 게 인간 본연의 자세고요. 부군은 약관의 나이에 그 희망의 닻줄을 거머쥐었으니, 더 이상 금광을 캘 의욕을 잃은 게지요."

사람들은 천재학자의 죽음을 심장마비라 회자했다.

"전 항시 의원님을 희망의 봉우리로 여길 겁니다. 그게 제 생의 명줄일 테니."

"매달 초하루, 이틀, 사흘, 그 세 날을 금식하면 몸이 개운해지고 영안이 열림과 동시에 세상을 밝히 보게 될 겁니다. 다른 날들도 멀리 바라보는 듯한 자세를 취한다면 예외로 시력이 회복되고요. 저의 명줄이 붙어 있는 한, 좀 더 연구하여 양약을 마련해 월출을 시켜 소호헌으로 보내겠습니다."

"이제껏 입은 공로도 제겐 버거운 호사이니더. 앞으로도 그러신다니 그에 대한 홍복이 있겠니껴."

"부친께서 임종 전 제게 그에 따른 금전을 주셨으니 마음의 부담은 덜어 주옵소서."

"아버님이 저세상에 가시면서까지 저의 고질병을 짊어지셨는데, 제가 어찌 맹인이란 굴레에서 허우적거리겠니껴. 필히 정상의 시력을 회복하겠니더."

경은 하인들에게 명해 가야산 토굴까지 정백과 동행하게 했다.

시간은, 나날은 안망천의 흐르는 물과 더불어 흘렀다. 아들의 두 돌을 맞이하자, 경은 더 이상 소호리에 머물고 싶지 않았다. 원대한 꿈을 펼치기엔 소호리는 너무 궁벽한 곳이었다. 한성으로 가리라. 그이가 한성 도령으로 싹을 틔운 곳에서, 우리 성을 잘 키워 꽃피우고 열매 맺도록 혼신을 쏟으리라.

경이 그런 단안을 내린 건, 시숙이 낭군에게 서찰을 보낼 때마다 한성으로 와서 입신양명하라던 내용이 귓가에 맴돌아서였다. 시숙이 동생의 글재주와 학덕을 아낀 배려를 낭군이 매번 거절한 데 대한 아쉬움이 가슴을 메웠다. 대과에 급제한 시숙이 '성균관 사예'가 된 것도 자극을 주었다. 시숙에겐 아직 아이가 없는 것도 그런 결단을 내리는데 보탬이 됐다. 더욱이 낭군의 묘도 한성에서 가까운 곳이었다. 낭군도 숨질 때 유언하지 않았던가. 우리 성은 필히 이 아비가 못다 이룬 조선의 명신이 될 거라 하였거늘.

경이 시숙에게 서찰을 올리자, 시숙도 쾌히 바란다는 답신이 왔다.

한성으로 가기 위해 경은 재산을 정리했다. 이용의 도움을 받으며. 소호헌은 서현수 부부에게 잘 관리해 달라고 부탁했다. 서현수 장남이 퇴계 문하생으로 들어가서 안동 유학생들을 잘 보살필 거란 자신감을 가져서였다. 소호리 논밭의 수확도 소호헌을 관리하는 데 사용하도록 했다. 외가 친척들에게도 구조의 손길을 뻗쳤다. 그런 연유는 조당이 외딸을 일찍 여윈 슬픔에 겨워 재산을 외손녀에게 안겨준 데 대한, 외조부 형제들과 조카들의 원성이 잦아서였다. 더구나 조씨들은 악감이 지나쳐 법으로 제재하겠다며 서슬 시퍼렇게 설쳐댔다.

"만석 부자라 카지만 실제 칠천 석도 안 되잖아. 어떻게 우리 조가 땅덩이가 서씨 재산으로 둔갑할까 보냐. 삼척 석이면 충분한 유산이므로 더 이상은 안 되네."

경의 친모 당숙은 그 재산마저도 경의 외조부가 자산을 잘 관리하기도 했지만, 얼추 웃어른에게 물려받은 것이다. 당신들도 그 유산을 취득할 권리가 있다며 맞섰다.

"유산 싸움이 지나치면 집안 망신살 뻗친 경우가 흔하거든. 조씨들의 주장도 타당함으로 그들의 원대로 하는 게 뒤끝이 깨끗할 것 같아."

이용이 권했다.

"오라버니 시키는 대로 하겠니더."

경도 거부감 없이 응했다. 자신이 맹인이요 청상과부까지 되었으니 이 무슨 재앙일까 보냐. 두려움을 면죄 받기 위한 강구책이기도 했다.

경이 그런 단안을 내린 건, 한 사건에 휘말려 분노와 좌절을 겪어서였다.

부평리의 토지를 관리하던 하인 덕배가 그 해 수확한 벼를 저화로 바꿔 도망친 사건이었다. 덕배는 하인 소걸의 외아들이었다. 그들 부자는 이고의 충직한 종이었다. 임종을 앞두고 맹인 딸 때문에 차마 눈을 감을 수 없던 이고가 그들 부자를 딸에게 양도했다. 부친이 그랬듯 경도 그들 부자에 대한 신뢰가 두터워 그 관리를 맡겼다. 덕배는 나졸들에게 쫓기며 산속을 헤매더니 처와 슬하의 남매도 죽이고 노부를 암매장했다. 그런 와중에 소걸이 무덤을 파헤치고 나와 미쳐서 날뛰었다. 그걸 목격한 나졸까지도 산신령이 나타났다며 혼절했다. 노비는 죽어도 주인의 허락 없인 마음대로 처치할 수 없는 운명을 타고난 업보를 지녔다. 나졸들은 그들 식구 시체를 수레에 싣고 와 소호헌 앞길에서 멈췄다. 호타하의 기세에 눌려 감히 소호헌 안으로 들어서진 못했다. 그 광경을 소들내에게 듣고 경이 호타하에게 엄명을 내렸다.

"산속에 버려, 독수리 밥이 되게."

그 배후에는 외가 사람들의 조종에 의한 거라 더욱 경의 울화증을 북돋웠다. 소들내가 타일렀다.

그들 식구 원귀가 독수리 귀신으로 둔갑해 우리 도련님을 해치면 우짤렵니껴.

우리 성에게 화가 미친다? 그래, 까막눈이 그런 세세한 걸 어찌 알리. 유모가 알아서 처리해 다오.

경은 한발 물러섰다.

그날 밤 자정이었다. 호타하와 기오랑이 수레를 끌고 소들내와 동이도 바랑골 동산으로 가서 이고 부부 무덤 아래 봉분 없이 파묻었다. 소걸 식구 시체들은 주인의 허락을 받고 다시 나졸들이 실어 갔다는 걸 호타하와 기오랑이 퍼뜨렸다. 노비들에게 온정을 잘못 베풀면 그들의 반감을 사기 쉬웠다. 또한 그들을 다스릴 훈계도 필요해서였다.

경은 이용과 의논해 부평리의 삼천 석 토지를 팔아, 소호리 근처에 새로이 일천 석 논밭을 구입했다. 돈이란 새나가기 쉬우므로 필요할 때 그 토지를 팔아 사용하기 위해서였다. 해마다 그 토지에서 수확한 쌀과 보리 등으로 양식을 때우는 것도 삶의 윤활유일 것이다.

경의 두 여동생이 의문을 발했다.

"엉가가 한성으로 가면 언제 다시 볼는지?"

희의 근심을 진이 풀었다.

"우리가 한성으로 가면 되잖아. 금족령이 내린 땅도 아닌데 못 갈 게 뭐람."

달포 전, 진도 아들을 낳았다.

"이 서방네는 수족 못 쓰신 시어머님을 잘 봉양해야 한다. 김 서방네는 김 서방이 호남답게 잘 생겼다고 부내장 기생들이 야단이라던데, 남편을 한눈팔지 않게끔 지성껏 모셔야지. 그보다 더 중요한 건 아들은 나라의 기둥이요 집안의 대들보잖아. 잘 키우기 위해선 어미가 한눈팔아선 안 돼."

경은 두 여동생을 양팔로 껴안았다.

이용은 사촌 여동생이 이삿짐을 꾸리고 나자, 다그쳤다.

"듣자하니 하인들을 해방시킨다고?"

"그렇니더, 오라버니."

"수하에 부린 종들을 부잣집에 되팔면 목돈이 될 텐데, 왜 낭비하려 하지?"

"그이들이 앞 못 보는 저의 분신처럼 여겨지지 뭡니까. 사지 멀쩡한데도 수족을 마음대로 못 놀린 저의 신세가 주인에게 얽매여 자유를 못 누린 노비들과 진배 없거든예. 그이들을 돈 받고 팔면 바로 저 자신이 인신매매 당한 꼴일 겁니더. 그러면 저 자신이 참을 수 없는 모욕으로 여겨질 테니."

소걸 식구의 죽음도 그런 사실을 뒷받침했다.

"어떻게 내 누이동생이 가장 밑바닥 삶을 꿰뚫었을까."

"만일 제가 맹인이 아니었다면 마냥 젠체하며 세상을 비웃었을 게 아닌가 싶어 등골이 오싹해진다니까요. 오라버니, 이젠 제가 맹인이 된 사실을 감지덕지하는 게 저의 힘이며 긍지임을 새벽마다 한울님에게 치성드리기도 한다우."

"어쨌든 옳은 일은 옳은 거니 알아서 처리하려무나."

이용도 더 이상 간섭하지 못했다.

소호헌의 노비들은 타작마당으로 모여들었다. 젖먹이에서 구

순 노인까지 호타하와 기오랑이 장작불을 피워 불꽃이 활활 타오른 걸 지켜보았다.

"이제부터 너희들은 자유인이니라."

안주인의 선포에 따라 하인들은 손에 든 노비 문서를 타오른 불길 속으로 던졌다.

"아씨, 저 노비 문서 타는 냄새가 낙엽 타는 냄새 멘치르 구수합니더. 또 활활 타오르다 쉬익 사그라지는 게 곰쓸개를 태운 것 같기도 하고예."

소들내의 평을 경이 올곧게 받아들였다.

"그럴 테지. 간을 배 밖으로 내놓은 나날이었을 테니."

"이런 살판날 일이 오데 있습니꺼. 아씨는 쇤네들의 구세주인 기라예."

하인의 감격을 경은 겸허히 삭혔다.

"구세주는 천지조왕, 한울님이시지. 난 땅을 밟는 사람인 걸."

"무신 말씀을 고리 하십니꺼. 고향 땅을 밟고 그기에 묻히는 게 소원이었는데, 참 고맙고도 고맙습니더."

노비들은 내남없이 소맷부리로 눈물을 훔쳤다.

"너희 내외는 어찌하겠느냐?"

경은 기오랑과 동이에게도 자유를 안겨주고 싶었다.

"저희는 일생을 아씨의 그림자가 되겠노라고, 나리 마님에게 이미 약속하지 않았니꺼."

부친과의 약조를 져버리지 않겠다는 기오랑의 청을 경은 기꺼이 받아들였다.

"그렇다면 노비 문서는 태우고 매달 월급 받는 일꾼으로 나를 도우도록 하라."

경은 소들내에게도 물었다.

"유모는?"

"아씨도 참. 그런 허례허식은 저 안망천 흐르는 물에 흘려보내고요. 대문 지기도 한성이 태자리라며, 아씨 따라가겠다니 나쁠 리는 없겠니더."

경은 서임수와 길안댁도 한성으로 동행하기를 원했다. 자녀들을 혼인시키고 장남 부부와 함께 지내던 그들 또한 거절할 이유가 없었다. 경에겐 한성의 시댁 서씨가문 사람들과 화목하게 지내기 위해서도 그들 부부의 도움이 필요해서였다.

소호리 근처 일천 석의 토지는 이용에게 관리를 부탁했다. 해마다 그곳에 나온 수확으로 한성에서의 생활에 여유를 지니기 위해서였다.

"아씨, 소호리를 떠나기 전 꼭 해야 할 게 있거든요."

소들내가 우리 목청 좀 틔웁시다, 하며 안내한 곳이 호수 둔덕이었다. 남편상을 당하고도 의연하게 품위를 잃지 않은 이면의 억눌렸던 독소를 제거해야만 앞날이 순탄하리란 게 유모의 바람이었다.

소호 둘레에는 소호헌의 사내종들과 여종들이 손에 손을 잡고 빙 둘러섰다. 하늘에는 별이 뜨고 보름달이 호수에 비쳤다. 겨우내 안망천에 언 얼음도 풀려 물결이 도도히 흐르는 게 경의 시야에 흐릿하게 잡혔다. 한산이씨 여인들, 진주소씨 여인들, 영양남씨 여인들, 대구서씨 여인들도 안망천 둔덕에서 방망이를 들고서 대기 중이었다. 소들내는 북을 둥둥 울리고, 호타하는 장구, 기오랑은 징을 치며, 동이는 요령을 흔들었다. 소호리 여인들도 양쪽 손에 든 방망이를 두드리며 경의 가락을 북돋웠다.

　님아 님아 님아, 이 어인 일이오니꼐
　나 홀로 남겨 두고 홀연히 떠나시니 이 어인 일이온지요.

　강강술래, 가앙강술래.

　경이 선창하자, 무리들의 후렴이 소호리를 흔드는 듯했다.

　향로봉엔 진달래가 손짓하고 소호에는 연이 잎을 틔운 이 좋은 시절에 님 없는 외로움을 어디다 견주리꼐.

　강강술래, 가앙강술래.

　경의 피맺힌 절규에 따오기와 뜸부기도 가락에 맞춰 종종거렸다. 여전히 수양버들은 호수 물결을 빗질하고, 솔숲에선 소나무 가지들끼리 서로 부딪쳐 시원의 바람에 윙윙거렸다. 쌍학 한 쌍도 훨훨 날아 소호 둘레를 돌며 보름달에 무늬를 드리웠다.

　님이여, 우리 성을 지혜롭게 영진의 꿈을 펼치기 위해

소호헌을 떠나 한성에서 둥지 치려는데 굽어살피소서.

강강술래, 가앙강술래.

소들내가 피 울음을 토한 경을 보듬자, 소호헌 식구와 소호리 여인들은 박수로 환호했다.

약현, 어거리풍년

1

예부터 약점藥店 고개 근처에는 한성 의원들이 자주 드나들었다. 감초, 당귀, 구기자, 작약, 천궁, 익모초 등, 약재를 구하기 위해서였다. 그 보물단지는 무학대사가 길지라고 점찍어 놓은 명당이었다. 세월이 흘러 성현이 그 땅을 구해 집을 지어 살면서 텃세를 누렸다. 하지만 허백당이 갑자사화 때 참사를 당해 폐가가 되었다.

경은 도반의 안내를 받으며 소들내랑 약점 고개로 향했다. 칠순 넘긴 도반이지만 경의 간곡한 부탁으로 한성까지 오게 되었다.

산들바람에 폐가를 둘러싼 약초들이 기지개를 켜며 한들거렸다. 토지가 황토라 경은 콧김으로도 그 땅이 길지임을 감지했다.

"괜찮은 감이 잡히는군요."

"이만한 토지를 구하기가 쉬운 게 아닙니다. 더욱이 약초밭에서 살면 그 탕약을 마신 거와 진배없는 효과를 본다고 하옵니다.

약수도 넘쳐흐르니 임청각처럼 배산임수의 길지입죠."

그즈음, 무학대사가 점찍어 놓은 명당이라고 소문나서 한성의 사대부들이 그 땅을 사려고 설쳤다. 경은 그 토지를 구입하기 위해 서엄에게 도움을 청했다. 성현이 대구서씨 집안을 빛낸 서거정의 후학이라, 성씨들과 서씨들의 사귐이 도타운 것도 그 땅을 매입하는데, 도움이 되었다. 약점 고개가 중씨 댁과 가깝고, 약현藥峴에 속한 것도 경의 마음에 들었다. 아들을 잘 키우기 위해선 중씨의 보호와 가르침이 필요해서였다.

동생 아들에 대한 서엄의 총애는 지극했다. 슬하에 아이가 없기도 하려니와 맏형에게도 자제가 없어 성이 유일한 부친의 후손이기 때문이었다. 경이 아들을 향한 원대한 포부를 지녔다면, 서엄은 잔병 없이 잘 자라 성인이 되어 서씨가문을 이어 준대도 더한 바람이 없다고 여겼다. 서엄은 대구서씨 남자들의 명줄이 짧은 데 대한 불안을 떨치지 못했다.

중씨 댁은 안채와 사랑채, 별채로 된 구조였다. 경은 별채에서 아들과 유모, 동이랑 기거하며 지냈다. 별채가 비좁기도 하고 구옥이라 생활하는 데 불편해 얼른 새집을 지어 나가기를 원했다. 아들이 자주 칭얼거리며 보채, 중씨 부부에게 짐이 되는 것도 신경 쓰였다.

"집도 집이려니와 건강부터 챙겨야지."

서임수가 경을 위무했다.

소호헌에서 출발해 한성으로 오기까지 일 년 남짓 걸렸다. 어렵사리 청주에 당도하자, 경은 더 이상 한성으로 올 의욕을 잃었다. 한성이 그리도 멀 줄은 예상했지만, 체력이 달린 건 어쩔 수 없었다. 그런 낌새를 알고 사촌 오빠가 살 집도 구하고 친절히 보살폈다. 금산군수를 지낸 삼촌의 아들이었다. 청주에서 반년을 지내고 보니, 경은 외아들을 잘 키우기 위해선 안동보다 청주가 더 나을 리 없다는 결론을 내렸다.

경은 중씨 가족의 청빈한 생활 방식에 감복했다. 손위 동서는 여산송씨로 중종 때 영의정을 지낸 송질의 손녀였다. 그런 데도 손수 밥 짓고 집 안 청소하는 근검함이 몸에 뱄다. 부를 누린 집 안에서 호강으로 자라고 수하에 하인들을 많이 거느린 자신의 생활 습관과는 차이가 났다. 가끔 그 생활 습관으로 송씨와의 마찰도 일었다.

"우리 서씨집안 여인들은 손에 물 담기를 즐겨해야 품위를 지킨다네."

송씨가 손아래 동서를 겨냥한 불침이었다. 경도 게으름 부릴 정도로 엉덩이가 무겁진 않았다. 다만 한성이란 지리 조건과 시댁이란 견고한 울타리와 맹인의 허점을 들레지 않기 위해 행동을 자제했던 터였다.

"뭐든지 가르쳐 주옵소서. 제게 잘못이 있다면 용서하시고요."

저자세로 나오는 게 상대방의 역성을 잠재울 거라 여겼다.

"집안 잔가지 일로 잘못이고 용서고 따질 게 뭐람. 제 일 제가 알아서 하면 되는 거지."

싸늘함이 지나쳐 맹인에 대한 거만함이 은연중에 드러났다. 소들내와 동이가 상전이 해야 할 일들을 척척 잘도 해치우는 데 대한 반감이었다. 더러는 이복시동생이 경을 감싸고도는 데 대한 악감이 보태져 일으킨 역반응이었다. 걸핏하면 술에 절어 말썽부리던 영이 도둑으로 변장해 소호헌 안채를 침입한 그 사건 이후, 작은 형수의 후덕에 감화받아 새사람으로 거듭났다. 더구나 작은 형이 숨지자, 안동으로 가서 그 시신을 경기도 포천 선산까지 모신 일화가 서씨 문중에 화제가 된 것도, 송씨에겐 미운털이었다. 호타하와 기오랑을 육조거리로 보내 쌀과 반찬거리를 사 오게 하는, 일테면 지전으로 해결하던 짓도 한계에 부딪혔다. 그런 걸 무마하고 해결하기 위해선 새집을 지어 나가는 게 수였다.

경은 도반에게 소호헌을 본뜬 집을 지어달라고 주문했다. 강학당은 작게, 안채는 대가족이 살 수 있게끔 변경해 달라는 주문도 잊지 않았다.

서임수가 의아한 표정을 지었다.

"오천 평이 넘는 대지에 그만한 저택을 못 지을 리 없지. 허나 식구가 적은데 너무 크지 않겠는가?"

"사람 사는 집엔 사람들이 드나들어야 좋은 기운이 생긴다고 하더군요. 두고 보시죠. 머잖아 자손들이 번성해 비좁을 테니까요."

"그렇다면 오죽 좋으리. 우리 서가집안 남자들이 단명해 괜히 울적해서 나온 쓴소리라네."

집을 지으려고 하자, 대지 한가운데 우뚝 선 느티나무가 골칫덩이였다. 그 대지에 저택이 들어선다는 소문을 듣고 이웃 사람들이 모여 항의 소동을 벌였다. 정자나무가 약현을 지키는 신목이요 주민들의 쉼터라고 텃세를 부렸다.

경은 호타하와 기오랑에게 명했다.

"저 느티나무를 어떻게 하면 없앨까?"

"그야 톱으로 싹둑 잘라내야지요. 저런 걸 해결하기 위해 쇤네가 한성까지 아씨 따라 왔잖습니까."

호타하가 양팔을 불끈 쥐었다.

"변명치곤 당치않은 변명이군. 유모는 어떡하고?"

"그야 일평생 짝사랑일 테죠."

"짝사랑도 세월이 지나면 참사랑으로 변하는 법. 이 엽전 꾸러미를 사나흘 동안 하루에 아침저녁 두 번씩 저 고목 아래에 묻어두게나."

"엿가락처럼 쇤네의 입에 쩝쩝 달라붙는 말씀을 하시면서, 그아까운 엽전은 왜 묻어야 하온지요?"

경은 단호히 일렀다.

"엽전이 느티나무 아래에 묻혔다는 소문을 퍼뜨릴 것도 잊지 말고."

호타하와 기오랑은 느티나무 아래 땅을 파서 엽전 꾸러미를 묻었다. 사나흘도 못 돼 그 느티나무가 쓰러졌다. 조무래기들도 어른들도 엽전을 얻기 위해 땅을 파헤쳐 뿌리가 드러나서였다. 그들 중에 백발노인은 엽전을 손에 쥐고 합죽거렸다. 저 느티나무 밑동이 허백당 선생 하인들의 금고였던가 봐.

공사 설계와 총감독은 도반이 맡았지만, 일꾼들은 한성의 남정네들이었다. 그들은 날마다 맹인이 와서 현장 점검하는 게 수

상쩍고 귀찮기도 하여 훼방 놓고 싶었다.

　며칠 지나 기둥들을 손으로 매만지며 경이 잘못된 곳을 가려냈다.

　"이 기둥 둘은 거꾸로 놓여 바로 세워야 되겠군요."

　그 장면을 지켜 본 현장소장이 목수들과 일꾼들에게 엄명을 내렸다.

　"마님에게 그 무슨 결례인고? 앞으로 그딴 짓 하면 당장 해고할 테니 몸가짐을 조심 하렸다."

　현장소장은 서엄의 지기 오일성이었다. 약현 토박이며 주민들의 존경을 받아 서엄이 그 직을 맡겼다.

　경은 도반에게 추가 주문했다.

　"저 북쪽 약초밭 옆에 느티나무를 심어 약현 주민들의 쉼터를 마련함이 좋을 듯하군요."

　느티나무 사건으로 약현 주민들의 원성도 무마할 겸, 그 아래엔 계곡이 있어 소호헌 못지않은 풍광을 마련하고 싶어서였다. 느티나무가 있는 그 공원 이백여 평은 약현 주민들의 공동 소유가 되게끔 경은 서엄에게 등기 이전도 부탁했다. 약초밭 아래 서북쪽의 사백 평 넘은 땅은 남새밭과 타작마당으로 사용하려고 남겨 두었다.

　2

　저택의 집 모양이 갖춰가자, 성도 자라 여섯 살이 되었다. 나날이 지혜가 늘어 다섯 살 때부터 숙부에게 천자문을 배웠다. 서엄의 후학들이 학문을 깨우칠 때, 성은 그들 사이에 끼여 스스로 글을 익혔다. 독서에도 열중해 그 내용의 맥락도 짚을 정도로 성숙해 갔다. 약초밭 옆에 심은 느티나무도 쑥쑥 자라는 쉼터에서 아이들은 제기차기 놀이에 빠져들었다. 성도 그 놀이를 하고파 침을 삼켰다. 그걸 보고 아이 중에서 제일 나이 많은 키다리가 선수 쳤다.

"애들아, 우리 재밌는 놀이 하자꾸나."

키다리는 땅바닥에 좌판을 놓고 그 위에 사주쟁이들이 사용하던 무명보자기로 덮었다. 사람 얼굴이 그려진 보자기였다.

"무에리수에 무에리수에."

키다리가 맹인 점쟁이 흉내 내며 무통을 흔들었다. 다른 조무래기들도 나무 지팡이로 딱딱 딱 소리 나게 땅바닥을 치고, 성의 둘레를 돌며 맹인 흉내를 냈다.

"쟨 엄마가 당달봉사래."

"당달봉사 새끼라고?"

"집을 대궐 같이 지으면 뭘 해. 눈이 멀어 그걸 볼 수 없는데."

"그래, 울 엄마는 당달봉사야. 다당다달보봉사사니 어쩔래?"

성이 앙앙거렸다. 동이가 그 장면을 목격하고 경에게 일렀다.

경은 아들을 불러 세웠다.

"엄마가 앞 못 보니 불편한 게 많지?"

"아뇨. 앞을 잘 보는 다른 엄마들보다도 울 엄마가 앞가림을 더 잘하시니 속이 후련한 걸요."

경은 아들을 감싸 안았다.

그다음 날도 성은 조무래기들에게 수모를 당했다. 성이 돌멩이를 들고 그들을 향해 내리치려는 순간, 경이 아들 손목을 붙잡았다.

"돌을 던져 쟤들이 다치면 어쩌려고. 화풀이를 그렇게 하면 안 돼."

경은 성을 약초밭 아래 냇가로 데리고 가서 조약돌을 손에 쥐여 주었다.

"그 돌로 저 바위를 향해 쳐 보렴. 속이 시원할 테니. 응?"

다시금 어미는 아들에게 힘을 실어 주었다.

"열 번을 참아라. 그러면 그 화를 이길 새 힘이 샘솟는단다."

이듬해 춘삼월, 저택이 완공되었다. 도반의 기예와 서엄의 배려, 경의 열정이 아우러진 대공사였다. 경의 뜻대로 사랑채와 안채는 대가족이 살 수 있게끔 ㄷ자로 반듯하게 지은 저택이었다. 강학당은 서엄이 지기들과 학문을 강론하기도, 한양의 대구서씨들이 모여 회의도 하고 화합의 장소로도 알맞은 곳이었다.

경은 아들을 시험해 보고 싶었다.

"우리 집 당호를 뭐라 하지?"

"어머님은 뭐라 하시는 게 좋겠습니까?"

그 되물음은 제가 감히, 어머님 뜻대로 하옵소서, 그런 내용을 품은 듯했다.

"내야 뭐, 우리 마을 이름이 약현이니 '약현헌'이라 함이 어떨는지."

"전 좀 다르게 생각했거든요. 약현에서 우리 집이 고갯마루에 자리 잡았으니 앞이 틔어 내려다볼 수 있어 시원하고요. 또 아랫마을 사람들이 우러러 봄으로, 약봉헌이라 함이 좋을 듯하옵니다."

"약봉헌? 아주 썩 마음에 드는군. 너의 뜻대로 하자구나."

"좋아요. 전 고전을 읽고, 중부님과 아저씨들끼리 호를 부르시는 걸 듣고, 저의 호도 이미 정해 놓은걸요."

"뭔데?"

"약봉이라고요."

"그 참 네게 합당한 호로구나. 과연 이 세상에서 제일 좋은 호가 되게끔 노력해야지."

그래, 내가 약현에서 너를 희망으로 여기고 살아가잖아. 이 어미의 소망을 이루기 위해선 너의 호를 약봉이라 함이 타당하거늘.

그날, 경은 도반이 가져온 회화나무를 아들과 함께 솟을대문 옆에 심었다.

"이 나무를 학자수라 한단다. 임청각에도, 소호헌에도 있는데, 약봉헌에도 심어야 하잖겠어."

"왜 학자수라 부른지요?"

"우리 성이 과거에 합격해 이 나뭇가지에 청홍 비단 끈을 걸어 두면 학자수가 되는 거란다."

"어머님 뜻에 어긋나지 않도록 열심히 공부하겠습니다."

경은 아들을 품에 안았다.

약봉헌으로 이사한 경은 집들이하기 위한 준비를 서둘렀다.

그날 손님들을 접대하기 위해선 떡과 전, 과일도 그러거니와 술도 빼놓을 수 없었다.

"아씨, 한성은 임금님이 사시는 대궐도 웅장하고 조선 천지에서 내로라하는 비까비까한 곳인데, 술맛들이 영 파이라예."

소들내가 구해 온 술들을 점검하며 이맛살을 찌푸렸다.

술맛에 따라 아지랑이 같은 백하주, 푸른 파도 같은 녹파주, 푸르고 향기로운 술이라서 벽향주, 연꽃 향기를 뿜는다는 하향주는 고려 시대부터 백성들이 즐겨 마셨던 술이었다. 그렇긴 해도 임청각이나 소호헌에서 빚은 가양주家釀酒에 비해 술맛이 덜했다.

그것들을 입맛 다셔 본 경도 고개를 저었다.

"무슨 묘방이 없을까."

임청각과 소호헌 여인들은 국화주와 소호 두견주 외에 청명주, 모과주, 죽엽주, 인삼주 등 계절 따라 술을 빚어 손님들을 접대했다.

"이번 집들이 땐 멋들어지게 술을 빚어 서씨가문을 빛내 보입시더."

소들내 뒤이어 길안댁도 기를 발했다.

"약현에 집을 지었으니, 보약이 되게끔 술을 빚어야지."

"그러게요. 밥도 약밥이 있는데, 술도 약효가 되는 약주藥酒를 빚읍시다."

약주라는 말이 경의 입에서 은구슬처럼 또르르 굴러 나왔다. 이제까지 아무도 술을 약주라고 부른 사람이 없었다. 그 은구슬을 모아 꿴 양 소들내가 기염을 토했다.

"장안이 떠들썩하도록 고급 약주를 많이 빚어 귀하신 분들에게 선물하입시더. 우리 성 도련님을 위해서."

경의 지시로 소들내와 동이가 고급 약주를 빚을 준비를 서둘렀다.

"좋은 술을 빚으려면, 첫째는 쌀이 특등품이어야 한다. 경기도 이천 쌀을 구해 오너라."

그 준비를 하려면, 세미洗米는 쌀 씻기, 침미沈米는 쌀 불리기, 절수折水는 물 빼기를 일음이라. 쌀은 조심조심 씻어 청수에 담아 하룻밤 불리고, 고두밥은 쌀알이 탱글탱글하게 지어야지 진밥은 안 된다. 이어 수증기로 쌀을 익히는 증자蒸煮라는 게 있고, 뒤이어 입국入麴이라는 과정이 중요하다. 그 익힌 쌀에 누룩 가루를 큰 옹기 항아리에 넣어 섞는다. 군불 지핀 방안이라든지 햇볕 잘 든 마당에서 이틀 동안 시간마다 그것들이 고루 섞이게 저어야 한다. 그런 다음 그걸 시원한 곳에서 식힌다.

경이 설명하자, 소들내가 양손으로 부채 바람을 일으켰다.

"임청각과 소호헌에서 술을 빚을 때 한 건데, 새삼 공자 왈, 맹자 왈로 어렵게 구시니 소인 머리통이 뱅글뱅글 돌지 뭡니꺼?"

"음식 맛은 손맛이라는 말이 있듯이 술맛도 손맛이어야 한다. 손맛이란 무언가. 자신의 노력과 지혜를 온통 손에 쏟아부은 정성 아니겠나."

"저의 혼백이 달아나도록 술을 빚을 테니 두고 보이소."

소들내가 양 소매를 걷어 올렸다.

영의 안내로 호타하와 기오랑이 육조거리로 가서 쌀과 누룩,

그에 대한 재료를 구입해 수레에 싣고 왔다.

소들내와 길안댁이 잘 씻은 멥쌀을 가루 내어 가마솥에 넣고 동이가 불을 지폈다. 멥쌀가루를 쑤고 나서 약봉헌 식구가 골고루 저어 퍼내 그걸 하룻밤 재워 식혔다. 이어 누룩 가루를 넣고 골고루 버무려 항아리에 넣어 봉해 그늘진 곳에 보관했다.

"날씨가 추우면 술독을 새끼 똬리로 두르고 거적을 둘러쳐야만 하는데."

길안댁이 이마에 흐른 땀을 수건으로 닦았다.

"뭐라 캐도 막걸리처럼 방안에 술 익은 냄새가 퀴퀴하면서도 달작 시큼하게 배이면 저절로 흥이 나서 일할 맴도 생기는 기라예."

소들내가 입맛을 쩝쩝 다셨다.

항아리에 든 술이 맑게 고였다. 길안댁과 동이가 찹쌀을 씻고 소들내가 쪄서 하룻밤을 식힌 다음, 찐 찹쌀과 밑술에 청수를 부어 지난번 것과 섞어 짚불을 쐰 항아리에 넣고 봉해 두었다.

이틀 지나 동이가 항아리 뚜껑을 열자, 경이 냄새를 맡고는 고개를 흔들었다.

"세 번 더 담금질해야만 술맛도 좋으려니와 맑기도 해맑아 감로가 된다니까."

소들내는 안주인의 지시대로 따르면서도 군담을 늘어놓았다.

"아씨도 참, 이만해도 손님 치르기엔 알맞는데, 다시 담금질이라뇨?"

"조선 제일 약주로 거듭나려면 그만한 공을 들여야지."

소들내와 길안댁은 그걸 세 번 더 담금질해 술을 빚었다.

그로부터 이틀 지나 그 술을 맛본 경이 감탄했다.

"과연 감로처럼 해맑은 약주로다."

영도 약주를 감식하고 나서 형수에게 아쉬움을 드러냈다.

"일찍 이런 약주를 빚었다면 제가 술에 절인 개망나니 짓은 삼 갔을 텐데."

"아녜요. 아무리 좋은 술도 과하면 독이 되니더."

경은 시동생이 날마다 변모하는 그 참한 모습이 흐뭇했다. 더욱이 낭군의 시신을 장지까지 안내한 공을 잊지 못했다. 집들이 마치면 적당한 배필과 짝을 맺어주고 싶었다.

"아무리 좋은 술도 그걸 담을 병이 알맞아야만 격이 높아지잖 습니꺼. 시중에 나도는 술병들이 영 맘에 안 당기던걸요."

소들내의 뜻에 따라 경은 육조거리 상품에 도통한 영의 의중을 떠보았다.

"옹기와 사기沙器로 만든 병도 있지만, 청자 술병이 고급이며, 백자 술병도 값이 비싸지요."

경은 청자 술병은 임청각과 소호헌 시절에 귀히 사용했는데, 백자가 한결 산뜻할 것 같았다.

"백자 술병들을 좀 구해 오셨으면."

시동생이 가져온 백자 술병들은 청자보다는 깨끗해 보여도 질이 칙칙하다는 걸 길안댁이 들먹였다.

경은 어린 시절, 중국 상인들이 가져온 술이 비워지면 그 술병들을 모은 걸 상기했다. 중국 상인들은 안동 부내장에 진귀품을 선보이기 전, 먼저 임청각으로 가져와 팔곤 했다. 주판알을 굴려 대던 이악스런 부내장 상인들보다도 융숭한 대접에 밑돈을 덤으로 주던 임청각 주인의 후한 인심에 끌려서였다. 비단 포목을 지고 온 왕서방을 오랑캐족이라고 놀려대던 사촌들도 비단 속에 든 술을 서로 지니기 위해 티격태격 거렸다. 언제나 빈 술병들은 경의 몫이었다. 목단 술병, 미인화 술병, 대나무 술병, 화조도 술병, 연인 술병 등. 그 화사함에 매료돼 꽃을 꺾어 그 병에 꽂아 장식했다. 미인화의 주인공은 양귀비고, 연인 술병에 등장한 여포와 초선의 사랑 이야기를 이용에게 듣고 마치 자신이 초선이 된 양 여포를 그리워했다. 이용은 경을 영남산 중턱으로 안내했다. 사촌 오빠는 대나무 조각으로 만든 화살을 들고 겨눠 산토끼를 잡고 이게 바로 여포 창날이다. 경에게 삼국지의 산 역사도 들려주었다. 그건 한때의 그리움이었다. 서해와 처음 마주친 순간, 이경의 첫사랑은 봄바람에 꽃이 만개하듯 화라락 타올랐다.

"경기도 광주 가마에서 구운 백자가 고품격이라던데, 그 도공을 모셔 오도록 하겠습니다."

경은 광주 도공에게 새하얀 고품격 백자를 원한다며 자신이 그린 술병을 보여주고 일백 개를 주문했다. 주둥이가 좁고 내려 갈수록 만삭 여인의 배처럼 풍만한 술병이었다.

"약산춘이라고요?"

백자 술병에 청색으로 써진 藥山春을 읽고, 성이 물었다.

"그럼. 저 달을 보렴. 달아달아 밝은 달아, 그다음이 뭐지?"

"이태백이 놀던 달아지요."

"내가 어릴 때 본, 중국제 술병 중에 '태백춘'이란 게 있었거든. 너의 외조부님이 달을 손짓하며 그 시를 읊조리셨어. 이태백이 즐겨 마시던 술 이름이란 뜻이라며, 봄 춘 자가 들어간 술이 최고급 술이라고 하셨단다. 우리가 사는 곳이 약현이니 그 약에 봄 춘을 넣어본 게지."

藥山春은 서엄이 해서체로 쓴 글씨였다. 서엄은 시도 잘 짓고 붓글씨도 빼어난 명필이라고 성균관 학사들에게 알려졌다.

"이젠 다식을 만들어야지."

경은 부엌방 벽에 걸어둔 다식판과 떡살들을 내렸다.

대추나무에 수부다남壽富多男, 별과 꽃잎 모양, 잉어와 붕어 모양 등을 돋을새김으로 조각한 것들이었다. 예전부터 다식판과 떡살도 예천 제품이 이름을 드높였다. 예천 목기 장인들이 조각한 잉어와 붕어 다식판과 떡살들은, 놈들이 살아 움직인 듯, 세상을 통달한 웃음을 짓는 듯, 보는 이들이 감탄했다. 그것들로 찍은 떡과 다식을 먹으면 과거에 장원하거나 품계가 오른다는 설도 나돌았다. 그걸 원하는 귀족들의 주문도 잦았다. 경도 예천 다식판과 떡살을 즐겨 애용했다.

"신라 때 김유신 장군이 고구려 첩자의 꾐에 빠졌더랬지."

장군의 비몽사몽에 호국신이 여인의 모습으로 나타나셨어. 그 여인이 미과를 대접하며, 첩자가 장군을 납치하려 하니 얼른 피하시라고 아뢰어, 위기에서 벗어나셨단다. 그게 바로 한과였거든.

경이 역사의 한 장면을 떠올리자, 소들내가 궁금증을 발했다.

"한울님은 위인들이 위기에 몰리면 희한하게 잘도 도우시나 봐.”

“위인 아닌 나도 그런 예를 더러 경험한단다.”

경은 깜깜 절벽에서 허우적거리면, 세상이 밝아지며 자신의 주위에 진 친 누군가의 따스한 손길을 느끼곤 했다. 그게 신통력인지 예민한 감각인진 구별 못 한 채. 그 순간의 감격을 감사한 마음으로 받아들였다.

예전부터 우리의 전통 과자를 한과라 일컬었다. 한과는 만드는 방법, 모양과 재료에 따라 여러 종류로 구분되었다. 찹쌀가루에 콩물과 약주를 넣은 반죽을 삶아서 얇게 밀어 말려, 기름에 튀긴 다음 쌀 고물을 묻힌 걸 유과라 불렀다. 식물의 뿌리, 줄기, 열매를 살짝 데쳐 꿀로 조린 걸 정과라 했다. 다식은 고운체로 친 밀가루에 참기름을 넣고 반죽한다. 뒤이어 꿀과 약주를 조금 넣어 다시 반죽해 다식판에 찍은 걸 들기름에 튀겨낸다. 그다음 생강즙, 계핏가루를 섞은 꿀에 담아 쟁여 두면 꿀물이 속까지 스며드는 걸 일컬었다.

경은 또다시 은구슬 구르는 듯한 목소리로 주위를 놀라게 했다.

“이 다식도 약과藥菓라 불러야지.”

아무도 다식을 약과라 부르지 않았다. 경이 처음으로 약과를 입에 올렸다.

경이 약봉헌 집들이한 날은 안채와 사랑채, 마당까지 축하객들로 붐볐다. 서씨 친척들, 서엄의 벗들과 지기들, 큰 시누 부부, 둘째 시누 부부, 약현의 주민들 등. 친정에선 이용과 류운룡이 왔다. 서엄은 솟을대문 옆에서, 경은 안채 마당에서 축하객들을 영접했다.

손님들이 강학당으로 모여들었다. 그 입구에서 손님들을 맞이하는 서엄과는 거리를 둔 곳에서 경은 친척들과 인사를 나눴다.

"안동에선 임청각과 소호헌, 한성에선 약봉헌, 도편수의 기예가 조선 팔도를 빛내는군."

이용이 강학당 처마에 걸린 '藥峯軒' 현판을 손짓했다. 서엄이 해서체로 쓴 글씨였다.

"뭘요. 안동엔 그렇다 해도 한성엔 경복궁과 숭례문이 있는뎁쇼."

도반이 양손을 가슴께로 모았다.

"다음 지을 건축은 궁궐 아니면 사대문 버금가는 명소이렸다."

류운룡이 도편수의 사기를 북돋웠다.

"전 그런 명소를 짓기엔 손재주가 빼어나지 못합니다. 더욱이 나이가 나이인지라 이번 공사를 끝으로 목수 노릇은 그만두고 싶습니다."

도반이 구부린 허리를 바로 폈다.

"나도 별장을 짓고 싶다네. 여가를 즐기고 벗들과 학문을 논하던 초당에 어은정漁隱亭이란 현판을 달았지만, 낡기도 하려니와 후학들이 많이도 드나들어 비좁기도 하거든."

이용이 입심을 발했다.

"오라버님도 참. 군자정은 우리 고성 이가의 본거지라 학사나 선비들이 드나들어 만원사례일 정도로 붐벼 제값을 하잖우. 귀래정, 또 뭐가 있지? 반구정, 또 정자를 지어 무엇 하게?"

경이 도리질했다.

세상에 못 할 노릇이 집 짓는 일이었다. 토지 마련에서부터 대들보 놓고 기둥 세우며 지붕을 얹는 과정은 피를 말리는 작업이었다. 합당한 재목을 구하려니 돈은 더 들고, 성에 안 찬 곳은 헐어버리고 새로이 주문했던 등등. 집을 짓고 보니 세상에 꼭 해야 할 일도 집 짓는 일이긴 했지만.

"돈은 새나가기 쉬운 거지만 건물은 남는 거거든요. 그 정자들이 있으므로 영남의 학자들과 선비들이 모여들어 학문을 토론하며 연구하잖습니까. 후학들을 가르치기도 해 나라에 기여한 게 얼만데요. 이젠 조선팔도 명유문사들이 드나들며 안동의 명소가 되었죠. 서로 나누는 정과 자연을 즐기던 낙은 어디다 견주리까."

류운룡이 장인 편을 들었다.

"그래, 정자를 짓는 건 뒤로 미뤄야지. 낙동강 하류에 초당을 짓고 낚시질하며 어지러운 머리를 식히긴 했지만, 임청각을 드나들던 손님들과 우리 집안을 돌보던 일도 버거웠어. 또 있지. 소호헌과 토지들도 제 몫을 했던 건 나의 돌봄이란 것쯤은 알 텐데."

이용이 어려움을 실토했다.

"고마워요. 오라버님이 계시기에 마음 든든하지 뭡니까. 참, 모친께선 건강이 여전하신지요?"

경이 류운용에게 모친의 안부를 물었다.

"잔병 없이 그럭저럭 지내십니다."

경은 이용의 모친이 숨졌을 때, 김씨가 임청각으로 문상 와서 그 부인과 인사를 나눴다. 외모를 볼 순 없었지만, 대화를 나누고 보니 덕과 기품이 흐른 반가의 부인이란 감이 잡혔다. 자신이 임청각 태실방에서 낭군과 합궁해 아들을 잉태했듯이, 김씨도 친정 의성으로 가서 류성룡을 낳은 게 호사가들의 덕담에도 오르내렸다. 류성룡이 명당에서 태어났으니 신동이요 재상감이란 평을 받는다며. 소호헌을 방문한 류성룡을 보고 낭군도 비범한 인재라고 평하지 않았던가. 그만한 아들을 두었다면 배울 게 많은 어른이라 싶었다. 경은 소갈증으로 고생하던 김씨를 소호헌으로 모셔와 정백에게 치료받도록 보살폈다. 낭군이 세상을 뜬 뒤였다. 고적함을 달래기 위해서도 마음에 합당한 귀빈과의 대화는 더없이 위로를 안겨주었다. 그동안 김씨에게 알아낸 건 배려였다. 자신이 소호헌 구석구석까지 꿰지만 소들내나 동이가 금세 가져온 물든 대접을 놓은 자리는 손을 더듬어야 했는데도 김씨는 그걸 치워 경이 안심하도록 했다. 아침에 일어나서 곧바로 머리 손질과 화장하는 것도 당신의 외면치레보다는 상대에게 상쾌한 아침을 맞이하도록 하기 위해서란 감도 잡혔다. 감정을 밖으로 들레지 않은 온유함도 그 부인을 부인답게 한 기품이었다. 성이 낯가린 버릇이 있어 타인들이 쉽게 안을 수 없는데도, 김씨 품에 안겨 잠든 것도 그런 연유였다.

서엄의 안내로 큰 시누 부부와 둘째 시누 부부가 경에게로 가까이 왔다. 큰 시누 남편 이원충은 전주 이씨로 진사를 지냈다. 작은 시누 남편 권극례는 안동 권씨로 문과에 급제해 예조 관리로 봉직 중이었다.

"이렇듯 저택을 지으시려고 얼마나 고생하셨습니까."

이원충 뒤이어 권극례도 예를 갖췄다.

"이젠 처가에 오면 두 다리 쭉 뻗고 누울 수 있어 다행입니다."

"왜 우리 집은 비좁아 누울 자리가 없어 박대하던가?"

서엄이 손아래 제부에게 농을 걸었다.

"제비가 안채 처마에 둥지 틀고, 한약을 안 달여 먹어도 땅김에선 약초 냄새를 풍기니, 건강을 위해서라도 자주 와야 되겠습니다."

권극례가 말발 세게 나왔다.

"두 분 어르신이 자주 오셔서 우리 성에게 참되고 옳은 가르침을 주옵소서."

아들을 앞세운 경이 고개 숙였다.

"고맙네, 고마워."

큰 시누도 경을 치하했다. 육 남매 맏이답게 너그러우면서도 경에게 도움 주고 싶어 하던 게 큰 시누의 마음가짐이었다.

"홀몸이잖아. 건강을 챙겨야 우리 성을 잘 키울 저력도 생기는 게지."

둘째 시누는 동생이 맹인과 혼례 치른 걸 마뜩잖게 여겼다. 그랬는데 경이 한성까지 와서 조카를 잘 키우기 위해 저택까지 짓고 고심하는 걸 보고 가슴이 먹먹해졌다. 경이 도반에게 부탁해 남은 자투리 재목으로 중씨 집을 수리해 헌 집이 튼실해진 것도, 두 시누의 호감을 샀다.

집들이가 끝나자, 경은 손님들에게 약과가 든 보자기와 약산춘 한 병을 선물했다.

3

성의 지혜가 점점 자라고 학문에 대한 태도가 진지해지자, 서엄은 조카에게 스승을 소개했다. 서엄은 조카가 서씨가문의 큰 재목이 될 것을 일찌감치 꿰었다. 제수 또한, 아들에 대한 기대로 입신양명에 뜻을 둔 걸 저버릴 수 없어 행한 결단이었다.

송익필은 서출이라 벼슬길엔 나가지 못했다. 그래도 재능이 비상하고 문장이 뛰어나 후학들이 모여들어 후진 양성에 힘썼다.

행여 제수가 아들의 스승이 서출이란 사실을 달갑지 않게 여길까 봐, 서엄은 그 이유를 밝혔다.

"구봉은 병술에도 능해 성이 무예를 갈고 닦으면 건강에도 좋고요. 구봉의 스승이 율곡 선생입니다. 머잖아 그분 문하생으로도 길이 트일 것 같아 용단을 내린 겁니다."

"서출인들 어떻습니까. 우리 성은 맹인의 아들인데, 거두어 주신 것만도 황공할 따름입니다. 율곡 선생의 제자가 된다면 고소원일 거고요."

경은 아들에게 따끔히 일렀다.

"사나이 대장부는 학문만 뛰어나도 안 되느니라. 행동이 반듯해야 한다. 만일 다른 사람들 앞에서 막무가내로 굴면 너는 네 또래보다 더 많은 비웃음을 받을 거야. 아비 없는 자식이라고 손가락질받을 것이요, 맹인 어미가 키워서 버릇이 없노라고."

모친의 근심을 아들이 지웠다.

"명심하고도 명심하겠습니다."

성이 삼촌의 안내로 송익필 문하생이 된 지 달포쯤 지난 뒤였다. 스승은 제자들의 재질을 알고 싶었다.

"내가 아침에 산책하는데, 까치가 팔짝팔짝 뛰고 날더라."

송익필은 제자들에게 뒤를 이어 보라고 했다.

성이 선뜻, 방금 서당에 오던 중에 라며 받아넘겼다.

"송아지가 풀을 오삭오삭 씹고 있더라."

제자들의 환호성이 터졌다.

성은 그 자리에서 모친이 싸 준 약주와 한과를 꺼내 스승과 지기들에게 대접했다.

어느덧 약현 서씨가의 약산춘과 한과가 명품이라고 널리 알려졌다. 한성의 사대부 집안 여인들은 그 비법을 알고자 했다. 길흉사 때면 구입할 수 없느냐고 주문도 잦았다. 경이 집들이할 당시 축하 온 손님들에게 선물했다. 덩달아 서엄이 성균관으로 가져가서 동료들에게 선물한 것도 효과 만점이었다.

하루가 다르게 그 소문이 퍼져, 명문 집안사람들의 주문이 빗발쳤다.

"아씨, 약주와 한과를 사겠다고 하도 고관대작 마님들이 아우성 아닙니껴. 우리가 참하게 빚어 육조거리에 내다 팔면 어떨까예?"

소들내가 들먹이자, 길안댁의 미간이 찌푸려졌다.

"감히 누구 안전에 그딴 소릴 나부랑거려."

"육조거리에 내다 팔 순 없지만, 저도 그런 생각을 해 봤지 뭡니까."

경은 영을 안채로 불렀다.

"도련님, 소호헌에서 제가 꾸어 준 노잣돈을 아직도 받지 못했습니다."

영이 순순히 답했다.

"어떻게 갚아야 하나 고심 중입니다."

사랑채에서 잠자며 마당에 비질이나 하던 영은 논다니 신세에서 벗어나지 못했다.

"끙끙 앓는다고 주머니에 돈이 들어올 리 없는 거죠. 노총각이라 장가도 가야 하고요."

"무슨 비법이 있다면 알려 주십시오."

경은 서엄 부부와 의논했다.

"약주와 한과를 만들어 팔아 그 수익금으로 영 도련님의 장가 밑천을 마련하고 싶습니다."

"불편하신 몸으로 어떻게 그 일을 감내하시려고요."

서엄의 마뜩찮은 반응보다도 송씨의 거부감이 더욱 경을 압박했다.

"동서, 우리 서씨 집안이 청빈하다는 건 한성 사람들이 다 아는 사실이잖아. 양반 체면 보신 노릇을 꼭 해야만 되겠느냐고? 여긴 안동이 아니라 한성이야. 명나라 술도 왜국 술도 넘쳐나는데, 무엇 하러 찾아서 생고생할까 보냐."

"형님, 단순히 술을 파는 게 아니라 질 좋은 약주와 한과를 만들어 우리 서씨가문을 빛내는 것도 좋은 방법 아닌지요? 이미 그 소문이 나서 하도 주문이 잦아 거절할 상황도 아니고요."

경은 분명한 어조로 뜻을 펼쳤다.

"우리 서씨 자부가 술장사했다는 오명은 어찌 씻으려고? 그건 비천한 자들의 생계 수단으로 하던 짓거린데."

송씨가 다음 말을 잇지 못한 건 서엄의 강압적인 태도에 질려 서였다.

달포쯤 지나, 경은 시동생을 그들 부부에게 보내 겨우 반승낙을 받아냈다. 사실 그들 부부도 영이 나이 먹어 가는 걸 못 본체 지나칠 일은 아니었다.

"이제부터 아저씨는 약봉헌의 총무가 되셔서 제반 일을 감독하시고요. 도련님은 그날의 수입과 지출을 장부에 적는 회계를 맡으시옵소서."

서임수와 영이 서로 마주 보며 미소 지었다.

약주와 한과 제조 장소는 약봉헌 뒤 남새밭과 타작마당으로 정했다. 술 익는 냄새와 기름 튀긴 냄새가 은연중 배어들면 한창 자라는 아들과, 강학당을 드나드는 친인척들에게도 불편을 안 끼치게끔 하기 위해서였다. 경은 오일성에게 부탁해 주조장과 제과장도 짓게 했다. 그곳으로 드나드는 문도 약봉헌의 솟을대문과 빈대 방향이라 그런 우려는 하지 않아도 되었다.

경은 일꾼들을 모집했다. 한성 서씨집안의 가난한 자녀들과 가난한 약현 주민들의 자녀들을 뽑았다. 이십 세가 안 된 총각들과 처녀들이었다. 약주와 한과를 주문한 곳으로 실어 나를 책임자는 오일성에게 부탁했다. 그가 한성 지리에 밝기도 하고, 저택을 지을 때 신실하면서도 정직한 성품을 높이 사서였다. 기오랑은 약주와 한과를 빚을 재료를 실어 온 걸 점검했다. 호타하는 장정들이 그것들을 실어 나른 걸 보살폈다. 길안댁과 소들내는 일꾼들을 지휘하고, 동이는 뒷마무리 책임을 맡았다.

약주와 한과를 주문받아 파는 게 처음엔 사대부집안 사람들이었다. 날이 지남에 따라 경은 생활이 어려운 집안 여인들의 주문도 거절하지 않았다. 그런 예는 약밥도 지어 서너 사발 덤으로 얹어 주는 후한 인심에 끌려서였다. 약밥은 잣, 호두, 밤, 꿀을 섞은 건데, 사대부 집안 여인들이 도무지 따르지 못할 특품 별미로 대접받았다.

"명문집안 고관대작들의 주문도 넘쳐나잖아. 하찮은 사람들에게까지 거저 주기도, 원가도 못 미치게 팔 건 뭐람."

길안댁이 푸념을 쏟자, 경이 쓰게 웃었다.

"저도 하찮은 앞 못 보는 봉사 아니온지요. 그들도 부모의 자녀요 아들딸들의 어버이들입니다. 조상을 기리기 위해, 자녀들의 혼사 때 사용하려는 걸 어찌 거절하오리까."

나날이 다르게 지출과 수익금을 계산해 장부에 적는 영의 머리가 팽이처럼 돌고 돈다는 게 약봉헌 식구의 재담이었다.

영은 예전에 빌린 돈을 형수에게 갚고 장가 밑천까지 벌었다. 경은 시동생을 이웃의 참한 신씨 처녀와 혼인 맺게 했다. 양반가의 후손이지만 가난에 찌든 걸 알고 동서로 영입했다. 이태도 채 못 돼 영은 약봉헌 근처에 집을 사서 신부와 신접살림을 차렸다.

"내가 할 일을 제수씨가 처리해 주시니 몸 둘 바를 모르겠습니다."

서엄이 고마워하자, 경도 몸을 낮췄다.

"아주버님께서 우리 서씨 집안의 무거운 짐을 짊어지셨는데, 제가 미력하나마 도움 드렸을 뿐입니다."

서엄은 형 부부의 기제사까지 지내므로, 송씨의 짐을 덜어 주어야겠다는 경의 다부진 결심이었다. 사대 봉제사는 서씨가의 큰 댁 종손이 지내긴 해도 송씨가 자주 음식을 장만해 큰댁으로 가져가서, 송씨의 구부러진 허리가 안쓰러워 행한 결단이었다. 그 일들을 영 부부가 돕는다면 한결 송씨의 무거운 짐이 덜 해 질 터였다.

경이 그런 결심을 굳힌 건, 서엄과 소실 사이에 아들이 태어나서였다. 서엄이 소실을 맞이한 건 후손을 잇기 위함이지만, 제수가 청맹과니며 조카마저 외동이라 훗날 당신 부부의 제사를 떠맡길 수 없어서였다. 그리고 친정 부친과 두 모친 제사를 지내는 제수에게 더 이상 짐이 안 되겠다는, 선처였다.

솟을대문에서 웅성거림이 일더니, 소들내가 그 이유를 밝혔다.

"아씨, 사대부 집안 하인들이 찾아와서 대문 지기에게 서씨가에서 약주를 팔지 않으면 그 비법이라도 알려 달라고 야단들이랍니다."

신접살림 차린 시동생에게 집까지 마련해 주고 나서, 경은 약주와 한과를 팔지 않았다. 다만 아들의 스승에게 선물하기 위해서, 서씨가나 친인척의 길흉사 때 돕기 위해 빚은 것들이었다.

212

"비법은 무슨 비법, 정성과 손맛이라니까. 또 하나, 왜 우리가 빚은 청주가 다른 청주보다 맛도 뛰어나고 약효가 되느냐 하면, 우리 집 우물들이 영천이거든."

우물 하나는 안채 부엌 옆에, 또 하나는 남새밭 옆에 있어 가물어도 맑은 물이 넘쳐 흘렀다.

"영천이라면 임청각 우물 아닝교?"

"그렇지. 약봉헌 우물들도 신이 내린 물맛이니 제아무리 날고 긴 술 제조자들도 우리가 빚은 약주를 따라올 리 없는 게야."

"그 소문이 나면 우물물을 얻기 위해 약봉헌이 쑥대밭이 될 텐데. 이왕에 약주를 더 빚어 주문한 분들에게 선물하는 셈치고 팔면 어때? 자꾸만 거절하면 인심 야박하다고 되레 손가락질받게 된다니까. 콧대 높은 사대부 집안 어른들에게 밉보이면 성의 앞길도 막힐 게 아냐."

길안댁도 권했지만, 경이 거절했다.

"어미가 너무 돈에 퉁때 올리면 성의 앞길도 순조로울 리 없는 게지요."

명문가의 여인들이 더욱 애달아하는 건 약주도 약주려니와, 한과의 다양성에 현혹되어서였다. 한과 중에서 산자는 쌀을 튀긴 게 생생하면서도 꿀에 버무린 것이다. 강정은 콩, 승검초, 깨, 송화, 계피, 잣 등이 있어 보는 이들의 눈을 현혹케 했다. 세반강정은 찰밥을 말린 다음 다홍, 주황, 옥색, 노랑, 파랑의 색으로 물들여 말렸다. 그런 다음 그걸 절구에 찧어 체로 쳐서 나온 싸라기들을 기름에 튀겨내 꿀을 바르고 무지개색으로 입혔다. 맛도 맛이려니와 색색의 아름다움이 한결 돋보였다.

　날이 갈수록 사대문 집안사람들의 주문이 잇따라 경은 묘안을 떠올렸다.

　"아주머님께서 유모랑 원하는 댁으로 가서 약주와 한과를 빚는 시범을 해 보이시면 어떨는지요?"

　"그래? 괜찮을 것 같네."

　길안댁이 승낙했다.

　"아씨, 저의 솜씨가 고관대작 마님들의 콧대를 꺾게 된다니, 속이 후련합니다."

　소들내도 샛바람 냈다.

　"벼는 익을수록 고개 숙이는 법. 분명한 건 어떤 선물도 사절해 우리 서씨가문에 득이 돼야 하네."

　"무료 보시라니, 지당한 말씀이니더."

　소들내도 기꺼이 응했다.

　그즈음 약봉헌이 발칵 뒤집힐 사건이 일어났다. 저화를 넣어둔 돈궤를 도둑맞아서였다.

　경은 이용에게 소호리 근처의 일천 석 토지를 팔아달라고 부탁했다. 약봉헌을 짓기 위해 자금이 바닥나서, 생계비랑 여윳돈을 지니기 위해서였다. 처음 한성에 와서 서엄을 앞세워 포천의 조상 묘 옆의 동산도 마련했다. 시집과 친정 집안의 길흉사 때와 약현 주민들에게 융숭히 대접해 주머니를 넉넉히 푼 탓이었다.

　이용에게 부쳐 온 일천 석 자산 중에서 오백 석 값은 포천에 토지를 마련했다. 소호리에서 부쳐 온 양식으로 대체하기 위해서였다. 일백 석은 소들내와 호타하, 기오랑 내외의 밀린 월급도 지출하고, 중씨와 종손 등, 생활에 어려움을 겪는 서씨 친척들에게 도움을 주었다. 약현 주민들의 길흉사 때도 적잖은 비용이 들었다. 사람 사는 게 돈과 연결고리로 이어진 거라 알게 모르게 자금이 새나가기 마련이었다. 일백 석의 자산은 농밑돈으로 남겨 둬 아들의 교육비와 생활에 윤기가 돌게 비축해 두었다. 나머지 삼백 석 거금은 자신이 도무지 관리할 능력도 보관할 여력도 없었다. 서엄에게 맡겨 잘 관리해 달라고 하려던 참에 도둑을 맞았다.

그날은 서임수 부부와 아래 것들이 집을 비운 뒤였다. 서씨 종가의 종손이 숨져 문상 겸 막일도 도울 겸 해 가서였다. 갑자기 대문 두드리는 소리가 요란하게 들렸다.

"누구시오?"

기오랑의 질문 뒤이어 탁하면서도 다급한 목소리가 뒤를 이었다.

"의금부에서 왔소이다. 약현에 도둑이 들었대서 신고받아 왔으니 대문 좀 열어 주시오."

"우리집엔 도둑이 안 들었으니 그냥 돌아가이소."

기오랑이 멈칫거린 틈을 타서 대문 밖의 목소리가 다시 울렸다.

"대저택에 도둑이 안 들었을 리 있소이까. 샅샅이 뒤져야 하니 얼른 문을 열어줘야 고얀 놈들을 잡을 게 아니겠소."

기오랑이 대문을 열자, 나졸들을 거느린 의금부 대장이 사랑채를 거쳐 안채 마당으로 들어섰다.

경은 바깥의 기척에 놀라 지팡이를 쥐고 안채 마당에서 서성거렸다. 그러면서 기오랑의 발소리와 목소리도 들리지 않아 곧 위기를 느꼈다.

"어인 일이시오?"

"도둑놈을 잡으러 왔다니까."

도둑 괴수가 윽박질렀다.

"도둑님이 도둑놈을 잡는다? 이 대낮에 무슨 괴변이오?"

경은 필시 도둑들이 의금부 나리로 변장했을 거란 감을 잡고 호통을 쳤다. 그 순간 도둑 괴수가 보자기로 경의 얼굴을 덮어씌워, 안주인의 호통이 바깥으로 새나가지 못했다.

경이 거액을 도둑맞은 뒷날이었다.

"제수씨, 그래도 살아갈 재산은 충분하잖습니까. 소호리의 산과 논밭도, 포천의 동산과 논밭도 팔면 되잖습니까?"

서엄이 위로했다.

"그건 아니 되옵니다. 소호리 토지는 소호헌을 지키기 위해서, 포천 토지도 우리 집안의 제위답인데 그것들을 길이 보존해야지요. 농밑돈을 풀면 사는 데 어려움은 없을 겁니다. 약주와 한과를 판 수익금도 적잖이 남았고요. 엄청 많은 자금을 지녔던 제가 너무 교만해서 천벌을 받았다 싶어 맥이 풀려서입니다."

그로부터 달포쯤 지나, 소들내가 안방으로 들어와 경에게 의문을 발했다.

"도둑놈들이 진짜 의금부 나리들에게 잡혔다던데 어찌 되었답디껴?"

"중씨 어른이 의금부에 신고해 한 사람이 잡혔지. 그런 걸 내가 중씨 어른에게 사정해 옥에서 풀려나게 했네."

"왜요? 죽여도 시원찮을 놈인데."

대낮인데도 약현 주민들은 그런 낌새를 못 느꼈다. 가짜 의금부 나리들이 돈궤를 이불로 감싸 수레에 실어 약봉헌에 위급한 환자로 보이게끔 해서였다. 도둑들은 마포나루에서 생선과 해물을 팔던 장사치들이었다. 가끔 약봉헌에도 들려 거래를 하며 대저택에 숨겨둔 돈 냄새를 맡았던 것이다.

서엄이 조사한 바에 의하면, 세 사내가 돈궤는 버리고 저화를 무명자루 안에 넣어 마포나루로 갔다. 두 사내는 배에 싣고 도망쳤다. 한 사내는 아내가 해산의 진통을 겪어, 놈들 몰래 빠져나와 귀가했지만, 나졸들에게 붙잡혔다는 내용이었다. 서임수는 경의 부탁을 받고 그 집으로 가서 아들 낳은 산모에게 위로금을 건넸다. 서엄도 의금부에 잡힌 사내를 귀가하도록 주선했다.

"감옥에 갇힌 그인 한 푼도 못 챙긴 얼치기잖아. 그러니 갓 낳은 아들을 안아 보게 하고 그 아이가 아비 없는 서러움을 안 당하도록 하는 게 나의 업이라 여겼거든."

경이 그런 선처를 베푼 건 부평리 토지 관리자 소걸 부자와 그 식구의 참담한 죽음이 내내 자신을 괴롭혔기 때문이었다.

"다른 놈들은요?"

"배를 저어 신의주까지 가서 산길로 올라 산적들에게 그걸 빼앗기고 도망쳤지만, 나졸들에게 붙잡혔나 봐."

"망혈 놈의 산적들은요?"

"중씨 어른께서 백방으로 수소문해도 헛수고였지. 그들도 먹고살기 위해 발악한 게 아니겠나. 만일 도둑들이 배를 타고 가다 파도에 휩쓸렸다면 그 아까운 게 제 몫을 못 했을 텐데. 그래도 산자가 지녔으니 다행이라 여길밖에. 새나간 자산에 앙앙거리면 몸 상한 짓밖에 더 되겠어. 잊을 건 쉽게 잊어버려야만 새로운 도전이 생기고 길도 트인 법이거든."

"우리 아씨는 역시 임청각 어르신의 손녀요, 무금정 선생님의 따님이요 함재공의 부인이요, 서성 도련님의 현모시군요."

경은 유모 어깨에 머리를 기댔다.

성이 열세 살 되던 해는 이이의 문하생으로 자리를 굳혔다. 서엄과 소실 사이에 태어난 양도 일곱 살 때 송익필의 문하생이었고, 일 년쯤 지나 이이의 문하생으로 옮겼다.

이이가 파주 율곡촌에서 후학들을 가르치고 있을 때였다. 서엄이 조카와 아들의 안부가 궁금해 그곳에 들렀다. 성은 삼촌이 가져온 약주를 잔에 따라 스승에게 올렸다. 이이는 그 술을 마시고 한과와 약밥까지 들고는 찬탄을 보냈다.

"과연 소문대로 술맛도 한과도, 약밥까지도 천하일품이로구나."

그해 선조 삼 년 봄, 명나라 사신들이 한성에 왔다. 조정 대신들은 관례에 따라 문학 지사들을 제술관製述官으로 뽑았다. 그들은 사신들을 대접하고 시도 짓는, 친선외교관들이었다.

서엄이 제수에게 귀띔했다.

"사신들의 입맛이 고품격이니 특별히 잘 빚어야 하옵니다."

"혼신을 다하겠나이다."

경은 아들이 제술관으로 뽑혀 더욱 명품 술을 빚기에 정성 들였다.

성은 삼촌과 함께 한강을 건너 서초 행사장으로 갔다. 성은 술을 따라 사신에게 올리며 시를 지었다.

南郊罷酌 남쪽들에서 술잔을 멈추고

平郊千里闊 평탄한 들 천리쯤 넓은데

乾坤入酒杯 하늘땅이 술잔 속에 들고

簫聲嫋嫋起 피리 소리 길게 이어져 울려

使我暫徘徊 나를 잠시 서성이게 하네

약봉헌으로 돌아온 서엄은 제수에게 그 광경을 들려주었다.

"인석이 이제 겨우 열세 살인데 시를 잘 지으니, 사신들이 놀라더군요. 귀빈들도 춘헌공이 조카를 잘 둬 서씨가문이 빛났다며 칭송이 자자했고요. 우리 집안이 인석으로 인해 크게 번창할 게 선히 보인 듯합니다."

제술관들은 거의 이십 세가 넘은 장년들이었다. 성이 가장 나이가 어렸다.

"중씨 어른과 율곡 선생의 가르침이 절절했기에 우리 성이 그만큼 자란 게 아니겠습니까."

경은 흥분을 가라앉혔다.

"약산춘이 태백춘보다 맛이 뛰어나다고 사신들도 칭송하더군요. 한성의 진품이 대국의 명품을 앞질렀으니 우리 서가가문의 영광을 뛰어넘은 조선의 경사지요."

서엄의 기염도 잇따랐다.

4

거액을 도둑 당한 암울한 늪에서 헤어나 약봉헌에 윤기가 돌 무렵이었다. 영이 웬 사내를 데리고 왔다.

"제가 육조거리에서 논다니 짓 할 때 형님이라 부르며 따르던 분입니다. 자꾸만 약봉헌으로 가야 된다기에."

영이 민망한 자세를 취했다.

경은 사내를 볼 순 없어도 곧 누구인지를 알아차렸다.

"저이를 쫓아버려."

안주인의 엄명에 놀란 호타하가 사내의 멱살을 거머쥐었다. 사내 또한 힘이 세고 발악해 기오랑이 옆에서 거들어도 당하지 못했다.

"무엇합니까? 도련님도 힘을 모아야지요."

시동생에게도 불호령이 떨어졌다. 마침 기회라 싶은지 사내는 혀 꼬부라진 소리를 냈다.

"이경, 넌 임청각 어르신의 손녀 아니냐?"

"저 불한당 놈을 얼른 대문 밖으로 끌어내렸다."

안주인이 저리도 화내는 걸 보지 못했기에 누구도 끽소리 없

220

이 멈칫거렸다.

"경아 경아 이경아, 아니지, 서씨집안으로 시집갔으니 서실이지. 서실아, 나를 몰라보겠나?"

그제야 소들내와 기오랑, 동이도 누군지를 알았다. 소들내가 먼저 사내를 일으켜 세웠다.

"수야 도련님 아닝교?"

임청각 식구는 너도나도 이수를 수야라 불렀다.

"도련님이라니? 임청각엔 저따위 놈은 없어."

영은 이수를 끌고 솟을대문 밖으로 나갔다. 그러기를 수없이 당하고도 이수는 끝장을 봐야겠다는 듯 잊을 만하면 찾아오고 잊을 만하면 다시 찾아오기를 되풀이했다.

경이 이복 사촌 오라비를 박대한 건 지울 수 없는 문서 내용이었다. 그 문서를 쓰게 한 건 다섯째 숙모고, 그 문서 기록자는 서해였다. 경의 일생에서 그 두 사람이야말로 경을 경답게 키운 대모이며 경을 경답게 사랑했던 낭군이었다. 그날 문서를 쓰고 도장까지 찍은 서해가 이경에게 다짐시켰다. 상종 못 할 인간이니 근접 말라고.

근자엔 안주인이 불호령 내린 걸 보다 못한 호타하가 소들내에게 서슬 시퍼렇게 굴었다. 다리 몽둥이를 분질러 버릴까 봐. 기오랑도 동이 앞에서 주먹을 불끈 쥐었다. 한강 물귀신 되게 하겠다고.

"왜 그리 당하고도 지독하게 찾아옵뎁디껴?"

소들내가 영에게 물었다.

"피붙이가 그리워서랍니다."

소들내는 돈이 필요하다면 아씨 몰래 도울 참이었다. 월급을 농 밑에 감춰 놓아 그만한 여력을 지녔다. 수야 도령이 아무리 죽을죄를 지었대도 안쓰럽고 무엇보다도 아씨가 고심하는 걸 못 봐 넘겼다. 돈으로도 해결 못 하니, 소들내도 달리 묘안이 떠오르지 않았다.

이용이 숨진 지도 이미 십 년 지났다. 사십 대 중반까지 살아, 낭군처럼 요절은 아니었다. 그래도 경의 충격은 컸다. 친정에 버팀목이 없다는 사실에 경은 한동안 일어나지 못했다. 죽음이란 엽전 앞뒤처럼 오락가락하던 것에 길들여도, 친정의 단 하나 버팀목이 이 세상에 없으므로 경은 홀로서기에 집중했다. 서임수를 안동으로 보내 소호헌 관리를 어떻게 하는지를 보고 받았다. 정백은 숨지기 전까지 지은 환약을 월출에게 남겼다. 서임수가 그걸 받아 약봉헌으로 가져와, 경은 새삼 정백 의원의 배려에 감격했다. 희는 외아들을, 진은 형제를 낳아 무탈 없이 지낸다는 반가운 소식도 접했다. 사람 사는 이 험악한 세상에 탈이 없다는 것도 복이라면 복이었다. 이용이 정자를 짓고 싶은 꿈을 겨버렸지만, 어은정으로 드나들던 친인척들과 후학들이 그 초당 자리에 정자를 새로 지어 사촌 오라버니를 기렸다던 사실도 반가운 소식이었다. 사람은 가도 발자취가 남는다는, 좋은 예였다. 고성이씨들이 안동에 군자정, 귀래정, 반구정, 어은정을 남긴 것만도 대대로 명가다운 칭송을 받을 거란, 호사가들의 덕담도 듣기 좋은 일화였다.

그런 사실을 접어 두고라도 이수의 방문은 도저히 용납 못 할 결례였다. 경에겐 이용이 사촌 오라버니라면 이수도 사촌 오라버니였다.

　본처에서 태어난 자녀와 첩에서 태어난 자녀 차이가 엄청 난 건 어제오늘 일이 아니었다. 그런 신분 차이는 엄격하고도 혹독했다. 서자 출신들의 반격과 비행이 사회 문제가 되어 역모란 누명을 쓰고 귀양 가거나 형장의 이슬로 사라진 사례가 시시때때로 일어났다. 송익필이 천하 귀재이며 시문에 능해 후학들이 모여들었지만, 벼슬길이 트이지 않은 것도 서자 출신이란 꼬리표가 붙어서였다. 그것도 송익필의 모친이 순흥안씨의 윗대 어른과 여종 사이에 태어난 미천한 출신의 딸이란 사실이었다. 외조모의 업을 그의 모친 뒤이어 다시 그가 이어받은 것이다. 본처란 머리 표가 도도히 흐른 강물이라면, 첩의 꼬리표는 지우려야 지울 수 없는, 꽉 막힌 완강한 벽이었다.

　처음 서엄은 송익필이 서자 출신인 걸 알고도 그의 학문에 매료되어 조카와 아들을 맡겼다. 날이 지날수록 뭔지 켕긴 조짐이 보여 이이의 문하생으로 옮겼다. 서엄의 예상대로 송익필의 부친이 외가 사람들을 역 이용해 권력을 휘두르더니 그게 들통 나서, 송익필과 형제들이 천민으로 뒤바뀌어 은둔생활 하게 되었다.

　이수를 친자식처럼 키웠는데도 인륜을 져버려 조상의 기제사에도 참석지 못하게끔 문서에 남길 만큼, 숙모가 채운 족쇄를 경은 풀 수 없었다.

　그 해를 넘기기 전이었다. 또다시 이수가 약봉헌을 방문했다.

"경아, 손 한 번 잡아보자."

"그 더러운 손으로 내 손을 잡는다니?"

경은 양손을 탈탈 털었다.

"그래, 난 몹쓸 놈이지. 우리 아재비의 침상을 더럽혔으니 죽어 마땅할 놈이기도 하구. 내가 왜 그런 줄 알아?"

그 아지매를 본 순간 얼굴조차 기억 못 한 어무이 생각이 났지 뭐냐. 적삼 아래로 젖이 줄줄 흐르는데 그 젖이 얼마나 빨고 싶었던지. 그만 눈이 뒤집어졌어. 그날따라 왜 그리도 배가 고팠을까. 몸부림치며 거부하던 아지매 옷을 벗겨 젖을 빨자, 얼마나 달착지근했던지. 아랫도리도 왜 그리 허기졌을까.

"그만, 그만."

경은 처음 맹인이 되었을 때 기고만장했던 순간의 발악이 되살아났다. 귀를 막고 팔딱팔딱 뛰더니 쓰러졌다.

아들의 혼례식이 다가오자, 경은 불안에 휩싸였다. 가끔 어쩌다 보이던 흐릿한 빛이 근자에 전연 보이지 않아서였다. 마음이 청결하면 구도와 명상으로도 세상을 훤히 꿴다던 정백의 지론을 상기하며 노력을 기울여도 여전히 깜깜 절벽이었다. 그런 건 노력만으로 이루어지는 게 아니었다. 어떤 게 마음이 청결한 건지 밝히 아는 것도 한계가 있는 저울질이었다. 어쩌면 세상은 저울질에 의해 좌우되는지도 모를 일이었다. 이런 걸까 저런 걸까, 머리 굴린 것도, 이랬다저랬다 하는 것도, 타인에게 밉보이면 어떡하나, 잘 보여야 할 텐데, 마음 씀씀이도 저울질이었다. 속을 드러내고 마음을 비운다는 것도 어느 수준이어야 할까. 생각은 의문을 낳고 무엇 하나를 잡으려고 발버둥 치면 칠수록 정신의 혼란만 거듭할 뿐이었다. 복병처럼 숨었다 들레던 아슴푸레한 세계가 목이 타도록 그리운 건, 내 아들의 가장 소중한 순간을 볼 수 없다는 절망감이었다.

왠지 모르게 서엄이 성의 혼사를 서두른 것도 불안했다. 열네 살이라면 좀은 더 나이가 들어도 될 텐데. 아니지. 아들의 혼사를 어미가 잘되도록 해야 할 터인데. 이런저런 고민으로 경은 머리가 무거웠다.

"혼례를 일 년쯤 미루도록 함이 어떨는지요?"

서엄에게 의사 타진한 건, 간절함이 길수록 어느 순간 밝은 세상을 보리란 소망을 품어서였다.

"아직 반년이나 남았는데, 혼례 준비할 기간은 충분하잖습니까. 처녀가 열여덟 살이라 과년한 데다 내년이면 아홉수를 피하는 것도 저쪽의 사정일 테고요."

서엄의 가래 끓는 목소리가 더욱 경의 신경을 자극했다.

예비신부는 여산송씨로 서엄의 처 질녀였다. 예바르고 야무져 나이 어린 신랑을 잘 내조하리란 게 서엄의 주장이었다.

신붓감이 경을 사로잡은 건 송씨의 생활 방식이었다. 사치와 허영이 전연 없는, 근검절약이 몸에 배었다. 자신을 되돌아보면 다분히 허영과 사치가 뒤엉킨 사고를 지녔다. 어떻게 하면 옷을 맵시 나게 입어 남들에게 예쁘게 보일까. 어떡하면 남을 잘 대접해 칭찬받을까. 그건 맹인이란 수치를 감추기 위한 술수 이전의 본래 바탕이란 걸 숨길 순 없었다. 저택을 지은 것도 그에 속했다. 송씨는 조리 있는 말 한마디가 천 냥 빚을 갚을 정도로 무게를 지녔다. 내뛰지 않은 절제도 만 냥 빚을 갚을 정도의 값어치를 지녔다. 싸늘함이 지나쳐 고고해 보인 것도 서로 부대끼며 머리싸움 한 지 두어 달이 지나자, 바깥으로 들레지 않은 웅숭깊은 따스함이 은연중 드러났다.

송씨는 생일이나 차례를 지내고 나면 찐 생선과 전, 산적들을 아무도 몰래 감춰 뒤 성에게 먹였다. 성의 똥오줌 묻은 바지를 벗겨 새 옷도 갈아 입혔다. 소들내와 동이가 미처 보지 못한 걸 선처한 저력은 그 따스함에서 비롯된 거라고, 경은 헤아렸다. 소들내와 동이는 신경을 거의 자신에게 쏟았다. 경은 그 사실이 중압감이 되어도 깜깜 절벽이 앞을 가로막은 이상 그건 어쩔 수 없는 업이었다. 송씨의 그런 웅숭깊은 게 예비신부도 닮았으리란 감이 일었다.

경은 송씨에게 은근슬쩍 물었다.

"아주버님이 봉록을 꼬박꼬박 형님에게 바치시는데 좀은 여유롭게 살아도 되잖습니까?"

집안을 돕는 남자 하인과 계집종이 있어도 송씨는 가만히 손 재고 있을 새가 없었다. 길흉사 날이면 경은 자신이 중씨 댁에서 돕는 건 콩나물 다듬기와 풋나물 다듬기 외는 달리 일손이 될 수 없는 갑갑함이 북받쳤다. 소들내와 동이, 길안댁을 그 댁으로 미리 보내 도우미 역을 하게 해 자신의 허점을 메우긴 했다.

"나라의 녹을 먹는 것도 어딘데, 성균관 사예들이 그이를 행정

226

의 달인이라 부르잖아. 그러니 내조자가 손발이 부르트는 건 당연지사 아니겠나."

그래, 맞아. 우리 성도 행정의 달인이 되도록 키워야지. 그러니 이 어미가 가만히 손재고 있을 순 없지. 가만있자. 그러기 위해선 차돌처럼 단단하고도 벽처럼 견고한 걸 무너뜨리기 위해선 이 어미가 희생양이 돼야 하거늘.

우선 고를 풀어야지.

경은 친정 조모가 입버릇처럼 내뱉던 고를 풀어야 한다던 게 꼭 해결해야 할 복의 근본임을 깨달았다. 그건 한성으로 오기 전 노비들을 해방시키고, 그들에게 품삯을 넉넉히 주고 고향으로 가도록 한 것도 고를 푸는 행위였다. 그렇다면 현재 수하에 거느린 권솔들에게도 그 고를 풀어줘야겠다는 신념이 불현듯 일었다.

"유모, 나로 인해 무척 고생이 많았지? 어떡하면 내가 빚쟁이에서 벗어날까?"

"우리 아씨가 참 별나게 구시네. 제가 무슨 낯짝으로 아씨의 무리꾸럭이 되겠니껴."

"아니야. 유몬 내게 참 잘 해 주었거든. 소원이 있으면 말해 봐. 응?"

며칠 지나도 반응이 없어 경은 호타하를 불렀다.

"소원이 뭔가?"

"그야 소들내를 아내로 맞이하는 게 아니겠습니까."

"그건 아직 일러. 지금도 내조자 못잖게 한 집안에서 밥 먹고 자니 동고동락과 진배없잖아. 누구에게 꼭 갚을 게 있다면 말해 봐. 내가 갚아줄 테니."

"초당마을의 금이를 콩 심는 밭을 사 준다고 꼬드겨 범했지 뭡니까. 미치갱이가 되었는데도 돌보지 않아 그게 죄밑이 되어 꿈에도 나타나 괴롭힙니다."

"내일 당장 초당마을로 가게나. 밭 살 돈을 줄 테니 가져가서 사죄하라고."

"쇤네가 죽기 전에 갚아야 할 걸 갚아주시겠다니."

달포쯤 지나 호타하가 싱글벙글거리며 돌아왔다. 금이가 미치광이에서 벗어나 홀아비랑 살고 아이까지 낳아 끼니를 굶는데 도와주었다고.

소들내는 한산이씨 부자에게 넘어간 친정 제위답을 도로 찾아야겠다고 했다, 동이는 친정 초가가 허물어져 다시 짓기 위해 필요하다고 했다. 길안댁도 안망실 집채가 허물어져 기와집을 고쳐야 했다. 기오랑은 유일한 친척이자 자신을 임청각 하인으로 떠넘긴 아재비에게 밭뙈기라도 사줘야 한다고 하여, 경은 그들의 소원을 해결해 주었다. 그런 이면엔 그들 개개인이 모아 둔 월급도 보탠 거라, 경의 주머닛돈이 덜 든 셈이었다.

5

시월상달, 성의 혼례식이 거행된 날은 따스하고도 쾌청했다. 신랑은 혼례를 올리기 위해 신붓집으로 향했다. 상객은 서엄과 권극례였다.

약봉헌 안채 안방에는 경과 송씨와 두 시누, 길안댁이 두레상을 가운데 두고 앉아서 담소를 나눴다.

"아지매와 성님들, 그동안 치마끈을 졸라매며 고생하셨는데 양다리를 쭉 뻗으시고 편히 쉬시지요."

경의 인사 뒤이어, 큰 시누가 맞받았다.

"쉴 새가 어디 있담. 사나흘 후면 신랑 신부가 올 텐데."

"언니도 참, 할 일은 얼추 다 했잖소. 잔일이야 아랫것들이 분담하면 되잖우. 그나저나 우리 성이 의젓하고도 미쁘니 서가가문의 영광 아닝교."

작은 시누가 경의 어깨를 주물렀다. 큰 시누도 송씨 양다리를 뻗게 해 타다닥 쳤다.

"역시 우리 집안의 대들보라 얼마나 흐뭇했던지."

송씨가 신랑을 치켜세웠다.

"모두 조카 자랑이 늘어졌잖아. 근데 신랑이 사돈댁에 가기 전 뒤돌아 오면 어쩌나. 어마이가 보고파서."

길안댁이 새삼 성이 효자임을 들췄다.

신랑은 사인교를 타기 전, 뒤돌아보고 또 뒤돌아보며, 어머님 잘 다녀오겠습니다를 연발했다. 경도 아들의 그 모습이 눈앞에 어른거려, 오냐, 잘 다녀 오너라며 손을 흔들었다.

이른 새벽, 경은 잠이 오지 않아 바깥으로 나왔다. 지팡이 쥔 손이 떨린 건 밤공기가 차갑기도 하지만 딱딱 울릴 지팡이 소리가 들리지 않게끔 하기 위해서였다. 잠귀 밝은 소들내가 일어날지도 모르고 혼자 있고 싶어서였다.

하늘에는 시월상달이 뜬 게 아슴푸레 보였다. 좀 더 환히 보인다면 좋으련만. 이만해도 괜찮은걸. 경은 그만큼이라도 아들 부부가 올 때까지 지속되기를 기원했다. 신부 쪽에서 혼례 택일을 받아 보냈을 때였다. 택일 날 중에서 시월상달에 동그라미 친 건 저 달을 보고파 한 나의 뜻이었거든. 저 달을 우러르며 그이와 나는 청풍 동헌 앞마당에서 마주쳤잖아. 옥토끼와 방아, 한성의 지리가 저 달 속에 들었을 거라 여겼던 그 날의 동화를 새김질하며, 경은 어른 동화도 엮고 싶었다. 지금쯤 신랑은 신부 족두리를 벗겼을까. 아니면 신부 치마에 오줌을 눌지도. 아냐, 그리도 철부진 아닐 거야. 신부의 이마에 입맞춤하고 앵두 같은 입술에, 경은 남녀 목소리가 들려 더 이상 동화를 엮지 못했다.

소호헌처럼 관리실 방도 기오랑과 동이의 보금자리였다. 사랑채와 강학당으로 드나들던 손님들을 돌보는 것도 기오랑이었다. 관리실 방 앞에는 남녀의 미투리가 놓였다. 경은 비뚜로 놓인 기오랑과 동이의 미투리 두 쌍을 손으로 더듬어 바로 놓았다.

"기오랑, 우리 사이에 아이가 없는 게 얼마나 다행인지 몰라. 이렇듯 잠자리도 편안하고 밥도 배불리 먹는 게 예사 복이 아니거든."

"한동안 씨 종자 말릴 호로자식이라고 성깔도 부렸잖아. 미안해. 나이가 들수록 너랑 홀가분히 사는 게 꿀맛인 걸 어쩌랴."

그들 부부의 도란거림을 뒤로 하고 경은 발걸음을 옮겼다. 솟을대문 곁에 이르자, 사랑채 갓방에서도 남녀 목소리가 들렸다.

"새삼 혼례식이라뇨?"

"우리가 신랑각시는 못 돼도 서로 살을 부대끼며 살면 방안이 따습지 않겠소.”

“호씨 양반도 참, 내가 을매나 그 방에 군불을 활활 피우는데 춥다니? 우린 이대로가 좋아요. 난 우리 아씨를 낭군맨치르 떠받들고 살아가는 걸 최상의 기쁨으로 여긴다오. 내게 소원이 있다면 우리 아씨보다 사나흘, 아니지. 하루만이라도 더 살아 우리 아씨의 마지막을 지켜보는 거니더.”

호타하의 구혼이 소들내의 거부에 멈칫거렸다.

“소들내랑 같은 둥지에 살면서 나를 호씨 양반으로 불러주는 것만으로도 이 세상이 극락인데 더 무얼 바라겠나. 우리끼리 아씨를 잘 모시고 낙을 누리자고.”

경은 슬며시 그 자리를 벗어났다.

“우리 집안의 가훈은 ‘물태위선勿怠爲善’이니라. 착한 일을 하는 데 게으르지 말라는 뜻이지. 결국, 집안이 대대로 성공하려면 ‘적덕지가필유여경積德之家必有餘慶’이란 경구를 가슴에 새겨야 한다. 아이들을 잘 가르치고 부지런히 글을 읽고 선을 행하게 하는 것도 그에 속할 것이니라.”

경은 신랑·신부를 맞이한 자리에서 분명한 어조로 강조했다.

신부는 피부가 하얘 미인이라기보다는 환한 인상을 풍겼다. 어디 내놓아도 사대부 맏며느리란 칭호를 받을 만했다. 그런 모습을 볼 정도로 경의 눈이 열리진 않았지만, 형체는 어렴풋이 얼굴의 윤곽과 주위의 풍경을 가늠할 정도였다.

어머니의 얼굴 가득 번진 화기가 세상을 볼 시력이라서 성은 안도했다. 성은 신부에게보다도 모친에게 더 잘 보이고 싶어 연신 웃는 얼굴로 화답했다.

"그 말씀을 깊이 새겨 실천하도록 하겠습니다."

"저도 그러하옵니다."

신부도 고개 숙였다.

"나는 글재주가 뛰어난 것보다도 선행을 귀히 여기고 기뻐할 것이다. 부디 우리 집 가훈에 어긋남 없이 어디서나 인애를 실천하는 베풂의 손길이 되어다오."

경청하는 아들 부부에게 경은 하나를 더 추가했다.

"이젠 아버님 묘소에도 다녀와야지."

지난봄, 경은 약봉헌 식구와 함께 포천 해룡산에 다녀왔다. 서씨가의 조상들과 낭군 무덤들을 재정비하고, 아래의 동산과 토지를 돌보던 관리지기에게 수도 안겨주었다. 해마다 소호리 근처에서 수학한 일 년 치 양식 대신, 그곳에서 나온 수확을 약봉헌으로 가져오게끔 길도 틔어 놓았다.

이듬해 칠월, 서엄이 세상을 떴다. 성균관으로 출근하고 귀가해 그날 밤에 누운 그대로 눈을 감았다. 병명은 허한 체질에 업무가 겹친 과로였다. 행정의 달인이란 별칭답게 생도 깨끗이 마감했다.

경은 자신의 한쪽 날개가 달아난 것보다도 아들이 양 날개를 잃지 않았을까 전전긍긍했다. 지난 십여 년 동안 서엄은 조카에게 다함없는 애정으로 보살폈다. 조카의 혼인을 서두른 것도 당신의 체질로 봐서 언제 생을 마감할지 모르므로 행한 결단이었을 것이다.

숙부 장례를 치르고 나서, 성은 숙모에게 다짐했다. 어머님 못지않게 잘 모시겠다고.

6

아들 부부가 건넌방에 신접살림 차리자, 경은 대저택에 온기가 꽉 찬 느낌이 들었다. 며느리가 맏손주 경우景雨를 낳고, 이태 만에 경수景需, 그 이듬해에 경빈景霦, 삼 년 지나 또 아들을 낳았다. 손자 넷을 두고 보니, 그에 대한 감사함이 걷잡을 수 없이 일었다.

"외동아들 집안에 시집와서 손주를 줄줄이 낳아주니 고맙기 그지않다네."

경은 막둥이 경주景霔를 품에 안고 며느리를 치하했다.

"어머님의 홍복이 저희에게 윤활유가 되어 그런 줄 아옵니다."

아들이 아뢰고 덩달아 며느리도 고개 숙였다.

경은 무언가 좋은 일을 하고픈 욕망이 꿈틀거렸다. 무얼 하려면 의논 상대가 서엄이었지만, 이젠 서임수였다.

"이 세상에서 제가 꼭 해야 할 일은 무얼까요?"

"친정은 예나 지금이나 창창히 부를 누리니 접어 두게나. 시집도 사돈 팔촌에 이르기까지 좀 잘 대접했는가. 우리 부부에게도 아랫것들에게조차 평안을 누리게끔 보살폈잖은가. 약현 주민들과 길손들, 거지들에게도 다함 없는 손길이었다네."

이젠 성이 강학당 주인이었다. 유학생들과 학문을 토론하고 한성 대구서씨들의 회의도 주관해 경의 보람이 더 는 셈이었다.

"그건 저의 낯내기 위한 수단으로 여겨져 부끄럽거든요. 좀 더 높게 베풀 선의의 손길은?"

"좀 더 시간을 두고 보면 할 일이 생기는 게 사람과 사람의 사귐 아니겠나."

며칠 지나, 호타하가 길손 모자를 안채로 안내했다.

"꼭 아씨를 뵙고 싶다며 하도 떼쓰는 바람에."

"사람 사는데 생사람을 못 만날 리 없지."

승낙해도 경의 표정이 밝지 못했다. 딱딱, 지팡이 소리가 들렸다.

"누구신지요?"

그러면서 경은 고개를 빳빳이 세웠다.

"무엇하느냐, 물러가지 않고."

아랫것들에게 자신의 치욕을 닮은 맹인과의 대면을 보이고 싶지 않았다. 안채 부엌에서 설거지를 멈춘 동이가 밖을 내다봐, 호타하는 뒤로 물러났다.

"저 아래에 사는 염가 노파라고 하옵니다."

어미의 인사말에 아들이 허리를 조아린 게 선히 보인 듯했다. 시시때때로 그런 감각은 환히 보인 것보다 더한 진정성의 모습이었다. 인사성이 밝은 그 아들에게 경이 탐색해 낸 건 평소에도 그 아들은 어미의 안내 노릇을 한다는 거였다. 언뜻 자신과 외아들의 모습이 그 모자에게 어른거렸다. 경은 빡빡한 몸을 숙였다.

"염씨 부인이라면?"

전연 들어보지 못한 노파와의 대면이었다.

"오늘 처음 여길 방문해 저를 알 리 없는 거지요."

약현에 둥지 튼 지도 이십 년 넘게 지났다. 그동안 약현에서 어느 댁에 누가 태어나고 어느 댁에 누가 숨졌는지 길흉을 맞이하면, 서임수와 길안댁을 보내 축하와 조문을 빠뜨리지 않았다. 약현 주민들과의 사귐이 좋다는 게 경의 긍지요 맹인이란 허점을 감춘 보호막이었다. 외아들이 봉사 아들이란 놀림감이 안 되기 위해, 자신이 봉사라고 손가락질 안 받기 위해서였다. 그리고 친정과 시댁의 자긍을 위해 많이도 애쓴 보람을 만끽했던 터였다. 서임수 부부와 영 부부는 접어 두고라도, 수하에 부리는 아랫것들 외에 달리 하인을 두지 않았다. 약현 주민들 중에 어려움을 당한 사람들에게 도움을 청해 일당을 넉넉히 주는 것도, 그들의 텃세에 밀려나지 않기 위한 강구책이었다. 그동안 수많은 손님 접대와 길손들과 걸인들의 문전걸식을 도와주었지만 맹인 염씨에 대해선 아는 게 없었다.

"저는 타고날 때부터 봉사였습니다. 다행히 맹인 남자를 만나 우리 사이에 아들이 태어났지요. 아들이 효자라 오늘 이 자리에도 함께 오게 되었다오."

"효자 아들을 두기도 쉽진 않을 텐데."

경은 염씨 아들에게 찬사를 쏟았다.

"다들 그럽디다. 그 비결이 뭔 줄 아시우?"

"뭔지 궁금하군요."

"아예 바깥세상을 볼 수 없을 바에야, 내 안의 세계가 더 아름답다는 상상을 하게 됐거든요. 그러니 이 세상이 아닌 천당에서 쇤네가 산다는 게 그리도 좋을 수가 없더라고요."

경은 어정쩡해져 자신의 옷매무새를 점검했다. 자신은 단 한 번도 그런 상상을 해보지 못했다. 서해에게 이경은 어떠했던가. 맹인 아닌 정상의 눈을 지닌 아내로 보이기 위해 앙앙거리지 않았던가. 타인들과 아랫것들에게조차 자신의 허점을 보이지 않기 위해 발버둥 치지 않았던가. 자신의 허점을 고스란히 받아들이고 생을 아름답게 맞이한 염씨가 진정 인간의 참모습으로 다가왔다.

"우리 집에서 몇 번이나 잔치를 배풀었잖습니까. 약현에서 사신 분이었다면 왜 오시지 않았을까요?"

"왜 안 왔겠습니까. 앞 못 보는 봉사라고, 재수 옴 붙는다며 번번이 거절당했습죠."

경이 멍해 있는 사이, 염씨 아들이 내뱉었다.

"소금을 뿌리면서까지 박대했습죠."

"누가 감히."

호타하가 그러진 않았겠지. 잔치가 열리면 호타하는 손님 맞이하기에 바빴을 테니. 일을 돕던 약현 주민들이 그랬을 테지. 아니야. 대문 지기도 필히 그랬을 거야. 누구보다도 나의 속을 훤히 꿰잖아. 범인은 바로 나야. 맹인이면 거두절미 외면할 걸 미리 알고 그랬을 테지. 이제까지 내가 베푼 건 말짱 헛수고였어. 진정 나 아닌 내가 선을 가장한 허수아비에 불과했어. 육신의 눈도 멀었지만, 영의 눈도 멀었다. 염씨는 육신의 눈도 열려 사물을 정확히 꿰뚫고 영의 눈도 활짝 열렸거늘.

236

"누구 없느냐?"

안주인의 부름에 동이가 부엌에서 나왔다.

"얼른 낮밥을 지어 안방에 가져오너라."

경은 그들 모자와 식사했다. 아들은 어미에게 밥을 떠먹이며 입술에 묻은 반찬 자국도 수건으로 닦아내는 듯했다. 성도 효자지만 염씨의 아들에겐 못 미쳤다. 어미를 업고 어디를 돈다든지, 어깨와 양다리가 걸리면 안마해 주는 정도였다. 그 아들이 사십 대 중반이란 감도 잡혔다.

"긴히 말씀드리고 싶습니다."

"무엇인지?"

경은 그들 모자를 돕고 싶었다.

"한성의 눈먼 자들을 모아 잔치를 베풀어 주심이 어떨까요? 그들에게 용기를 실어 줌으로 사는 보람을 느끼게요."

자신의 이익을 바라는 게 아니라서 염씨의 청은 더욱 경의 가슴에 닿았다.

경은 그들 모자를 솟을대문 밖까지 나가서 배웅했다. 곧이어 소들내를 안방으로 불러들였다.

"유모는 나를 뭐라고 여겨?"

"우리 아씨가 노망들 연세도 아닌데 뜬금없는 질문을 다 하시네. 그야 임청각 어르신의 손녀 따님이요, 무금정 선생님의 외동 따님이며."

"그만, 그건 나의 겉치레야. 나를 똑똑히 봐. 내가 뭐게?"

"이 세상에서 가장 아름다운 저의 상전입죠."

"그런 입에 발린 찬사는 사절이야. 똑바로 봐."

소들내는 입을 다물었다.

"왜 말 못 해. 유모가 제아무리 내게 잘해 줘도 지팡이만 할까. 지팡이를 잡고 딱딱 딱, 소리 내며 걷는 사람을 뭐라 불러?"

경은 소들내의 몸을 잡고 흔들었다.

"쇤네는 곧장 죽어도 그 말씀은 못 드립니더."

"그럴 테지. 이 세상 누구도 나를 당달봉사라고 비웃을지언정 유모만은 안 그러리란 게 나의 힘의 원천이거든."

경은 소들내의 품에 안겨 목 놓아 울었다.

이튿날, 경은 아들 부부에게 일렀다.

"해마다 칠월 열셋째 날, 이 어미의 생일을 맞이해 한성의 맹인들에게 잔치를 베풀면 어떻겠나?"

아들이 아뢰었다.

"그날은 길일 중의 길일이온데, 맹인의 날이라뇨?"

"이 어미도 맹인이란 걸 잊었단 말인가?"

"아 아니옵나이다."

아들이 땅바닥에 엎드리자, 며느리도 그러했다.

"나는 태어나서 웬만큼 복을 누리며 자랐고 지금도 그러하다. 다만 어머님을 일찍 여위었지만, 어머님보다 더한 유모를 얻었다. 낭군을 일찍 여윈 건데 그마저 외동아들에겐 앞길이 트인 지름길이었다. 내가 태어난 날에 그분들을 내 지체인 양 여기고 잔치를 베풀도록 하겠다."

소들내가 토를 달았다.

"칠월 중순이면 장마가 지기 쉽고 무더위가 한창이라 그분들을 모시기가 쉽진 않을 겝니더. 다른 날로 정함이 길하지 않겠습니껴?"

"까막눈이 까막눈일 때가 많으니. 역시 유모는 나의 길잡이거든. 어느 날이 합당하겠느냐?"

"우리 가문과 외가의 기제사, 집안 어른들의 생신을 제하고 나서, 봄과 가을 중 정하도록 하지요."

아들이 대구서씨 가문과 고성이씨 가문의 주요 행사 날짜가 적힌 서책을 꺼내 살폈다.

"사월 중순이면 괜찮을 것 같습니다."

"그러면 기억하기 쉽게 사월 스무날로 정하자. 준비에 만전을 기하도록 하라."

사월 스무날, 아침부터 한성의 맹인들이 약봉헌으로 모여들었다. 담 밖과 약초밭 둘레까지 맹인들로 북적댔다. 약현 주민들도 협조해 그 일대가 잔치 마당으로 변했다.

내 고민을 사돈이 알아준다더니, 역시 맹인은 맹인이 알아 모시지 뭐유?

그들에게 이렇듯 풍요로운 잔치를 베푸니 살맛을 안겨 주잖습니까.

약현 주민들의 청송이 쏟아졌다.

맹인들은 약밥, 갈비탕, 약산춘, 수육, 떡, 전 등, 푸짐한 먹거리에 배부르며 흥겨워했다. 남자 맹인들은 바깥에서 서임수와 호타하, 기오랑, 영, 약현의 남자 주민들이 대접했다. 여자 맹인들은 약봉헌 안에서 며느리, 길안댁, 소들내, 동이, 영의 처, 그 외에 약현의 여자 주민들이 대접했다.

잔치가 무르익을 즈음, 경은 안채 축담에 서서 환영사를 했다.

"먼 길 친히 오셨는데, 즐겁게 놀다 가시옵소서. 해마다 사월 스무날 여러분들을 모시도록 하겠습니다."

경은 소들내의 안내로 그들과 일일이 악수를 나눴다. 남자 맹인들도 예외일 순 없었다. 사대부가의 자부가 남자와 손잡아 흉볼 거리가 생겼다고 한성이 떠들썩해도 여자 맹인이 남자 맹인과 손잡았다고 어느 누가 감히 입 도마에 올릴까 보냐. 경은 그 순간 담대함이 솟구쳤다. 맹인들의 손은 투박하고도 거칠었다. 그래도 보지 못한 세계가 그 손안에 응집된 양 세상의 모든 걸 품은 듯 여낙낙하고도 다사로움이 배어 나왔다. 그건 동병상련의 애달픔이었다. 네가 내가 되고 내가 네가 되는 동심일체였다. 그 어우름이 질척하게 묻어 나온 생동감이었다.

경은 그들을 떠나보낼 때, 약주와 약과가 든 자루 안에 환약과 노잣돈을 넉넉히 넣어 선물했다. 환약은 이웃의 보광의원에게 부탁해 특별 조제된, 맹인들의 기를 보하고 눈을 선하게 하는 약이었다.

"한성을 떠나신다고요? 타관에서 지내시기 쉽진 않을 텐데."

형수의 깨우침을 듣고 영이 아뢰었다.

"함경도 서흥에 사는 처남이 오라 하여 가보고 싶습니다."

영의 손위 처남은 서흥에서 목재상을 경영했다. 벌이도 괜찮고 산수가 좋아 토지도 마련했으니, 있는 재료로 새집을 지어 살면 좀 좋겠느냐는 내용의 서찰이 왔다.

"형수님이 오래 사셔야만 저희 부부가 빚을 갚습니다."

약봉헌에서 일을 돕던 영 부부에겐 경이 그들 부부의 생계를 책임진 봉이었다.

"굳이 떠나신다니 말리지 못하겠군요. 살던 집을 팔아 타지에서 돈에 궁하지 않도록 하시고, 종종 안부나 전해 주십시오."

경의 시선이 손아랫동서의 배에 머물렀다.

"태어날 아이가 우리 경우 아비의 동생이 된다는 걸 잊지 마십시오."

"또 아뢸 게 있습니다."

영이 뒤통수를 끼적거렸다.

"무언지요?"

"이수 형님 말입니다. 옥살이에서 풀려 나와 그동안 옥바라지하던 여인과 사는데, 저랑 서흥으로 가겠다고 하옵니다. 그 전에 한번 뵙고 싶다더군요."

그날, 경이 발악하며 쓰러졌을 때, 호타하가 나졸들을 불러와서 이수가 쇠고랑을 찼다. 사나흘 뒤 일어난 경은 영과 소들내가 사헌부로 들락거리며 이복 사촌 오라버니의 구명운동 하는 걸 볼 만장만 넘겼다.

그래, 맹인 이상의 형벌은 없잖은가. 내가 무얼 잘났다고 이수 오라버니를 박대했을까. 그 고통은 가슴앓이가 되어 내내 경을 괴롭혔다.

경은 입술에 힘을 실었다.

"모시고 오시죠. 사촌 오라버니의 동거녀라면 제겐 언니라 그분도 함께요."

7

손주들이 알토란처럼 자라면서 대저택을 휘젓고 다녀 경에게 낙을 안겨주었다. 여전히 강학당과 사랑채에는 대구서씨 종친 회원들과 아들의 지기들과 유학생들이 드나들어 대저택이 살아 움직인 양 윤기가 감돌았다.

성에게 노채(폐결핵)의 조짐이 보인 건 스물세 살 되던 동짓달 중순이었다. 경은 몸살이라 여기고 아침저녁에 생강차를 마시도록 권했다.

마늘을 가는 삼베에 싸서 생강과 함께 가마솥에 넣어 푹 고운 걸 꿀에 타서 마시면 웬만한 고뿔과 몸살은 치유되기에 가볍게 여겼다. 그러더니 동짓날 팥죽을 들다 말고 새알을 내뱉으며 고뿔을 심하게 했다.

기오랑이 보광 의원을 불러왔다. 경이 보광의료원 이웃에 저택을 지은 것도 약봉헌 권솔의 건강을 책임져 주리라 여긴 탓이었다. 봉사만 한 환자도 없을 것이다. 그게 경의 자괴지심이었다. 정백이 숨진 허한 마음에 보광의 의술이 채워 주리란 믿음 또한, 지녔다. 경의 의도대로 보광은 그동안 약봉헌 권솔이 병이 나면 정성껏 치료해 줘서 병을 낫게 했다. 서임수가 피부병에 걸렸을 때, 며느리가 유산하고 산후 후유증에 시달릴 때, 아들의 두통

242

도 보광의 치료로 완쾌됐다.

흔히 외동아들은 우대 키워서 병치레가 잦다고 했다. 성은 잔병 없이 자라 경은 그 사실에 그저 고마워하며 하루하루를 넘겼다. 근데 외아들이 서엄의 삼년상을 지내며 애통함을 저어하지 못하더니 병치레를 자주 했다. 그런 와중에 책 읽기도 게을리하지 않았다. 경은 건강을 잃으면 모든 걸 잃노라고, 새삼 건강의 중요성을 일깨웠다.

오래도록 병을 앓은 환자가 반 의원이란 말이 있듯이, 경 자신도 의원과 다름없었다. 여느 어미처럼 아들이 다래끼가 나서 눈이 부으면 혀로 핥아 고름을 뱉어냈다. 급체면 바늘로 엄지를 찔러 피를 뽑았다. 헛구역질하면 비파잎과 사슴뿔과 인삼을 가루로 빻아 먹여서 낫게 했다. 경 자신과 아랫것들도 잔병을 치르면 소들내에게 약재를 구해오라 하여 손수 집약해 탕약을 달여 먹게 해 위기도 넘겼다.

성을 진맥한 보광이 진단 내렸다.

"고뿔이 폐까지 번졌습니다. 찬 기운과 찬물을 피하고 몸을 따스하게 하며 이걸 먹이도록 하소서."

경은 보광이 내민 둥근 황금알을 살폈다.

"우황청심환?"

보광이 조제한 우황청심환은 한성에서도 이름난 거라 경도 상비약으로 보관해 두어 가끔 씹어 삼켰다. 눈의 피로를 덜기 위해, 가슴에 통증이 오면 그걸 복용해 효과를 봤다. 서엄도 숨지기 전까지 그걸 애용한 고객이었다.

"얼마 전 제조한 것으로 우황, 녹용, 울금, 치자, 진사, 황금, 황련이 든 거라 다른 것보다 더한 효과가 있을 겝니다."

"잔병 없이 건강하게 자랐는데 왜? 노채의 조짐이라뇨? 병도 유전이 된다던데 이 어미 병명을 내리받아서일까요? 병균이 신장까지 번진 건 아닌지요?"

경은 자신의 병력을 들추곤 넘겨짚으면서까지 불안을 떨치지 못했다.

"몸조리 잘 시키면 나을 겝니다."

그이가 스물셋에 생을 마감했는데, 너마저 그 나이에 골골하다니, 이 무슨 징조란 말이냐. 다가올 봄이면 과거에 응시할 텐데. 경은 아들에게 간곡히 일렀다.

"살아가는 덴 건강이 최우선이다. 모든 걸 잊고 네 몸보신에만 신경을 쏟아라."

"어머님도 참, 제가 이까짓 고뿔을 못 이길까 봐서요."

성은 되레 모친을 안심시켰다.

사나흘 지나자 성은 고열로 호흡이 거칠어졌다. 기침하면 가래에 피도 섞여 나왔다. 가래 색깔이 녹색이란 소들내의 귀띔을 듣고, 경은 보광을 불러들였다.

"초조와 불안이 지나쳐 공포에 휩쓸려 달리 방도가 없습니다. 정신 충격과 흥분을 가라앉히는 덴 우황청심환 이상의 약은 없습니다."

경도 아들의 병을 치료하는 데는 우황청심환이 최상이라 여겼다. 허나 명의에겐 달리 처방이 있을 걸 고대했지만 보광의 진단에 아찔해졌다.

"매우 위험한 상황이므로 두고 볼 수밖에 없군요."

"어떻든 살려 주옵소서. 이 어미가 간청 드리옵나이다."

어미는 애걸했지만, 보광은 낯빛을 바꾸며 나가버렸다. 정백과는 달리 의원의 자질이 부족해 보였다. 하도 명문 집안에 불려다녀 그런지 맹인 아들쯤이야 여기는 감이 일었다. 용하다는 다른 의원들을 초청해 호소해도 달리 처방이 없다며 뒤돌아섰다.

경은 자신이 희생양이 되어야겠다고 작심했다. 간병자의 정성과 환자 자신이 살려는 의지를 포기하지 않는다면 한울님도 져버리지 않는다고, 정백이 강조하지 않았던가.

경은 호타하를 안방으로 불러들였다.

"살릴 방도가 없겠는가?"

호타하가 정중히 아뢰었다.

"제비집이 효과가 있을 겝니다."

경도 그 약효로 폐와 위가 튼실해지고 가끔 시야가 밝아진 기억이 되살아났다.

"이 추운 날 어디서 그걸 구하노?"

"저의 무예 기질이 어디로 도망 간뎁까. 도련님의 병엔 제비집이 딱이라 싶어 보광 의원을 저 약초밭으로 불러내 멱살 잡으며 협박했지요. 정녕 살고 싶으면 내놓으라고."

보광이 고관대작들조차 그걸 원해도 거절한 건 자신의 상비약으로 보관해 두어서였다. 그런 낌새를 호타하가 눈치채고 협박해 어렵사리 받아냈다.

호타하가 제비집 두 개를 경의 연상 위에 놓았다.

"이런 고마움을. 호씨는 진정 우리 집안의 호위병을 뛰어넘어 우리 모자에겐 생명의 은인이로구먼."

호타하는 자신을 '씨'로 예우하는 안주인 앞에서 감읍해 소맷부리로 얼굴을 훔쳤다. 대문 지기에겐 전례에 없던 대접이었다.

"그 값은 후히 치를 테니 보광 의원에게 전하게나."

제비집을 끓여 먹여도 성의 병은 더해만 갔다.

경은 서임수 부부와 손주들과 기오랑과 동이는 중씨 댁으로 보냈다. 며느리와 소들내와 호타하와 함께 애오라지 아들 치료에 혼신을 쏟았다.

"아범아, 너는 이 어미의 지체거든. 네가 아프면 내가 아프고 네가 기쁘면 나의 기쁨이거늘."

"어머님, 소자도 그러하오이다. 다함 없는 어머님의 기쁨이 되기 위해 꼭 일어나겠나이다."

성도 꺼져가는 목숨을 붙잡고 살려는 의지를 다지고 다졌다. 아들 몸이 불덩어리로 변하면 경은 얼음덩어리에 알몸을 비벼대어 아들을 껴안아 열을 내리게 했다. 얼마큼 차도가 보이긴 해도 오한, 호흡 곤란, 혼미 증상이 연거푸 나타나 가슴을 쓰리게 했다. 아들이 사경을 헤매자, 경은 마지막 치유로 단지를 떠올렸다. 경은 며느리와 유모에게 그 사실을 알렸다.

"아픔 없는 치료가 어디 있던? 이 에미의 피를 수혈해야지."

경이 아들의 치료에 단지를 보류한 건, 큰 시숙이 시모를 살리기 위해 결단했던 그 모정의 참혹한 결과에 따른 멍에에 짓눌러서였다.

"인명은 재천이라던데 화를 불러 올 필요 없잖은가."

서임수도 대의 단지 사건으로 서씨 집안이 침잠의 늪에 빠졌던 걸 에둘러 표현했다.

"몸과 마음은 서로 상호 관계가 있다더군요. 어미의 지극한 애정이 아들에게 먹혀들지 못한다면 저는 서성의 어미가 아닐 겝니다."

큰 시숙의 단지 사건은 순간에 욱한 슬픔이 북받쳐 행한 결단일 것이다.

경은 새벽마다 몸을 청결히 하고 한울님에게 치성을 드렸다. 자신의 피를 맑게 하기 위해 삼칠일 동안 금식했다. 청수를 마시면 자신의 더러워진 피가 정화되는 듯했다. 아들이 죽으면 나도 죽으리란 각오를 하며 그 준비에 정성을 쏟았다. 며느리와 손들 내의 보조를 받으며, 성에겐 몸을 보한 탕약을 숟가락으로 떠서 입속에 넘겼다. 자신의 몸속 불순물을 제거하고 애오로지 아들의 목숨 끈을 붙잡아야 하는 소망으로 경은 그 어려운 과정을 통과했다. 마침내 몸은 가볍고 머리는 해맑았다. 경은 오른손 약지를 깨물어 선혈을 아들의 입안에 넣었다. 자신의 피가 한 방울 두 방울 떨어져 달싹거린 아들의 입안에 들어가는 순간, 전신을 누르던 쩌릿한 아픔이 깃털처럼 가벼워져 몸은 하늘을 난 듯했다.

"나의 태에서 태어난 나의 아들아, 나의 피 한 방울은 너의 피 한 방울이거늘. 나의 기도는 너를 소생케 할 묘약이거늘."

성도 꺼져가는 불씨 속에서 모친의 아픔을 제 몫으로 소화해,

부스스 깨어났다.

"어머님, 소자가 살아났나이다."

"오냐, 과연 너는 하늘이 내린 효자로구나."

경은 아들을 품에 안았다.

그들 모자를 지켜본 소들내도 가락을 뽑았다.

'우리 아씨 아들 사랑에 하늘도 감복하고 땅도 감복해 눈이 소복이 쌓여 풍년을 예고하네.'

오래된 겨울 가뭄으로 대지가 황폐했던 시기였다. 소들내의 창은 약봉헌 담을 넘어 울려 퍼졌다. 길 가던 약현 주민들도 때맞춰 내린 함박눈에 더덩실 춤추며 반겼다.

8

서성이 스물여덟 살 되던 삼월, 별시 문과에 급제했다. 모친이 마흔일곱 살 때였다. 어사화 쓴 서성이 약봉헌 솟을대문 앞에 당도하자, 약현 주민들이 손뼉 치며 반겼다. 아들은 모친 손을 잡고 청홍 비단 끈을 학자수 가지에 걸었다. 해마다 회화나무는 푸르게 자라 가지를 뻗치며 하늘 향한 그리움으로 언약의 새싹을 틔우곤 했다.

"기어코 어사화를 썼구나. 장하다."

"이 영광은 어머님의 것이오니다."

모자는 서로 부둥켜안았다. 아들은 모친의 소망을 이루었다는 뿌듯함과 어머니는 아들이 그 열매를 땄다는 희열이 무르녹은 포옹이었다. 뒤이어 약현 주민들의 환호를 받으며 아들이 모친을

248

업고 약봉헌 둘레를 돌았다.

"무거워 힘들 테니 우리 나란히 서서 걷자꾸나."

"바윗덩어리도 짊어질 정도로 힘이 솟구칩니다. 제가 감히 어머님을 무겁다 하오리까."

그들 모자를 보고 낙현 주민들의 화답이 학자수 잎들을 더욱 푸르게 물들였다.

"아들 병구완하기 위해 이씨 부인이 손가락까지 깨물며 흘린 피가 하늘도 울린 게지."

"누가 아니래. 모친의 헌신을 가슴으로 거둬들인 아들의 효심도 감히 어느 누가 따르리."

약봉헌에는 약현 주민들과 친인척들이 모여 축하잔치가 벌어졌다. 강학당과 사랑채, 안채에도 그렇거니와 마당에는 차일이 쳐졌다. 그 아래는 덕석이 깔리고 상마다 차려진 음식에는 김이 모락모락 피어올랐다. 술잔엔 약산춘이 가득 부어져 잔과 잔이 부딪치는 소리와 웃음소리가 왁자하게 퍼졌다. 소들내와 자부는 찬방에서 음식상 차리는 걸 지휘했다. 길안댁은 독에 든 약산춘을 백자 주전자에 부었다. 동이는 친인척들이 데리고 온 계집종들에게 술상과 밥상 들고 나가는 걸 살폈다. 호타하는 호각을 불며 손님들에게 질서를 호소했다. 기오랑은 손님들의 신발이 안 섞이게끔 신짝 맞춰 놓기에 바빴다. 서성은 서임수의 안내로 사랑채에서 손님들을 맞이했다.

경은 안채 안방에서 친인척 여인들과 덕담을 나눴다.

"아범이 과거에 합격한 건 여러분들의 보살핌 덕입니다."

경의 인사말에 큰 시누가 화답했다.

"올케가 맹모삼천으로 일군 경사 아닌가."

"우리 성이 중부님을 잃고 곁가지로 가지 않을까 걱정했지요. 그런데도 꾸준히 학문을 연마해 오늘의 경사가 뒤따르지 않았습니까."

경이 그 공을 아들에게 돌렸다.

뒤풀이 잔치는 약봉헌 바깥에서 징과 꽹과리가 울리고 장구 치며 북 치는 소리가 약현마을을 뒤흔들 듯했다. 가락에 맞춰 기오랑과 동이가 먼저 손잡고 춤추자, 덩달아 호타하와 소들내도 박자로 흥을 돋웠다. 약현 주민들도 춤추고 노래 불렀다. 끝맺음은 서성을 환호하는 만세 삼창으로 마무리 되었다.

서성이 율곡 문하에서 학문에 전념한 건 그의 앞날을 밝힌 전환점이었다. 부친은 안동에서 퇴계의 문하생이었다. 부자끼리 두 석학의 제자가 되었다는 건 대구서씨 가문의 영광이었다. 더욱이 서성에겐 부친의 후광을 입으며 새롭게 발돋움할 기틀을 마련한 셈이었다. 일테면 부친과 임청각의 외가 사람들과는 달리 백운의 길이 아닌 청운의 길로 들어선 것이다. 더불어 경이 한성으로 이사 온 것은 아들을 위한 결사적인 변화의 조짐이었다.

서성은 처당숙 송인과 친하게 지냈다. 송인은 송질의 장손으로 중종의 부마였다. 더욱이 송질의 사위 남양홍씨 홍언필과 그의 아들 홍섬 부자와도 사귐이 좋았다. 홍섬은 서성의 처 종고숙으로 그가 혼인하던 그해에 좌의정에 오르고 그 후 영의정을 세

번이나 역임했다.

서성이 당대의 명문집안 고관들과 종유한 건, 외가와 처가, 친가의 후광 외에, 율곡의 문하생이란 것도 출세의 길로 들어선 길잡이였다. 퇴계 후계자들은 권력에서 배제된 남인들의 영남학파였다. 그와는 달리 율곡 후계자들은 서인과 노론의 기호학파로 권력에 앞장섰다. 그에 덩달아 권극례가 예조판서에 올랐다. 둘째 고모부의 배려도 서성에겐 큰 힘이 되었다.

서성은 예문관의 관리에서부터 사헌부 감찰을 거쳐 예조좌랑으로 봉직해 행정의 달인으로 불리었다. 그런 사이 경우와 경수, 경빈, 세 아들이 혼인해 그는 명문집안 관리들과 사돈을 맺었다. 경우는 창녕성씨 증승지 성자제의 손녀, 경수는 광주김씨 수의부위 김희의 딸, 경빈은 전주이씨 감찰공 이호인의 딸과 혼인했다. 막내 경주도 어엿이 자라 중매쟁이들이 약봉헌으로 자주 드나들었다.

임진왜란이 일어나 왜군들이 경복궁을 불살랐다. 곧이어 선조는 궁궐을 정동 정릉동행궁으로 옮겼다. 세조의 장손주 월산대군이 살던 집터인데 궁궐이 비좁았다. 전시 중이므로 진수성찬 마련도 어렵지만, 술을 빚는 건 더더욱 어려웠다.

그런 틈을 타서 서임수가 왕실의 술 관원을 경에게 소개했다.

"약산춘을 왕실용으로 납품해 달라고, 귀한 분이 찾아오셨네."

술 관원도 사정했다.

"술 빚던 전문 상궁이 숨지고 다른 상궁이 뒤를 이었지만, 술맛이 안 좋아, 어전에 올리기가 민망스럽습니다. 대신들과 외국 사신들에게도 대접해야 하오니 부디 부탁드립니다. 한과도요."

궁궐은 약봉헌에서 그닥 멀지 않은 거리였다.

"상감마마께 진상할 어주라뇨? 그 소중한 걸 제가 감히."

경은 맹인이 그런 특례 자격 미달임을 강하게 내비쳤다.

"저도 왕실 근위병들도 지킬 테니 약주와 한과를 잘 빚어 주시면 됩니다."

술 관원 뒤이어, 서임수도 간곡히 권했다.

"그게 바로 우리 서가집안의 영광 아니겠나."

며칠 지나, 경도 선히 받아들였다.

"부족한 솜씨지만 최선을 다하겠니더."

그날 저녁, 경은 서임수에게 자신의 견해를 밝혔다.

"전 좀 다른 차원으로 약주와 한과를 빚어 볼까 하옵니다. 우리 조선의 명주와 명품으로 만들어 인애도 실천하고 국익에도 기여해야겠지요. 글재주가 뛰어나 과거에 장원해 명신이 되는 거와 같이, 손재주가 매워 약주와 한과를 잘 빚는 것도 국익을 선양하는 거겠죠."

술 관원의 주문대로 약주와 한과를 만들어 왕실에 납품하기 위해 경은 그 준비를 서둘렀다.

"아씨, 요즈음 제 발이 살판났다 싶은지 자꾸만 요롱 흔드는 맨치르 굴고 제 손은 가락 젓기로 흔들어대니 선무당이 따로 있겠니껴."

소들내의 흥을 경이 잠재웠다.

"신바람이 너무 넘쳐도 실수하는 거니, 조심하게나. 더욱이 상감마마에게 진상할 어주 아닌가."

경은 다시금 입술에 힘을 실었다.

"인간이 다리가 두 개인 건 쉬지 말고 걸으라는 거고, 손이 두 개인 건 바지런히 움직이란 게 아니겠나. 덤으로 얻은 유산에 짓눌러 제 몫을 못 한다면 인간 본연의 구실을 못 하는 이치와 다를 바 없잖아. 난 내 손으로 일군 자산을 모아 이웃에게 덕을 끼치고, 국익에도 기여하고 싶어."

아버님이 숨지기 전, 너의 뒷모습이 더욱 태가 나고 보기에 좋다고 하셨거든. 맹인의 수치를 당하지 않게끔 행동을 올바르게 하란 가르침이셨지. 그리고 무슨 일을 당해도 저 달처럼 고운 얼굴로 세상을 이겨라 하신 건, 올곧은 자세로 선을 행하란 뜻 아니겠나.

그즈음 약산춘이 더욱 빛을 발한 건 까마귀 사건이었다.

북으로는 오랑캐, 남으론 왜인들의 노략질로 정국이 심히 어지러웠다. 더욱이 궁전에는 까마귀 떼들이 고목 사이를 돌며 깍깍거렸다. 게다가 놈들의 똥오줌이 궁궐의 지붕과 담, 뜰에도 질펀하게 널려 냄새를 지독하게 풍겼다. 까마귀들이 극성부리니 이 난리에 예사 조짐이 아니라며 대신들의 공론도 분분했다. 놈들의 지저귐이 드높아 궁궐 이웃 주민들의 원성도 잦았다.

"웬 까마귀들이 저리도 소란 피우느냐?"

선조의 역성을 듣고 도승지가 아뢰었다.

"불길하니 없애버려야 하옵니다. 외국 사신들이 알면 조선에는 왕궁에서조차 까마귀들이 날뛴다며 얼마나 얕잡겠습니까."

"이 무슨 해괴한 징조란 말인가."

임금은 까마귀 퇴치 명령을 내렸다. 시위대들이 쫓아버려도 수천 마리가 날아들어 궁궐의 나뭇가지와 뜰까지 메웠다. 궁수들이 활을 쏘아도 떼거리로 날아드는 놈들을 당해 내지 못했다.

"까마귀 떼들을 쫓는 자에겐 상을 후히 내리겠노라."

선조가 내린 방이 궁궐 담벼락과 약봉헌 담벼락에도 붙었다. 호타하가 그 방의 내용을 안주인에게 알렸다.

"무슨 비방이 없을까요? 쇤네가 기이하게 여겨 궁궐 밖 느티나무에 올라 살폈더니 놈들이 궁궐 뜰에 죽치고 있더라고요."

"호씨의 고함에도 날아가지 않던가?"

"궁수들이 활을 쏘아도 안 들던 놈들이, 쇤네의 쇳소리에 끄떡이나 하겠습니까."

"그렇다면 비방이 없을 리 없지."

경은 소들내에게 수수 찰밥을 짓게 하고, 그 이유를 밝혔다.

"배가 고프면 코가 석자인 양반님들의 코도 납작코가 된다잖아. 난리가 일어난 이 흉년에 까마귀들도 좀 배가 고팠겠느냐."

"하고많은 집들도 많을 텐데 하필이면 놈들이 궁전 뜰로 모여들었을까예?"

"여염집들보다는 뜰이 넓기도 하려니와, 수라간에서 새어 나온 요리 냄새가 진미라 좀 입맛을 돋웠겠어. 새들도 사람 못잖게 냄새에 민감하고 눈치코치도 빠르거든. 놈들은 끼리끼리 무리를 지어 날기도 하고."

호타하와 기오랑, 약현 남정네들도 경의 지시대로 수수 찰밥 뭉치들을 수레들에 싣고 왕궁으로 향했다. 그들은 왕실 수문장에게 그것들을 넘겼다. 이어 나졸들이 궁궐 뜰을 향해 던졌다. 덩달아 까마귀들이 수수 찰밥을 쪼아 먹고 입에 물곤 날아가 버려 궁궐 안이 조용해졌다.

"전하, 까마귀 놈들이 달아났습니다."

도승지의 보고에 임금의 용안이 환했다.

"어떻게 놈들을 쫓아 버렸는가?"

"묘약은 수수 찰밥이옵니다."

"수수 찰밥이 놈들의 퇴치용이었다니? 어느 대신이 그런 기발한 안을 강구했는고?"

"서씨가의 자부로 청맹과니랍니다."

어주와 한과를 빚어 중국 사신들에게도 칭송받았다는 것을 도승지가 아뢰었다.

"그 참 의인이로군. 두 눈 뜬 대신들과 나도 부끄럽게 하다니. 얼른 상을 내리도록 하라."

도승지는 친히 감사장을 쓰고, 내관을 시켜 비단 열 필을 약봉헌으로 보냈다.

경은 그것들을 필요할 때 긴히 사용하려고 아껴두었다.

"수수 찰밥이 어떻게 까마귀와 찹쌀 궁합이니껴?"

소들내가 의문을 발했다.

"유모도 알잖아. 언젠가 까치와 독수리가 임청각 닭장 안에 들었던 걸. 아버님이 보시고 수수 찰밥을 그 닭장 안에 넣어 두셨거든."

"그랬지요. 아마 배가 고프기도 했지만 수수 찰밥 덕에 독수리와 까치가 정다이 지냈는지도 모르죠."

기억을 되살리던 소들내가 의심을 발했다.

"행여 입맛 다신 놈들이 그 맛을 못 잊어 다시 궁중으로 날아들지 않겠니껴. 수수 찰밥에 독약을 섞어 몰살시켰으면 통쾌했을 덴데."

"만일 그랬다간 궁정 뜰에 까마귀 시체가 널브러져 오랑캐 놈들과 왜놈들이 좀 비웃었겠어. 조선에는 왕궁에서조차 독한 냄새가 풍겨 상종 못 할 소국이라고. 그 수수 찰밥에 흥분제를 넣었잖아. 지금쯤 놈들은 둥지에서 천년 잠에 곯아떨어졌을 거야."

"어느 누가 감히 우리 아씨의 꾀를 넘나들겠서예."

경은 답례로 약주와 한과, 약밥을 내관에게 건넸다.

그것들을 먹고 마신 선조는 치하하며 명을 내렸다.

"과연 서씨가의 맹인 이씨가 빚은 약주와 한과, 약밥이 나의 위를 도탑게 하는구나."

날이 갈수록 그것들을 빚는 경의 구슬땀이 배인 지팡이에선 새싹이 돋고, 소들내의 실팍한 엉덩이가 물레방아처럼 돌고 돈다던 게 약현 주민들의 덕담이었다.

서성은 다시 병조로 옮겨 공무를 수행함이 뛰어나 동료들도 감탄했다. 그 소문을 선조도 듣고 서성을 어전으로 불러들였다.

"공무에 충실한 경의 참된 인품을 경하해 마지않소. 임해군과 순화군도 구해 주었으니 고맙기 이를 데 없구려."

왜군들이 한성으로 쳐들어 왔을 때였다. 서성은 종사관으로 임명받아 임해군과 순화군, 여러 대신과 더불어 함경도 회령으로 북진했다. 얼마 못 가서 그들 일행은 왜군들에게 잡혀 포로가 되었다. 서성은 기회를 엿보아 홀로 탈출해, 육진의 의병들을 일으켜 적을 쳐부수었다. 덩달아 두 왕자를 구한 사실이 조정에도 알려졌다.

"모친은 잘 계시오?"

선조는 까마귀 퇴치 공로자를 기억했다.

"그럭저럭 지내긴 하오나, 항시 마음을 놓지 못하옵니다."

"그를 테지. 허나 슬기롭고도 지혜가 충만해 맹인일지라도 예사 사람들이 못 따르니 그게 무슨 대수인가. 경에게 혼인하지 않은 아들이 있다던데?"

"그러하옵니다. 막내가 아직 혼인 전입니다."

서성은 조금 전 도승지에게 임금이 부른 이유를 귀띔 받았다. 왕가 여인들이 약봉헌에도 들려, 더욱 공손히 아뢰었다.

"나의 큰딸과 그대 막내와 짝이 되면 어떻겠소?"

선조와 인빈 김씨 사이에 태어난 정신옹주는 아홉 살이고, 경주는 열두 살이었다.

"소자 집안의 경사이며 고소원이옵나이다."

"그럼 그리 알고 계시오. 시국이 좀 잠잠해지면 길일을 택해 가례를 올리도록 하겠소."

선조는 도승지에게도 명을 내렸다.

"예비사위를 달성위達城尉로 봉하고, 한 치 어긋남 없이 준비에 만전을 기하도록 하라."

대구서씨 본가 옛 고을 이름이 달성이라 임금이 그리 명했다.

서성은 귀가해 그 사실을 모친에게 아뢰었다.

"상감마마와 사돈이 된다니, 저 세상에서 아버님이 얼마나 기뻐하실까."

경이 낭군을 그리자, 외아들이 그 공을 모친에게 돌렸다.

"어머님이 계셨기에 경주가 부마로 간택된 게지요. 상감마마께옵서 어머님을 의인이라 부르시더군요. 제가 공무에 어려움을 겪으면 모친에게 아뢰어 슬기롭게 처신하라고도 하셨나이다."

임진왜란 당시, 서성이 북진했을 때였다. 그의 가족도 위기를 느끼고 피난길에 올랐다. 그는 모친이 맹인이라 왜군들에게 표적의 대상에서 제외될 거라 여겼다. 그건 바람이었다. 앞 못 보는 모친과 피난을 갈 순 없었다. 그는 소들내와 동이에게 약봉헌에서 모친을 잘 모시라고 긴히 당부했다.

그날 저녁때였다. 장정들이 약봉헌으로 몰려왔다.

"배도 고프고 왜놈들에게 쫓겨 숨을 곳을 찾아 왔습니다."

장정들은 왕실 근위병들이었다. 서너 명은 약주를 빚을 때 도운 역군들이라 소들내도 낯익었다.

"여긴 아니 되니더. 다른 곳으로 가이소."

"내 집에 들어온 귀빈들을 어찌 박대하는가. 이 난리에 목숨을 잇기 위함인데."

경은 발소리를 듣고 장정들이 여남은 된다는 걸 가늠했다.

"호씨도 기오랑도 위험타 케서 피난 가지 않았니껴?"

소들내의 반응이 거셌다.

"얼른 약산춘 도가로 모시게나."

안주인이 명을 내리므로, 소들내도 도리 없어 응했다.

"도가로 가서 빈 술독 안에 숨어 계시죠. 밥은 곧 지어 드릴 테니."

장정들은 약산춘 도가로 가서 장독들을 뉘여 그 안으로 몸을 숨겼다. 소들내가 장독 위에 짚단을 쌓아 땔감 무더기처럼 보이도록 했다.

곧 왜군들이 약봉헌으로 쳐들어왔다. 왜군들은 사랑채와 강학당을 거쳐 안방과 부엌방까지 뒤지고는 안채 마루턱에 걸터앉았다. 밥 뜸 들여지는 냄새가 허기진 왜군들의 창자를 뒤흔들었다. 놈들은 손으로 밥 퍼먹는 흉내 내며, 저네 말로 고함쳤다.

그런 와중에도 경은 안방에서 반짇고리에 담긴 옥양목 버선을 꺼내 헐거운 곳을 기웠다. 왜군들은 안방마님이 청맹과니인 걸 눈치채지 못했다. 밥이 다 지어진 걸 알고, 경은 안방에서 문밖을 내다보며 명을 내렸다.

"무엇들 하느냐? 손님들이 오셨는데 술상도 밥상도 차려 얼른 모셔야지."

소들내와 동이가 장정들에게 올릴 저녁상과 술상도 마련해 왜군들을 대접했다. 놈들은 포식하고 난 뒤 술도 거푸 마셔대어 쓰러졌다. 왜군 우두머리는 술에 취하면서도 긴가민가한 표정으로 안주인의 동태를 살폈다. 그러더니 곧장 안방으로 들어가서 구석진 곳에 놓인 지팡이 손잡이로 경의 목을 낚아챘다.

"이 지팡이 임자가 바로 네 년이군. 당달봉사라고 우리가 그냥 넘어갈 성싶어?"

왜군 우두머리가 저네 말로 고함치며 눈알을 부라렸다. 소들내와 동이가 식칼과 방망이를 들고 다가갔다. 왜군 우두머리가 윽박질렀다. 올 테면 와 봐. 이년을 목 졸라 죽일 테니.

"손님이 주인에게 후한 대접을 받고도 개망나니처럼 굴 겁니까?"

경은 손에 쥔 바늘로 왜군 우두머리의 손목을 찔렀다. 놈이 비명을 지르며 허둥거렸다. 경은 잽싸게 일어나 왜군 우두머리를 발로 거꾸러뜨렸다. 그 틈을 타서 동이 귀띔을 받은 장정들이 달려와 왜군들을 오랏줄에 묶고 뒤이어 들이닥친 조선 병사들에게 넘겼다.

그런 사례들을 내관에게 듣고, 선조는 악봉헌 안주인을 의인이라며 칭송했다. 약산춘과 한과도 그 부인의 솜씨인 걸 알고 서성을 더욱 신임하며 사돈 맺기를 원했다.

"황공스럽게도 내가 뭘 안다고. 다만 그때마다 한 사람의 의견보다는 두 사람의 의견을 합해 중지를 모으는 게 더 나은 방법일 테지."

안채 부엌에서 그들 모자의 대화를 엿듣던 동이가 소들내에게 의심을 발했다.

"막내 도련님이 좀 귀티나고 잘 생겼슈? 아무리 상감마마 따님이라 캐도 못 생겼으면 어쩌나."

국자로 곰국 간을 보던 소들내가 일손을 멈췄다.

"아무리 곰보 째보라 캐도 상감마마의 사위가 된다믄야 고깐 게 탈이겠어? 상궁이 오셔서 뭐라카던? 옹주님이 미색도 출중하고 행동도 음전하다 안 카더나."

경은 며느리에게 일렀다.

"혼사란 양쪽이 터무니없이 기울어도, 넘쳐나도 안 되느니라."

"어머님의 말씀에 어긋남 없이 준비하겠나이다."

며느리가 답했다.

경은 사랑채로 가서 막내 손주 곁에 앉았다.

"요즈음 무슨 책을 읽느냐?"

"주희 선생의 『주자문집』이옵니다."

"기특한지고. 그분이야말로 유학을 집대성하고 오경 진의를 밝히신 분이시지. 할아버진 그분을 흠모하며 성리학 귀재란 별칭도 얻으셨고."

경주는 성품이 정중하면서도 품행이 맑아 낭군을 빼다 닮은 게 더욱 미더웠다.

"저도 조부님을 닮기 위해 노력 중입니다. 성리학의 어느 부분이 조부님을 감동 시키셨을까. 그걸 알기 위해 성리학에 파고들면 바로 제가 조부님이 된 것 같거든요."

"그래, 성리학을 조부님이라 여기고 꿰어보렴. 상감마마의 부마가 되려면 무엇이 우선일까?"

"인애 아니온지요? 인성이 어질다는 건 사랑의 통로고요. 어려움 당한 사람들을 돌보고 베푼다는 건 모든 학문의 완성 아닌지요."

"아암, 그렇고말고."

조모는 막내 손주를 감싸 안았다.

9

달성위와 정신옹주의 길례는 선조가 명을 내린 지 오 년 후 병신년 삼월에 이루어졌다. 왜군들의 침입이 잦기도 하려니와 예비 신랑·신부가 나이도 어려 길례를 미루었다. 전쟁이 잠잠해지자 마침맞게 마무리된 셈이었다.

경은 막내 손부를 안방으로 불러들였다.

"시할머니가 맹인이란 걸 알고도 시집 왔단 말이오?"

"저의 아버님은 조선의 왕이신데 감히 명령을 거절할 수 없었 사옵니다. 시아버님은 모가 없는 성품으로 타인과의 사귐도 부드 럽고 신실하게 임무를 수행한다고 대신들의 존중을 받으십니다. 더욱이 그분의 모친은 지혜와 안목이 뛰어나다며 칭송이 자자하 니, 저의 시조모님으로 모시기에 부족함이 없다고 여겼습니다."

정신옹주가 조심스레 아뢰었다. 경은 조여든 가슴이 편해졌다.

"왕실에서 자랐으니 완벽을 추구하는 게 습관화 되었겠지만, 무릇 인간사란 온전한 모습이 사람다운 삶이란 걸 알아야 하오. 완벽은 대인 관계를 껄끄럽게 하고 벽을 쌓는 거라면, 온전함은 대인 관계를 부드럽게 하고 훈훈한 분위기를 마련하는 거잖소."

"그 가르침대로 따르겠나이다."

정신옹주가 화답했다.

문밖에서 엿듣던 며느리와 손부들이 서로 마주 보며 미소 지었다.

　호타하와 기오랑은 육조거리로 나갔다. 그들은 시전의 포목점, 가구점, 유기점, 정육점, 철물점을 지나 주점 가게 앞에서 걸음을 멈췄다. 가게 진열대에는 백하주, 녹파주, 벽향주 등의 술병들이 놓였다. 그중 가장자리엔 '약현 서씨가에서 빚은 약주'라고 훈민정음 대문자로 써진 아래, 약산춘 술병들이 진열되었다.
　호타하가 그 약산춘 술병들을 살피는데, 중년 남자가 주인에게 주문했다.
　"약산춘 서른 병을 원하오니 값 좀 깎읍시다."
　"어느 잔치에 사용하시려고요?"
　"아들 혼례식 때 필요해서입니다."
　"그 좋은 날에 양반님들이 마실 술을 깎아달라뇨? 약산춘은 정찰제이며 그걸 빚는 과정도 엄청 어렵고요. 술맛도 기막히며 몸에 보약과 진배없답니다, 상감마마께서도 과연 약주라고 명을 내리지 않았습니까?"
　"그러니 목으로 주문하잖소. 이 술을 빚은 서씨가의 마님이 당달봉사라던데?"
　"그러습죠. 앞 못 보는 대신 신묘한 영기가 뚫려 그 술엔 천만 가지 약효가 들었대서 구하기도 하늘의 별 따기랍니다."
　"일 푼도 못 깎는다? 별수 없군. 삼칠 후에 오리다. 잘 챙겨 포장해 놓으시오."

호타하의 왼쪽 볼 칼자국이 시퍼렇게 변했다. 어느새 윗도리를 벗어 던진 상체의 근육도 심히 꿈틀거렸다.

"이 육시랄 놈을 어떻게 한담."

호타하는 그곳에서 물건 살 때 주인과 서로 인사를 나눈 사이였다.

"아하, 누구신가 했더니 소림사에서 무예를 익혔다던 비렁뱅이 나리시군. 어디 한번 겨뤄 보실까?"

억보도 능청 떨며 거푸 휘파람을 불었다. 여기저기서 불량배들이 모여들었다.

"그래, 이게 서씨가에서 빚은 약산춘이라고?"

"두말하면 서럽지. 천하 명주 약산춘을 몰라보다니. 자넨 생긴 바탕보다도 영 애송이구먼."

억보가 인상 고약하게 굴자, 주위에 진 친 불량배들도 해죽거렸다.

"진짜백이 약산춘을 빚은 서씨가의 마님이 누군 줄 알기나 해?"

호타하는 가짜 약산춘 한 병을 땅바닥에 내리쳐 술병 주둥이를 깨트렸다. 연이어 그 술을 들이켜곤 억보를 향해 내뱉었다. 억보의 상체에서 술 냄새와 더불어 악취가 확 풍겼다. 호타하와 불량배들의 거리가 점점 좁혀들었다. 기오랑도 호타하 곁에서 방어자세를 취했다. 호타하가 양손 검지를 깐닥이며 어서 나랑 붙어보자는 신호를 보냈다. 불량배들이 달려들었지만 호타하의 기압과 완력에 하나씩 둘씩 쓰러지거나 비실비실 도망쳤다. 그 틈을 놓치지 않고 호타하가 억보의 목을 거머쥐며 외쳤다.

"상감마마의 사돈 모친이란 걸 알고나 기어."

호타하의 사자후가 다시 터지자, 억보가 덜덜 떨었다.

"감방으로 가고 싶은 놈은 가짜 약산춘을 팔라고."

호타하가 주위에 둘러선 장사치들에게 으름장을 놓았다. 억보는 육조거리를 순시하던 나졸들에게 잡혀 의금부로 향했다.

사인교에 오른 경의 몸놀림이 한결 가뿐했다. 인빈 김씨의 초청을 받고 왕궁으로 가는 길이었다. 목욕재계 후 사흘 동안 금식하며 몸의 독소를 제거해서인지 눈앞이 열리며 세상을 볼 수 있어 더욱 그랬다. 자신이 탄 사인교도, 며느리와 정신옹주가 탄 가마도 왕실용이었다. 그 가마들의 뒤를 이어, 소들내와 동이도 뒤따랐다. 호타하와 기오랑도 수레를 끌며 뒤따랐다. 수레 안에는 약산춘, 한과, 약밥, 마른안주, 문어조가 든 광주리와 밥통, 함지들이 놓였다.

사인교의 열린 창틈으로 바깥을 내다보던 경은 쾌적함에 젖어들었다. 버드나무와 은행나무들의 연초록 잎파랑이 자신의 눈동자를 물들이는 것 같았다. 파란 하늘의 뭉게구름도 어둔 각막을 떠안고 흘러가는 듯했다.

인빈 김씨는 자신의 내실 바깥 돌층계 아래까지 나와 사돈어른을 영접했다.

"상감마마께옵서 사돈어르신을 잘 대접하라고 하셨습니다. 까마귀 퇴치와 왜군들에게 왕실 근위병들을 구한 그 은공을 잊지 못하시거든요."

"과찬의 말씀을. 당연히 해야 할 일들을 한 것뿐이옵니다."

인빈 김씨의 손에 이끌려 후궁 내실에 들어선 경은 그 화사함에 온몸이 붕 떠오르는 듯했다. 도화색 벽지에 모란 화조도 병풍을 배경으로 주칠 자게 삼층장과 문갑, 빗접, 교자상이 놓인 방분위기에 현혹되어서였다. 진분홍치마에 옥색 당의를 걸친 인빈 김씨의 몸매에선 교태가 팡팡 터져 나올 듯했다. 붉은 옷은 왕비가 입기에 후궁은 그걸 삼가야 하는데도, 왕의 총애를 받는다는 걸 헤아리고도 남았다. 왜군의 침입으로 선조가 의주로 몽진했을 때 인빈 김씨가 동행했다. 그런 까닭에 다른 곳으로 피난 갔다 온 의인 왕후가 몸져누웠다던가.

그들은 낮밥을 먹고 나서 차를 들며 수인사도 나눴다.

"정신옹주께서 우리 집안 친인척들에게 어찌나 공손하면서도 친절히 대하던지, 고맙기 그지없습니다."

사돈어른이 칭송하자, 인빈 김씨의 화답이 뒤따랐다.

"달성위도 겸손하고 지혜로워 왕가의 사위 중에선 최고지요."

화기애애한 분위기가 내실을 감돌았다. 안사돈끼리 서로 대화를 나누는데, 상궁이 칭얼거린 아기를 껴안고 와서 인빈 김씨 품에 안겼다.

"우리 능양군은 내가 안아 줘야만 울음을 그친답니다."

능양군은 인빈 김씨 셋째아들 정원군의 장남이었다. 인빈 김씨는 왕자 넷에 옹주 다섯을 낳아 더욱 선조의 총애를 받았다. 의인 왕후는 불임이었다. 공빈 김씨는 임해군과 광해군을 낳았다.

다른 후궁들도 왕자와 옹주를 낳아도 선조의 총애가 인빈 김씨에
겐 못 미쳤다. 능양군은 조모가 어르고 달래도 울음을 그치지 않
았다.

"제가 안아 봐도 되겠습니까."

사돈어른이 양팔을 벌렸다.

"그러다마다요."

인빈 김씨가 손주를 사돈어른 품에 안겼다. 경의 품에 안긴 능
양군이 칭얼거림을 멈췄다.

"사돈어르신의 자애로움이 우리 능양군의 울음도 그치게 하군
요."

인빈 김씨의 덕담이 뒤따르자, 갑자기 경의 화급한 목소리가
튀어나왔다.

"옥체가 뜨겁고도 볼에 홍점이 찍혔으니 의원을 부르시옵소
서."

"누구 없느냐? 어서 어의를 불러오렷다."

인빈 김씨의 엄명으로, 급히 달려 온 어의가 능양군을 진찰하
고 진단 내렸다.

"노채의 조짐이 보입니다."

10

왜군들의 침입이 잦고 흉년이 들어 백성들의 원성이 극에 달
했다. 대신들끼리 당파에 휩쓸려 조정도 심히 어지러웠다. 이순
신이 한산도대첩으로 왜군에게 대승을 거두었지만, 그마저 대신

들의 모함이 빗발쳐 선조의 용안도 밝지 못했다.

서성이 병조정랑에 근무 중일 때 송씨가 숨졌다. 그는 숙모의 상을 지키기 위해 약봉헌으로 돌아왔다. 왜군들의 침입으로 타관을 나돌며 책임을 다하다 보니 체력이 딸려 요양도 절실했다. 무엇보다 그는 모친을 모실 좋은 기회라 싶었다. 모친이 숨지면 효도 못 할진대 살아 계실 때 잘 모셔야 한다는 의욕이 걷잡을 수 없이 일었다.

"어머님을 등에 태우지 못해 어찌나 몸이 가렵든지 혼쭐났지 뭡니까."

아들의 응석을 듣고, 경이 너그럽게 나왔다.

"충복이 되려면 소소한 일은 접어 두어야 할 텐데. 그래, 사나이 대장부라면 숙모님께 한 약조도 지켜야지."

서성은 삼촌 댁으로 가서 숙모 영전에 예를 올렸다. 양이 혼인해 아들도 두어 믿음직스러웠다.

송씨의 장례식은 서성의 아들들 부부와 서씨가의 친인척들이 모여 성황을 이루었다.

"숙모님이 편히 잠드셨을 거네."

서성이 양을 위로했다.

"뭘요. 저야 당연히 할 도리 아닙니까."

양도 선히 받아드렸다.

서성은 낮에는 숙모 빈소에서 지냈다. 밤엔 모친과 환담을 나누거나 집안 대소 간의 일들을 의논했다. 새벽에는 주역과 병서를 읽었다. 그가 문무에 능한 건 이이와 송익필의 가르침과 더불어 스스로 부지런히 학문을 갈고 닦아서였다.

경은 아들이 일 년에 서너 번 귀가해 사흘도 못 돼 떠나버려 건강을 챙기지 못했다. 손을 잡으니 차가웠다. 며느리와 장손주 부부, 아랫것들에게 명을 내렸다.

"아범의 건강이 예사롭지 않다. 몸에 보할 탕약도 마시게 하고, 기를 회복하기 위해선 남산에 가서 삼림욕도 쐬도록 보살펴라."

경은 친히 약 처방을 냈다. 소들내에게 한재를 구해오도록 해서 아들의 몸보신에 정성을 쏟았다.

"명의가 되신 어머님 덕분에 저의 기가 살아나 남산의 소나무도 뿌리째 뽑겠는데요."

아들의 농을 경은 흔쾌히 받아들였다.

"아범이 남산의 소나무로 우뚝 서게나. 그리하여 앞으로 상감마마를 잘 보필하며 어지러운 나라를 바로 세우는데 헌신해야지."

"제가 휴직한 건 숙모님의 상도 지킬 겸 어머님을 잘 모시기 위함이잖습니까. 외려 제가 어머님의 짐이 되다니 송구하옵니다."

"아범의 건강이 바로 나의 건강이라네. 어버이를 향한 효도의 제일 수칙이란 게 자식이 건강하게 낙을 누린 거거든."

이태가 지나 탕약도 마시고 남산으로 가서 삼림욕도 쐬어 서성은 예전의 건강을 회복했다. 양도 사복司僕 임명을 받아 경 모자에게 보람을 안겨 주었다. 서자이긴 하나 워낙 재능이 뛰어난 데다 인물됨이 출중해 그 길이 트였다. 그런 예를 은일隱逸이라 하는데, 임금이 숨은 인재에게 특별히 벼슬 내리는 걸 뜻했다. 사복은 고려와 조선 시대에 궁중의 수레와 말을 관리하던 관아였다.

"임지가 함경도 홍원이라니 어쩌겠나."

사촌 형의 우려를 양이 겸허히 받아들였다.

"그곳으로 가서 최선을 다할 계획입니다."

"아무렴, 그래야지. 이순신 장군도 사복으로 임명받아 함경도에 가서 봉직하셨거든. 영 삼촌에게 서찰이 왔어. 한성과는 달리 서흥과 홍원의 거리가 가까워 만남이 쉽다며 반기시더군."

축하객들이 몰려와 그들의 대화는 멈췄다.

선조는 홍이상과 서성을 어전으로 불렀다.

"요즈음 왜놈들의 노략질이 심하다니, 경들이 잘 모의해 위기를 넘기는데 도움 주시오."

홍이상은 경상도 관찰사, 서성은 삼남 순무어사巡撫御使로 제수 받았다.

"명을 받들어 최선을 다하겠나이다."

두 신하가 한목소리로 아뢰었다.

홍이상은 문과에 장원해 여러 관직을 거친 뒤 임진왜란 때는 선조를 평양으로 호종했다. 더욱이 성절사로 발탁돼 명나라에도 다녀온 중신이었다. 홍이상의 손주도 선조의 딸 정명공주와 혼인해, 서성은 그와의 사귐도 두터웠다.

서성은 곧바로 귀가해 모친에게 그 사실을 알렸다.

"상감마마께옵서 제겐 한산도로 가서 이순신 장군을 뵈옵고 그곳을 살펴 도움 주라 하셨고요. 모당 어른에겐 남해로 가서 왜장 고니시 유키나가小西行長와 가토 기요마사加藤淸正를 만나 동정을 살피도록 하셨습니다."

경은 홍이상이 성리학에 해박한 명신이며 약봉헌에도 들려 익히 아는 바였다.

서성이 임지로 가기 전, 경은 아들에게 당부했다.

"이 약산춘 꾸러미는 친히 이순신 장군을 대접할 때 올리고, 저 약산춘 꾸러미는 모당 관찰사님께 드려 두 왜장을 대접 하시라고 하게나."

"이순신 장군이야 제가 긴히 모셔야 할 귀빈이시지만, 두 놈 왜장에게까지 어머님이 손수 빗은 걸 바쳐야 하오리까?"

"상감마마께서 모당 관찰사님께 두 왜장을 만나라고 명하신 건 필히 두 놈을 이간시키란 술책이거늘. 그 약산춘은 도수가 높기도 하려니와 홍분제도 들었으니, 미리 모당 관찰사님께 귀띔하면 언변 좋은 그분이 잘 해결하리라 믿네."

"이젠 약봉헌의 약산춘이 한성 명품을 뛰어넘어 우리 조선의 국익에 기여할 특품으로 거듭나는군요."

그는 감격해 모친을 얼싸안았다.

서성이 한산도에 당도한 건 저녁때였다. 그가 거북선에 오르자, 이순신이 영접했다.

"귀빈이 먼 길을 오셨는데 이 아닌 반가움이겠습니까."

"어제는 태풍이 휘몰아쳤지만, 오늘은 날씨도 쾌청하고 파도도 잠잠하군요. 하늘도 장군의 공덕에 감화받은 것 같습니다."

서성의 겸허한 인사말에 이순신도 몸을 낮췄다. 그 자리에 초청된 원균도 호탕하게 웃으며 서성의 아래위를 훑었다.

"어사님의 발걸음이 파도마저 잠잠케 하셨군요."

원균은 무과에 급제, 선전관을 거쳐 변방의 오랑캐들을 물리쳤다. 임진왜란 때는 경상수사로, 전라수사 이순신에게 원병을 요청해 연전연승했다. 그런데도 포상 과정에서 이순신은 삼도수군통제사직에 임명받아 지휘권을 장악했다. 자신은 여전히 경상수사 직에 머물러, 그 자리에 부름 받은 걸 마뜩잖게 여겼다.

귀빈 접대로 술상이 마련되자, 서성은 약산춘을 상 위에 올렸다.

"저의 어머님이 귀하신 분에게 드리려고 특별히 빚은 겁니다."

"상감마마께서 즐겨 드신다던 한양의 명주를 이 자리에서 맛보다니 영광 중의 영광이옵니다."

어사의 다사로운 발언과 이순신의 화답에 원균의 잠재웠던 억눌림이 꼬리쳤다. 서너 배 술잔이 오고 간 뒤였다. 원균의 입에선 혓바늘이 돋았다.

"어사의 모친이 장님이라던데 어떻게 이런 명주를 빚었소이까? 혹시 함경도 관아의 흑마가 마셨다면 조선을 뒤흔들 사자후를 발하였을 텐데."

서로 눈빛 교환하던 서성과 이순신의 의협심이 연이어 터졌다.

"무릇 전쟁에 승리하려면 수레와 말을 잘 다루어야지요. 이 장군께서 사복이란 전직에 관통하셨기에 수레의 원리를 이용해 거

272

북선을 만드셨잖습니까. 말의 생태도 훤히 꿰셨기에 왜군들을 무찔러 한산도 대첩에서 승리하셨고요."

"까마귀 퇴치 공로로 상감마마를 감동케 하신 의인께서 명주도 못 빚겠습니까."

서성이 맹인의 아들이며, 전력이 사복이었던 이순신을 한껏 얕잡아 보려던 원균의 의도는 빗나갔다.

그날 밤, 이순신은 일기를 기록했다. 때는 갑오년 사월이었다.

十二日 庚申, 晴

순무어사 서성이 내 배에 와서 이야기했다. 순무어사와 경상 수사 원균과 함께 술을 서너 순배 돌릴 때였다. 원균 수사는 짐짓 취한 채 광증을 부리며 함부로 무리한 말을 뇌까리니 순무어사도 괴이함을 이기지 못했다. 하는 짓이 극히 흉악하였다……

이튿날, 서성은 이순신이 군사들을 이끌고 한산도 가운데로 가서 훈련하는 걸 관람했다. 그는 이순신 장군이 전쟁 준비에 만전을 기한다는 내용의 밀지를 써서 조정으로 보냈다.

이어 서성은 삼남 지방을 순찰하며 왜침으로 해이해진 지역의 기강을 바로잡았다. 그는 조정에 장문의 상소를 올렸다. 국토가 극심한 파괴를 당했지만, 명나라의 지원에 의존해 자립하는 길을 소홀히 한다. 군대의 동원, 군량 조절을 자세히 설명하고 명나라와 왜의 강화설에 결코 현혹되어선 안 된다는 내용이었다. 호남의 방비에도 특별히 노력을 기울일 걸 강조했다.

그즈음 남해로 가서 고니시 유키나가와 가토 기요마사 두 왜장을 만난 홍이상은 타고난 방어술로 그들을 이간시켜 전세에 유리한 공을 세웠다. 그 보고를 듣고, 선조의 용안이 밝았다는 게 대신들의 중론이었다.

홍이상은 사십여 년 동안이나 여러 관직에 봉직했다. 슬하의 육 형제도 여러 관직에 올라 풍산 홍씨가 조선의 명문가로 발돋움한 동기였다.

갑오년 구 월 삼일, 서성은 선조의 명에 의해 다시 한산도로 가서 이순신과 재회했다. 초가을이래도 바람이 거세고 파도가 휘몰아쳐서 한기가 들 정도였다. 먹구름이 상현달을 들레고 가리는 게 파도에 실려 둥둥 떠다녔다.

'조선 천지가 전쟁 후유증과 가뭄으로 허덕이는데 비가 와서 황폐한 땅을 적신다면 참 좋으련만……'

서성은 혼잣말로 되뇌며 선조의 밀지를 이순신에게 건넸다. 밀지 내용은 충분히 왜군들을 물리칠 상황인데 왜 안일하게 몸사리는가? 라는 질책이었다. 이순신은 황망하고도 답답했다.

"병법에선 나의 위치를 점검하고 적을 알아야만 백 번 싸워도 위태롭지 않다고 했습니다. 왜놈들이 곳곳에 소굴을 파서 장기전이 필요하다고 상감마마에게 상소를 올렸는데."

이순신은 전략 차원에서 왜군들의 발목을 한려수도에 묶어두기 위해 그동안 견내량 방어선을 지켜오던 터였다. 장군의 형형한 눈동자에 경계의 빛이 어렸다. 서성은 한껏 몸을 낮췄다.

"하도 대신들의 중론이 분분해 상감마마께서 저를 보내신 게 아니겠습니까."

"왜놈들을 물리쳐야 할 중대한 임무에 밤잠 설치는데, 대신들이 나를 모함한다고들 하니 머리가 어지럽소."

어느새 비도 내렸다. 이순신의 입에선 한탄의 시가 바깥으로 뿜어 나왔다.

蕭蕭風雨夜　비바람 부슬부슬 흩뿌리는 밤

耿耿不寐時　생각만 아물아물 잠 못 이루고.

懷痛如摧膽　쓸개가 찢어질 듯 아픈 이 가슴

傷心似割肌　살이 에인 양 쓰린 이 마음.

山河猶帶慘　강산은 참혹한 모습 그대로이니

魚鳥亦吟悲　물고기와 새들도 슬피 우네.

國有蒼黃勢　나라는 허둥지둥 어지럽건만

人無任轉危　바로잡아 세울 이 아무도 없네.

恢復思諸葛　제갈량 중원 회복 어떠했던고

長驅慕子儀　말 달리던 곽자의 그립구나.

經年防備策　원수 막으려 여러 해 했던 일들이

今作聖君欺　이제 와 되돌아보니 임금만 속였네.

이순신의 애소가 바람과 파도에 실려 퍼져나갔다. 제갈량은 중국 삼국시대 당시 유비의 다함없는 신뢰로 공을 세웠다. 곽자의는 당나라 현종의 배려로 안녹산 난을 평정했다. 그들이 진정 충신임을 일깨운 대장군의 기염이 서성의 가슴을 후려쳤다.

"장군께서 우리 조선을 지키기 위한 충정이 드높아 금비가 내리군요."

서성도 시를 읊었다.

虎節兼三道 범 같은 절개로 삼도를 겸직해
勳勞聖主知 애쓰는 그 모습 성상께서도 알고 계십니다.
如今休拊髀 지금 만일 비분강개하지 않으신다면
應喜與同時 응당 더불어 함께함을 기뻐하겠습니다.

이순신은 임금 사돈의 겸허한 품성에 사로잡혀 경계의 끈을 거두었다. 술자리가 마련되자, 서성은 약산춘을 잔에 부어 대장군에게 올렸다.

아들이 도승지로 발탁되자, 경은 한결 가뿐한 마음으로 나날을 보냈다. 환란 중에 외지로 나돈다는 건 목숨을 건 중대사였다. 이젠 약봉헌에서 날마다 출근해 근심을 던 셈이었다.

경은 남편의 기일을 맞아 아들과 며느리, 손주들과 손부들, 아랫것들을 데리고 포천 해룡산으로 갔다. 시부모, 큰 시숙 부부, 중씨 부부 등, 윗대 어른들의 묘지를 둘러보고, 남편 묘 앞에 섰다. 처음 한성에 와서, 아들이 혼인하고 난 뒤, 그 외에도 가끔 들리던 곳이었다. 여느 때와 다름없이 소나무 숲에선 학들이 노닥거리며 짖어댔다.

서성이 부친 묘에 제를 올리고 나서, 모친에게 아뢰었다.

"아버님이 못다 산 삶을 어머님이 거두셔서 백 세는 거뜬히 사셔야지요."

"난 아직도 오순인데, 백 세라니, 까마득하기만 하구나."

함재공도 그러셨지.

'내가 숨지면 내자는 내 몫의 삶까지 보태서 살아야 한다. 인생 고작 육십 평생이라잖소. 내 나이 이십 세인데, 육십 세 까진 사십 년이란 햇수가 남았거든. 내자 생명의 한계선에서 나의 나머지 햇수를 보탠다면 일백 세가 되는 거잖소.'

그 창창했던 나이에 아내에게 그런 고백을 하셨다면 무언가 켕겼던 것일 텐데. 내가 얼마나 무지렁이였으면 그 뜻을 헤아리지 못했을까. 함재공은 예감하셨던 게지. 당신 체질로 봐서 얼마 살지 못하리란 걸. 그나마 삼 년을 더 버틴 건 아들 낳기 위한 바람이었을 테고. 그 바람이 열매 맺어 이렇듯 후손들이 당신 앞에서 고개 숙이는데.

경의 흐느낌이 학 무리의 지저귐에 녹아들었다.

11

서성이 벼슬길에 올라 웬만큼 요직에 익숙해질 무렵은 선조의 융성기였다. 하지만 명유문사들이 당파에 휩쓸려 서로 뜻과 의견이 달라 쟁론을 거듭했다. 이덕형, 이항복, 성혼, 정철 등은 서인에 속했다. 동인은 정인홍, 김성일, 곽재우, 류성룡 등이었다. 서성은 그들 사이를 중재하며 임무에 최선을 다했다.

류성룡은 사마시에 합격해 승문원을 거쳐 성절사의 서장관으로 명나라에 다녀온 내력을 지녔다. 품격이 단정하면서도 책임감이 강했다. 선조는 바라만 봐도 의롭다며 신임했다. 당파 쟁론에서 류성룡은 강경파 정인홍과 결별해 동인에서 벗어났다. 뒤이어 이조판서에서 우의정으로 승진하더니 영의정에 올랐다. 그런 사이 서성은 그를 깍듯이 예우했다.

서성의 안내로 류운룡과 류성룡이 약봉헌을 방문했다. 그들 형제는 가끔 약봉헌에 들려 경과 환담을 나눴다.

"형이 계시기에 동생이 영상에 올라 우리 조선을 빛내는군요."

경은 그들 형제에게 찬사를 쏟았다.

"저야 지방관으로 떠돌고 당상관 자리엔 오르지 못했잖습니까. 동생만 한 형이 못 됐습죠."

류운룡이 안동현감과 풍기군수를 지낸 내력을 들먹이며 쑥스러운 표정을 지었다.

"그렇다면 형보다 나은 동생이란 뜻이구려. 어머님은?"

"왜놈들이 하회마을로 쳐들어가서 어머님과 친척들을 인질로 삼았다고 합니다."

류성룡이 고민을 털어놓았다.

왜군들은 호재를 만난 양 영의정 모친을 협박하고 고문했다는 사실을, 경은 아들에게 이미 들었다. 류성룡이 이순신을 추천해 명장군으로 추대받게 했으며 병법에도 능통해, 왜군들에겐 영의정이 눈엣가시였을 터였다.

"왜놈들이 하회마을 곳곳에 불을 질러 저희 종가도 거의 절반이 불탔다고 하옵니다."

류운룡이 한숨지었다.

"무릇 충절과 효도를 저울질할 순 없는 거잖소. 지금 상황으로 봐선 효도가 우선 아니겠습니까. 조정에선 당파끼리 쟁론을 거듭하고 탄핵의 회오리바람이 분다고 하더군요. 그에 휩쓸리지 말고 영상 자리에서 물러나 모친과 친척들을 구하는 게 옳은 일일 거니더. 효를 다하는 건 천명이옵니다. 얼른 가서 모친을 구하시고 종가도 재건하소서. 적군일지라도 유화책을 펼치는 게 좋을 듯하오이다."

경은 왜군 장수에게 대접할 약산춘과 류성룡 모친에게 올릴 약산춘과 약과를 따로 포장해 그들 형제에게 주었다.

그러던 어느 날, 서성은 궁중 뜰을 거닐며 정인홍과 마주쳤다.

"함재 아들이 상감마마 사돈이 되고 도승지로도 봉직하다니?"

정인홍은 임진왜란이 일어나자, 합천에서 왜군을 격퇴하고 영남 의병장으로 전공을 세웠다. 뒤이어 대사헌에 승진해 공조참판으로 봉직 중이었다. 그는 조식의 수제자로 남명학파에 속했다.

"아버님과 친분이 있으신 분들을 저는 아름다운 분들이라 여깁니다."

서성은 한껏 허리를 조아렸다.

"이 어지러운 세태에 함재가 건재했다면 당파도 쟁론도 없을 텐데. 에, 또, 난 자네 부친보다도 모친을 더 기억한다네."

"어머님도 소호헌에서 아버님과 지우知友분들이 학문을 토론하던 시절을 소중히 여기십니다."

이중립은 진사시에 장원해 성균관으로 들어가 십여 년 동안 근무하다 사임해 『구계집』을 남겼다. 김성일은 문과와 병과 양과에 급제해, 홍문관 수찬을 지내기도, 임진왜란 때는 진주성 싸움에서 대승을 거두었다. 권호문은 진사시에 합격했지만, 벼슬을 버리고 문신으로 존중 받았다. 선조와 대신들의 만류를 뿌리치고 하향했던 류성룡과 류운룡 형제는 왜군 장수에게 약산춘을 대접하고 유화책을 펼쳤다. 그런 사이 때맞춰 쳐들어간 조선군들에게 왜병들이 항복했다.

서성은 모친에게 소호헌을 드나들던 유학생들의 내력을 일일이 보고했다. 모친은 귀담아 들으며 흐뭇해했다. 더불어 경은 해마다 설날과 추석이 다가오면 아들을 시켜 그들에게 약산춘과 약과를 보내 옛정에 온정을 불러일으켰다.

"소호헌 강학당 뜰에서 바라본, 안채에서 들락거리던 자네 모친의 기품 흐른 자태에 매혹돼 한동안 넋을 잃었거든."

밤참으로 나온 약밥과 약과, 식혜, 수정과는 뜬눈으로 밤을 새우며 공부하기에 부족함이 없는 활력소였다네. 소호두견주는 또 어떠했던가. 요즈음도 약산춘을 마시면서 변함없는 자네 모친의 솜씨에 매료된다네. 암튼 배가 골골하던 내게 배불리 대접했으며, 의원에게 치료도 받게 하고 탕약을 달여 주어 병도 완쾌돼 건강도 되찾았으니 고맙기 그지없었다네. 앞으로 잘 지내도록 함세.

"편히 모시도록 하겠습니다."

그들의 정담은 몇 달을 끌지 못했다. 이덕형과 이항복 두 정승을 비방하고, 성혼과 정철을 모함해 헐뜯는 무리 중에 정인홍이 두드러지게 앞장서서였다. 서성은 그 사실을 선조에게 간곡히 아뢰어 그 무리를 물리치는 데 힘썼다. 더구나 정인홍은 임진왜란 당시 성혼, 유성룡, 정철이 왜군과 화의를 주장했다는 죄를 들어 쟁론을 일으켰다. 그가 서인들을 탄핵하려는 걸 서성은 그냥 흘려보낼 순 없었다. 그런 데다 정인홍은 이황을 비방한 상소를 올려 문묘 종사를 저지시키려 했다. 그러므로 팔도 유학생들로부터 탄핵받았으며, 어명으로 해직당해 합천으로 낙향했다.

무더위가 한풀 꺾인 팔월 하순이었다.

경은 다시 인빈 김씨의 초청을 받았다. 며느리는 가끔 정신옹주랑 궁궐을 드나들었지만, 경은 두 번째 방문이었다. 그동안 몇 번 초청 받아도 응하지 않았다. 맹인이 궁궐을 자주 드나들면 대신들이나 왕족들의 입질에 오르내리기 쉽다. 아울러 우리 아범에게 득 될 리 없다. 경이 며느리와 정신옹주에게 주위를 환기시킨 이유였다. 경이 이번 초청에 응한 건 정신옹주를 통해 필히 사돈 어르신을 뵙고 싶다던 인빈 김씨의 서신을 받고서였다.

궁궐 뜰에는 유도화가 줄기를 타고 담벼락을 드리웠다. 그 사이에서 맨드라미가 훈풍을 타고 핏빛으로 피어올랐다. 경은 궁궐 담의 완자무늬와 유도화는 보이지 않는데, 유독 맨드라미 붉은빛이 눈동자에 불꽃인 양 타올랐다.

"소호헌 시절, 신부는 신랑에게 맨드라미 화관을 쓰게 해 소호 둘레를 돌곤 했느니라. 이젠 그런 화관을 만들어 우리 도승지에게도 씌우고 싶구나."

경이 지난날을 떠올렸다.

“어머님의 그 꿈이 열매를 맺어 그이가 고관직에 올랐잖습니까.”

며느리 뒤이어 정신옹주도 나긋하게 굴었다.

“할머님의 인애가 다사로워 궁전 뜰의 꽃들도 더욱 향기를 발하는군요.”

이번에도 인빈 김씨의 초청을 받은 뒤, 목욕재계하고 삼일동안 금식했다. 그랬는데도 시력이 깜깜했지만, 경은 그냥 흘러 지나쳤다. 초행길도 아니고 자부와 손부가 양옆에 부축해 든든함을 안겨 주어서였다. 그랬는데, 맨드라미의 붉은 기운이 불꽃인 양 타오르더니 시야가 밝아져 새 힘이 솟아났다.

그들은 인빈 김씨의 내실로 들어섰다. 지난날과 달리 방 안 분위기가 썰렁했다. 모란 화조도 병풍과 주칠 가구들도 새로 장만했지만, 짜임새 없이 엉성해 보였다. 경은 후궁이 울화증에 시달림을 눈치챘다.

“지난번, 우리 능양군이 고뿔이 심한 걸 몰랐지 뭡니까. 조금만 늦어도 노채로 골골했을 텐데 얼마나 다행이었던지.”

인빈 김씨가 그 공을 사돈어른에게 돌렸다.

“저희 도승지도 그 중병을 앓아 숨질 고비를 넘겨, 그 병에 대해선 좀은 안다 할까요.”

인빈 김씨는 곁에 선 능양군에게 명했다.

“사돈어르신이다. 인사 올려야지.”

능양군과 경은 맞절로 예를 갖췄다. 여섯 살 난 능양군의 태도가 범상치 않아 경은 눈여겨 살폈다.

인빈 김씨가 울분을 토했다.

"상감마마께서 전국에 금혼령을 내리고 왕비 간택으로 떠들썩하니, 저의 마음이 뒤숭숭해 밤잠을 설칩니다."

의인왕후는 지병, 공빈 김씨는 산후 여독으로 숨졌다. 왕의 총애를 받던 인빈 김씨는 당연히 중전이 될 줄 믿었다. 그랬는데 세자 간택에 적통이 없다는 신하들의 반대로, 선조는 새 왕비를 맞이하기 위해 금혼령을 내렸다. 그 여파로 인빈 김씨는 심신이 괴로운 나날을 보냈다.

"화가 나면 날수록 중병을 앓게 됩니다. 저를 보시지요. 어쩌다 지금처럼 밝은 세상을 얼핏 보지만, 날마다 깜깜 절벽에서 헤매야 하니 극한 중병에 걸리기 마련입니다."

평안이 얼굴 가득 번진 사돈어른의 자태엔 흐트러짐이 없었다. 인빈 김씨는 새삼 목소리에 공경을 실었다.

"그 비법을 가르쳐 주옵소서."

"어느 순간 밝은 빛을 보리란 희망으로 인내하는 게 처방이랍니다. 그러므로 인내하면 인내할수록 어느 날엔 화가 복이 되는 날이 반드시 오는 게 삶의 비결이지요. 이웃을 잘 보살핌도 인덕을 쌓는 거고요. 대군 중에 특히 능양군이 용모가 준수하고 지혜가 범상치 않다던데, 과연 뵈오니 그렇군요. 훗날을 기대해 봄직 않겠습니까."

사돈어른의 훈화를 듣고, 인빈 김씨는 눈물을 쏟았다.

"소들내, 요즈음 내가 얼마나 복뎅인지 시시때때로 허벅지를 꼬집곤 한다니까."

"궁궐을 여러 번 다녀왔으니 너무 흥감해서 그런갑네."

소들내도 호타하도 정신옹주가 시모와 궁궐에 드나들면 자주 동행해서였다.

"내가 궁궐 안을 살피기 위해 나무 둥치에 오르면 왕궁 수문장들이 범눈으로 째려보고 고함쳤잖아. 이젠 내 앞에서 설설 기는 꼬락서니라니. 그런 게 만 가지가 있으면 뭐 하누. 소들내랑 한 둥지에서 오순도순 사는 더 이상의 복은 없으니."

"아이구마, 낯간지러워 온몸에 닭살 돋겠네. 그런께, 지난번 낮밥은 왕실 수라상 담당 상궁이 차렸는데 입맛 다셔보니 영 신통찮고 개미가 없더이더."

"개미도 먹을 수 있나?"

"호씨 양반도 참, 걸카믄 왕개미가 누구 허벅지를 진짜 물어버리면 우짤끼요. 왕실 요리랍시고 진기한 걸 흉내는 내도 영 맛이 신통찮더라니까. 요리는 개미가 있어야만 맛도 진맛이고 피와 살이 되어 힘도 솟구치는 긴께. 이번 낮밥은 답례로 마님의 지시에 따라 내가 신선로 꺼리를 가져가서 요리해 인빈마마의 상에 올렸잖우. 한과와 약밥도, 문어조도 그러니, 수라상 담당 상궁들이 어쩜 그리도 솜씨가 좋으냐며, 그 손을 베어 달라고까지 나불대어 내가 호통 쳤지 뭐 유. 누굴 살인자가 되는 꼴을 봐야 하느냐고."

느티나무 공원에는 산들바람이 불어 시원했다. 호타하와 소들내가 통나무 의자에 나란히 앉아 대화 나누는 걸, 기오랑과 동이

284

도 그들 뒤에서 엿듣고는 한목소리로 가락을 실었다.

"저희들도 얼씨구 좋고도 좋은 걸 어떡해요."

서성은 도승지에서 대사헌, 형조판서를 거쳤다. 명나라 사신을 잘 접견한 공으로 한성부 판윤으로도 봉직했다. 한 관직에 오래 머물지 못하고 여러 관직을 두루 거친 건, 사돈이 나의 고민거리를 잘 해결하라던 선조의 의도였다.

경은 아들에게 주위를 주었다.

"항시 겸손한 자세로 남을 나보다 낮게 여기면 존귀가 따라붙는 법. 거만하면 존귀가 달아나는 법이다."

"그 말씀을 가슴 깊이 새기고 되새기겠나이다."

그가 황해감사로 봉직 중일 때, 선조의 친서를 받았다.

'경이 멀리 떠나 섭섭함을 이기지 못하겠노라. 부마를 간선함에 있어 신흠의 아들이 합당해 사위로 삼고 싶구려. 내가 신흠의 인품을 잘 알지 못하고 그 집안의 실정도 알지 못하므로 혹시 경이 아는 바가 있으면 알려 주길 바라오. 나와 경은 한집안일 뿐만 아니라 간담肝膽을 서로 나누는 사이니, 할 말이 있으면 꺼리지 말고 알려 주시게. 나는 붓글씨 쓰는 걸 좋아하니 그곳에서 다람쥐나 족제비 꼬리털을 구해 오게나.'

그도 선조에게 답신 올렸다.

'신흠의 아들 신익성은 의협심과 효심이 강해 그만한 부마감이 없을 듯하옵니다. 더욱이 신흠은 평산 신씨로 그 가문이 청빈 강직해 타의 추종을 받음으로 왕실과 혼인 맺는 데 걸림이 없을 것

입니다.'

서성의 건의에 따라, 선조는 신익성을 정숙옹주와 혼인 맺게 해 부마로 삼았다. 그는 다람쥐와 족제비 꼬리털도 구해 선조에게 올렸다.

경은 아들이 함경감사로 발령받아 떠날 때 다시금 명을 내렸다.

"상감마마께서 사돈을 그런 험지로 보내는 건 분명 뜻이 계실 게야. 변방을 지키려면 떠돌아다닌 백성들이 많을 것이므로, 잠자리와 굶주림을 면해 주는 게 인심을 다스린 거란 걸 잊지 말게나."

"제가 어찌 어머님의 훈계를 져버리겠나이까."

서성은 임지에서 임무에 충실히 임했다. 군읍의 남북 수천 리를 친히 방문해 법도대로 처리해 백성들의 환영도 받았다.

어느덧 서성은 불혹을 넘겨 선조의 유교를 받은 고명칠신顧命七臣이 되었다.

선조는 평소에 충성스럽고도 아꼈던 신하들을 은밀히 어전으로 불러들였다. 영의정 유영경, 우의정 한응인, 경기도 관찰사 신흠, 판서 허성, 금계군 박동량, 평안도 관찰사 한준겸, 그리고 지중추부사 서성이었다.

"부덕한 이 몸이 왕위에 올라 신민臣民들에게 죄를 지어 마치 골짜기에 떨어진 것 같은 심정이었는데, 과인이 갑자기 중한 병까지 얻었다. 장수하거나 요절하는 건 하늘의 운수이며, 살고 죽는 것도 천명에 매인 것이다. 이건 밤낮의 순서를 어길 수 없어, 성인이나 현인들도 여기에서 벗어날 수 없을 터인즉, 다시 무슨 말을 하겠는가. 대군의 나이가 어려 장성한 걸 보지 못함으로 마음이 편치 않을 뿐이다. 내가 죽으면 신하들의 마음이 변할지 모르니, 만일 사악한 일들이 일어나면 그대들이 대군을 보호하고 지켜주길 바란다. 내 감히 그대들에게 부탁하노라.”

선조의 유교는 새 왕비 인목왕후 사이에 태어난 영창군의 안녕을 지켜 달란 내용이었다.

인목왕후는 첫 딸 정명공주 뒤이어 영창군을 낳았다. 아들이 채 두 돌 되기 전, 선조가 중풍으로 몸져누워 승하했다. 선조는 슬하에 열네 명 왕자와 열한 명의 딸을 두었다.

새 왕의 등극을 놓고 당파 싸움에서 대북파가 승리했다. 그로 인해 이이첨과 정인홍 무리가 후궁 공빈 김씨 소생의 광해군을 임금으로 세우고 정권을 장악했다.

12

서성은 모친이 칠순을 맞이한 칠월 열셋째 날, 칠순 잔치를 열었다. 그는 아내와 더불어 먼저 예를 올렸다.

“어머님, 부디 홍복을 누리소서.”

아들의 뒤를 따라 네 손주와 손서들도 한목소리로 경에게 인사 올렸다.

“할머님, 오래오래 사셔서 낙을 누리옵소서.”

장손주 경우는 사마시에 장원해 승문원 주서로 봉직했다. 재작년에는 서장관으로 임명받아 명나라에도 다녀온 중견문관이었다. 성품이 간결하고 엄격해 남의 허물을 용납하지 않았다. 경은 장손주에게 세상을 폭넓게 보는 안목을 지니라고 훈계했다. 장손부 창녕댁은 음전하면서도 예발라 든든함을 안겨주었다. 슬하에 남매를 두었다.

경수는 사마시에 급제, 호조좌랑을 거쳐 형조정랑에 재직 중이었다. 성품이 숭굴숭굴하면서도 사람들과 사귐도 좋고 조모에게 농담을 즐겨했다. 슬하에 두 아들을 두었다.

경빈은 생원시에 합격, 장예원 사평으로 봉직했다. 풍채가 좋고 도량이 깊어 부하들이 잘도 따랐다. 역시 슬하에 두 아들을 두었다.

달성위는 말과 행동이 어긋나지 않고 정중해 왕족들이 감히 넘보지 못했다. 조카들과 친족들이 어려움을 당하면 도와주고 노비도 나눠 주는 등 인애도 실천했다. 태묘의 악기를 수리하는 데 참여하고 봉헌의 품계에도 올랐다. 정신옹주도 우애 깊고 웃어른 모시기에 정성을 다하고 친척들을 후히 대접해 그들이 감화 받곤 했다. 슬하에 삼형제를 두었다.

아들 부부, 네 명의 손주 부부, 그들 소생 증손녀 하나와 증손주 여덟 명, 친인척들이 약봉헌을 메웠다.

함경도 서흥에서 온 영도 아들과 함께 경에게 인사 올렸다.

"형수님, 만복을 누리옵소서."

"도련님이 할아버지가 되셨다니, 이런 경사가 없겠지요."

외아들이 손주 다섯을 낳았다. 볼에 살이 붓고 차림새도 허름하지 않아 영의 타관살이가 고되지 않음을 짐작할 만했다.

영은 이수 부부의 안부도 전했다. 그들은 팔순을 넘겨 잘 지내다 부인은 재작년 여름, 이수는 지난봄에 생을 마감했다고.

"이건 이수 형이 산지를 개간해서 심은 장뇌삼입니다. 형수님이 달여 잡수시고 만수무강 하옵소서."

영은 장뇌삼이 든 꾸러미와 함께 쌈지 두 개도 형수에게 건넸다.

"두둑한 쌈지는 이수 형이 형수님에게, 작은 쌈지는 제가 드린 겁니다."

이수 형이 장뇌삼을 심어 수확해 팔아 모은 돈이다. 자신은 처남의 목재상 일을 도와 번 돈이라는 걸, 영이 덧붙였다.

"귀중한 선물을 달게 받겠습니다."

경은 두 쌈지를 손에 쥐었다.

함경도 홍원에서 온 양도 아들과 함께 경에게 큰절 올렸다.

"숙모님, 오래오래 사셔서 저희들의 귀감이 되옵소서."

"아들이 젖먹이였던 게 열세 살이라니, 장가를 가야겠구먼."

직장에서 승진도 하고 아들도 참하게 자라 양의 타관살이도 순조로운 걸 짐작할 만했다. 삼촌과도 설과 추석, 일 년에 두 번 만나 환담 나눈다는 양의 차림새도 관록이 몸에 밴 듯했다.

안동에서 온 이용의 장남도 경에게 예를 올렸다.

"임청각엔 별일 없느냐?"

"무탈 없이 지냅니다."

이용의 장남이 허리를 굽혔다.

"이건 이수 삼촌이 피땀 흘러 모은 돈이다. 임청각을 보수할 때 사용해라."

경은 이수의 쌈지를 친정 조카에게 건넸다.

두 여동생의 아들들도 경에게 인사 올렸다. 희의 아들은 부친처럼 안동부 관리로, 진의 아들은 압록강 변경을 지키는 장수로 봉직 중이었다. 희와 진은 이미 숨진 뒤였다.

소호헌을 지키는 서임수 부부 장남도 그들 뒤에 서서 인사 올렸다. 서임수 부부도 이미 숨졌다. 경은 호타하와 기오랑을 시켜 그들 부부가 소호리 안망실의 선산에 묻히게끔 장례를 도왔다.

그날 밤, 경은 안방에서 아들과 며느리, 네 손주들과 손부들이 모인 자리에서 명을 내렸다.

"외조부님과 두 분 외조모님의 기제사를 너희들 당대는 물론 후손들에게까지 영원히 우리 서씨 집안에서 지내도록 하여라. 그건 함재공과 나의 혼인 언약이었느니라."

"기필코 그리 하겠나이다."

일제히 화답하는 목소리가 약봉헌 담을 넘었다.

"소호헌은 때가 되면 경빈과 그 후손들이 대대로 지키도록 하라. 세월이 지나도 선비들과 유학생들에게 학문의 장이 되도록."

조모의 뜻을 경빈이 정중히 아뢰었다.

"필히 그러겠나이다."

"멀리 함경도에서 오신 삼촌과 사촌과 더불어 포천의 묘소에도, 안동의 소호헌에도 다녀오너라. 명심할 건 임청각, 귀래정, 반구정, 어은정에도 들려, 외가 어른들의 발자취를 밟는 것도 학문과 생활의 길잡일 테니."

"어머님 뜻을 받들어 다녀오겠나이다."

서성이 화답하자, 일제히 고개 숙였다.

"필히 너희들이 기억할 건, 어미요 할미인 내가 맹인이었다는 걸 금과옥조로 여겨야 할 것이니라."

"그 말씀을 저희들의 피와 살이 되게 하겠나이다."

다시금 외아들이 화답하자, 손주들도 친인척들도 엎드려 절을 올렸다.

13

광해군이 등극한 지 사 년 지났다. 대북파 무리는 영창대군을 살해하고 폐모론을 주장하더니 인목왕후를 경운궁에 유폐시켰다. 그 계축옥사癸丑獄事로 인목왕후 부친 김제남과 그 아들 김규도 숨졌다. 그 공로로 정인홍은 광해군의 신임을 얻어 영의정에 올랐다. 서성은 무슨 날벼락 당할지 모르니 외출을 삼가라는 모친의 권유로 바깥출입을 금했다. 그런 사실을 알고 김상헌이 약봉헌에 들렀다. 청음은 문과 중시에 급제해 동부승지로 봉직 중이었다. 그는 폐모론에 반기를 들어 대북파들에게 요주의 인물로 숙청의 대상에 올랐다.

"인륜을 져버린 그딴 행위를 참을 수 없습니다."

김상헌이 화를 바깥으로 내뿜었다.

"쉽사리 흥분하면 저쪽에 책이 잡히기 쉬우므로 조심 하게나."

서성은 아래 띠동갑 김상헌과의 사귐도 두터웠다. 그가 강직한 성품과 의지가 굳은 선비정신을 지녀 우애를 다져 온 터였다. 더구나 김상헌 아들이 인목대비 부친 김제남의 손녀사위고, 김규가 달성위 사위라 그들 우애를 더욱 깊게 했다.

"모당 선생도 놈들에게 떠밀려 관직에서 물러나 돌아가셨으니, 이 억울함을 어찌하오리까."

대사헌에 봉직했던 홍이상도 그 서슬에 몰려 경기도 송추에 은거한 뒤 숨졌다.

경은 아들에게 계축옥사 사건을 듣고, 정신옹주 모녀를 약봉헌으로 불러 훈계를 내렸다.

"어쩌겠나. 자식을 잘 키워야만 어미다운 덕목일 테니. 때가 이르면 화가 복이 되니 조신해 아들을 키우는데 정성 쏟아라."

"아버님을 잘 키우신 할머님의 가르침에 득이 되게끔 지성껏 보살피겠나이다."

정신옹주도 며느리를 감싸며 답했다.

인빈 김씨는 광해군이 세자 책봉 때 입김을 발하기도, 그동안 잘 보살핀 공로를 인정받아 화를 면했다. 광해군은 '내가 서모의 은혜를 받아 왕위에 올랐으니, 그 의리를 감히 잊지 못한다.' 할 정도로 대접받았다. 그런 연유로 슬하의 왕자들도 무사히 넘겼다. 그러나 계축옥사 사건 이듬해 시월 육순을 코앞에 두고 세상을 떴다. 어의들은 높은 혈압이 원인이라고 했지만 궁녀들은 선조가 손녀 같은 인목왕후를 총애해 그에 대한 억눌린 감정이 혈압을 높게 했다고 수군거렸다.

조정에선 계축옥사 사건으로 다시금 회오리바람이 불었다. 대북파들이 인목왕후도 살해해야 한다는 중론이 분분해서였다. 그 소식을 듣고 경은 아들에게 정중히 명을 내렸다.

서성은 모친의 뜻을 전하기 위해 정인홍을 만났다.

"어머님이 인목마마를 숨지게 하는 건 만백성 어버이 상감마마의 도리가 아니라고 하셨습니다. 영상께서 화를 면하도록 선처해 주옵소서."

"나도 그런 생각을 한다네. 자네 모친이야말로 진정 우리 대신들이 본받아야 할 덕치의 표본이거늘."

정인홍은 광해군과 이이첨 무리들을 설득해 인목왕후를 경운궁에 유폐하는 이상의 중벌은 내리지 않게끔 입김을 발했다.

계축옥사 후유증으로 대북파들은 고명칠신 중에 소북파 영수 유영경을 사사했다. 다른 신하들도 관직을 박탈하거나 귀양 보냈다. 서성도 예외일 순 없었다. 충청도 단양으로 귀양 가라는 어명이 내려졌다.

서성은 귀양을 가자니 모친을 두고 떠날 순 없었다. 나랏일을 맡지 않으면 어머님 곁을 떠나지 않고 기쁘게 해드리는 것이 좌우명이었다. 그걸 실천하기 위해서도 도무지 모친 곁을 떠날 순 없었다.

"어머님, 저와 함께 먼 길을 가셔야 하옵니다."

아들의 간곡한 청을 경이 거절했다.

"어디로 가려고? 약봉헌 아니고 내가 쉴 곳이 있다더냐?"

"단양이 산수가 수려하고 공기도 해맑으니 어머님이 요양하기엔 더없이 적당한 곳입니다."

"칠순을 넘게 살아 오늘내일 숨진대도 여한이 없단다. 무슨 호강에 겨워 요양이 필요하냐. 딱히 아픈 데도 없는 걸."

장손주가 소들내에게 부친이 귀양 가는 이유를 알리라고 눈짓했다.

"마님, 상감마마께서 우리 도련님이 고생했다고, 단양으로 가서 편히 쉬라고 하셨답니다."

"유모도 내게 거짓말을 다 하냐. 내 아들이 무슨 죄를 지었기에 귀양 보내."

경의 분노를 달성위가 잠재웠다.

"귀양도 귀양 나름입니다. 상감마마께서도 한갓 고명칠신 문서로 중죄를 지울 순 없으니 한성을 떠나란 어명을 내리신 게지요. 또 아버님이 누굽니까? 국가의 특등 공신이요 선왕의 사돈 아닙니까. 그 누구도 아버님을 홀대하진 못할 겁니다."

"그래. 귀양도 귀양 나름이지. 너희 진외가 용헌공 어르신은 명나라 문종황제가 등극할 당시 축하사절단을 이끌고 연경에 가셨더랬지. 그 황제가 이르시기를 황수재상이라 평하셨거든. 장신에 호남답게 잘생긴 분인 데다 수염도 황금색으로 빛나고 지혜도 출중하니 자주 만나기를 원하노라 한 게 화근이었나 봐. 그 소문이 빗나가 조정 대신들은 문종황제가 용헌공을 용수 재상, 왕이 될 재상이라 했다고 세종마마께 아뢰었대. 그러니 나라님도 그냥 지나칠 순 없으셨던가 봐. 고집불통에 권력을 마음대로 휘두르므로, 세종마마도 그 세력에 휘말린 걸 원치 않으셨대. 결국, 용헌공을 귀양 가게 명하셨거든. 그러므로 용헌공도 전라도 여산으로 보내 달라고 자청해, '자원 여산'이란 말이 떠돌곤 했느니라."

경이 기억을 되살렸다.

"아버님이 효자 노릇 하고파 할머님을 모신다는데 쾌히 승낙

하소서. 저희 부부도 먼저 가서 준비에 만전을 기하겠나이다."

경빈이 청을 올렸다.

"그래. 이 할미가 외아들이 멀리 귀양 간 걸 어떻게 홀로 견디겠느냐. 동행하고말고. 그동안 시어미, 시할미가 안방을 차지해 왔으니, 우리 며느리와 손부들에게도 자유를 안겨 주어야지."

경은 자신이 약봉헌에서 마지막 빚은 약주와 한과를 친인척들, 아들과 손주들의 지기들과 스승에 이르기까지 선물했다.

서성은 아내를 격려했다.

"내자는 약봉헌을 지키며 몸조심 하시오."

귀양 가기 전날이었다. 서성은 정인홍의 부름을 받았다.

"귀양지까지 모친을 모시고 간다?"

"그러하옵니다."

"천하 효자가 따로 있겠는가. 그렇긴 해도 자네나 내가 서로 뜻이 다르고 몸담은 게 반대니 적이 될 수밖에. 그래도 소호헌에서 입은 은공을 져버리기엔 나의 강경한 지조가 용납하지 않네. 귀양지에서 어떤 일을 하던 흘려보내지만 만일 반역을 꾀한다면 그냥 넘어가진 못할 테니 필히 조심하게나."

"결코, 그런 일은 없을 겝니다. 저는 어디에서든지 상대방에게 화평을 심어 주는 심부름꾼이었습니다. 그게 어머님의 훈시였고 요. 이건 어머님께서 마지막 빚은 약산춘이오니, 예전의 소호두견주와 비교해 보시는 것도 좋을 듯하옵니다."

그는 분을 삭이며 그 자리에서 물러났다.

서성의 귀양길은 여느 죄인처럼 험난하지 않고 순조로웠다.

정인홍의 지시가 아니더라도 대북파 중에서 지우와 친인척들, 따르는 사람들도 많았다. 그들의 도움으로 서성은 죄인이 타던 수레 대신 말을 탔다.

경도 약봉헌 솟을대문 앞에서 말이 끄는 가마에 오르기 위해 허리를 굽혔다. 그 순간 그들 일행의 군졸 중 우두머리가 땅바닥에 엎드렸다.

"마님, 저의 등을 밟고 가마에 오르시옵소서."

"무슨 얼토당토않은 짓을 하려 하시오?"

경이 주춤거리자, 군장이 울먹였다.

"저는 죄인의 자식이온데, 마님의 보살핌에 살아남아 이렇듯 모시게 되었습니다. 부디 저의 소청을 거절치 마옵소서."

"뉘시오, 댁은?"

"돈궤를 훔쳐 달아나다 마포나루에서 발길 돌린 배가의 아들이옵니다."

배가의 아들이라니? 아, 그렇군. 경은 거액을 도둑 당했을 때 베푼 온정을 기억했다.

"장하구려. 이렇듯 참하게 자라 군장이 되었다니. 그럴 순 없으니 비껴나시오."

"저의 아비 유언이 약봉헌 마님의 은혜를 꼭 갚으란 내용이었습니다. 그러므로 이번 귀양길과 귀양지에서 잘 모시는 게, 저의 임무이옵니다."

경은 배수종의 뜻을 굽힐 수 없었다.

"그럼 나를 업고 가마에 태우시오."

호타하와 소들내는 팔순 넘은 노인이라 경은 약봉헌에 머물기를 명했다. 그들은 삼수갑산에 가신대도 따를 텐데 단양인들 못 가겠느냐며 하도 고집을 부려, 경도 마지못해 응했다.

　그들 일행은 단양에 당도했다. 경빈 부부가 집을 단장해 생활하는 데 어려움이 없었다. 초가 옆의 별채에 배수종 일행과 호타하와 기오랑이 그곳에서 묵고 지냈다. 서성은 낮엔 노모 지팡이가 되어 휴양지와 다름없는 단양의 정취에 취했다. 밤이면 『주역』을 깊이 있게 연구했다. 유학생들이 방문해 배우기를 청하면 기꺼이 가르쳤다.

　봄볕이 무르익은 날, 경은 아들과 겸상해 마루에서 아침밥을 들었다.

　"저 강 가운데 솟은 세 봉우리 말예요. 도담삼봉이라 부릅니다. 가운데는 장군봉, 남봉은 첩봉, 북봉은 처봉이라 하거든요."

　아들의 손짓에 따라 경도 도담삼봉에 눈길이 머물렀다. 날씨가 환해도 세 봉우리의 윤곽만 흐릿하게 보일 뿐이었다.

　"그 가운데 양반, 정력이 대단했던가 보네. 부인도 부족해 첩을 데리고 망중한을 즐기니."

　아들이 숟가락에 밥을 떠서 모친에게 먹였다. 반찬도 그러하여 오물오물 씹으며 경이 미소 지었다. 서성은 정도전 조선 개국 공신이 이곳에 은거하며 당신의 호를 저 도담삼봉을 본떠 삼봉이라 지었다던 사실도 아뢰었다.

　"내 눈에는 저 삼봉이 함재공과 나, 우리 약봉인 것 같아."

　"어머님의 혜안을 어찌 제가 감히 따르리까. 이제부턴 저 세 봉우리를, 정경부인 이경, 함재공 서해, 약봉 서성이라 부르도록 해요."

아들의 널뛰기에 모친이 그 중심을 바로잡았다.

"내가 정경부인 되기엔 아직 이르잖아."

"용기를 잃지 말고 희망의 닻줄도 놓아선 안 된다던 게 어머님의 가르치심 아니온지요. 저도 그렇거니와 네 손주도 앞날이 창창하니, 기필코 충직한 신하로 헌신하면 그 길이 트이지 않겠습니까."

"그러려면 필히 새겨 두어야 하느니라."

경은 근엄한 목소리로 명했다.

"언젠가 백사 영상께서 선조마마에게 아뢰어 조정 대신들의 화제가 되었잖은가?"

"그랬었지요."

선조가 이항복에게 앞으로 우리 조선의 영상 감은 누구이겠느냐, 묻자, 백사가 아뢰었다. 약봉 서성이옵나이다. 그 내용을 선조가 귀담아들었지만, 서성의 나이가 불혹이 되기 전이라 영의정이 되기엔 이른 나이였다. 그리하여 훗날로 미루었는데, 선조가 승하해 그 뜻을 이루지 못했다.

"우리 서씨 약봉 가문에서 필히 제외될 게 세도가가 없어야 한다는 것. 왕실과 연을 맺는다든지 고관직에 올랐대서 무리를 지어 권력을 마음대로 휘두르면 관직의 수명도 짧아지고 백성들의 아픔도 알 리 없는 게야. 앞으로도 왕실과 연을 맺으면 영상 자리는 피해야 할 터. 그러려면 성격이 원만하고 무욕 청렴해야 하느니라."

"기필코 어머님의 뜻을 받들겠나이다."

"단양군수를 지낸 퇴계 선생님도 저 삼봉을 구경하셨을 텐데."

"그러하옵니다. 저 정경에 취해 시도 지으셨지요. 머잖아 뱃놀이하며 그 시를 음미하도록 하시지요."

외아들이 화답했다.

귀양 간 지 달포도 안 돼, 호타하가 갑갑증을 드러냈다.

"단양에 와서 다른 절경을 구경 못 한다고 발이 심심하다며 아우성이니."

"호씨 양반도 참, 도담삼봉을 곁에 두고 더 무얼 바라오. 그러면 도련님 신상에 화가 미친다니까."

경은 그들 대화를 엿듣고 아들에게 명했다.

"아범아, 우리 구담봉에 다녀오자꾸나."

그들 일행은 남한강을 따라, 깎아지른 듯한 기암괴석을 보고 돌아왔다. 경은 아들과 경빈이 모는 말을 탔다. 소들내와 동이의 부축도 받아 걷기도 하며, 일행과 동행했다.

"산천 경치가 마음에 들었는지요?"

경빈이 조모의 심중을 떠보았다.

"아무렴. 눈으로 보이는 세계가 전부는 아니란다. 이 할미는 후각, 촉각, 미각으로도 세상을 관조하는 영기가 뚫렸달까. 새삼 천지를 지으신 한울님께 감사드렸단다."

모친이 흥겨워하자, 서성이 아랫것들에게 명했다.

"이번엔 석문을 다녀오자."

그들은 강변 절벽에 거대한 문처럼 구멍 뚫린 그 석문을 통해, 남한강과 그 건너편 도담리의 정경에도 흠뻑 젖었다.

서성은 바둑을 즐겨 두었다. 경도 맹인이 되기 전, 부친에게 그 기예를 익힌 경험을 되살려, 그들 모자는 가끔 바둑판을 가운데 두고 내기를 걸었다. 그런 예는 경의 시력이 어느 정도 앞가림할 정도가 되었을 때였다.

"어머님이 지시면 안 되고 저도 지면 억울하니 정정당당히 겨루어야 하옵니다."

"어디 내가 속임수를 쓸까 봐 걱정이야? 무슨 겨룸이든지 정확해야만 승자의 기쁨이 진정한 기쁨이고 패자의 억눌림도 진정한 아량으로 이어진 게지."

아들이 모친을 위해 쉽게 져주지 않은데도 그들 모자의 겨룸은 팽팽히 맞섰다. 그 겨룸에서 아들이 질 땐 모친을 안마하거나 업어서 바깥나들이도 하고, 모친이 질 땐 창을 불렀다.

도담의 인가가 멀리 떨어져, 경이 창을 부르는 데 걸림이 없었다. 소들내가 북을 두드려 흥을 돋우면, 호타하는 장구, 기오랑은 꽹과리, 동이는 요령을 흔들었다.

단양팔경이 어디메뇨?

어머니가 선창하면 아들이 그 뒤를 이었다.

도담삼봉, 구담봉, 석문, 옥순봉, 사인암, 하선암, 중선암, 상선암
이 아니오니까.

하인들도 배수종과 군졸들도 후렴하며 분위기를 달궜다.

어와 둥둥 내 사랑아, 어와 둥둥 내 사랑아.

단양팔경 중에서도 가장 절경이 도담상봉이라네.

곤륜산이 제 아무리 좋다한들 도담삼봉에 비길까.

경은 그들 가운데서 원을 그리며 돌고 돌았다. 학 한 쌍이 도담삼
봉을 나는 걸 목격한 서성의 창도 절정에 달했다.

이경님의 일편단심에 함재공이 날아 오셔서 도담에 봉우리를 맺
으시고
어머님과 그 아들이 들러리로 아버님을 보좌하네.

어와 둥둥 내 사랑아, 어와 둥둥 내 사랑아.

서성이 그런 분위기를 마련한 건 모친의 근심을 덜어드리기
위해서였다. 아무리 지극한 효성으로 잘 모신다고 해도 귀양살이
는 귀양살이였다. 모친이 손꼽으며 일력을 한지에 붓으로 적는다

든지, 날수도 헤아렸다. 찾아온 손주들에게 한성 고관들의 안부를 묻는 것도, 아들이 귀양살이에서 벗어나기 위한 염원이었다.

그해 칠월이 다가오자, 맹인들이 하나씩 둘씩 초가로 모여들었다. 어떻게 소문을 들었는지 단양 주위에 사는 맹인들도, 약봉헌을 드나들던 맹인들도 소들내의 눈에 띄었다.

"여기 오기 전, 사월 스무날에 약봉헌에서 그분들을 모시고 잔치를 치렀잖습니껴. 어떻게 마님 생신까지 알고 예까지 모여드는지, 일백 명이 넘는데."

"귀머거리들도 절뚝발이들도 들이닥치니 어떡합니까?"

호타하의 경이로움도 뒤이어 터졌다.

"어떠하긴? 내 집을 찾아온 분들을 외면할 순 없는 법. 더구나 나의 생일을 축하하기 위해 먼 길을 마다하지 않고 오셨는데. 이 초가에선 그분들을 모시기 어려우니, 저 단양골 마을로 모시게끔 그분들에게 양해를 구해 준비에 만전을 기하도록 하라."

경이 단양골 마을을 향해 손짓했다. 그런 연유는 안주인의 명으로 소들내, 호타하, 기오랑, 동이가 모심기와 누에치기 등 그곳 주민들의 일손이 되어, 왕래가 잦아서였다.

칠월 열사흘이었다. 단양골 마을에는 장애인들과 길손들도 이웃 마을의 토박이들도 모여들었다. 그들은 너나없이 경에게 큰절을 올렸다.

"귀하신 분이 이런 외진 곳에 계신다기에 목소리라도 듣고 싶어 왔습니다."

약봉헌을 드나들던 여자 맹인이 경의 손을 잡았다.

"이런 경사를 저희 마을에서 치른 걸 영광으로 여깁니다."

단양골 이장도 그 마을 사람들의 의견을 대변했다.

"뭘요. 무더위를 무릅쓰고 오신 분들도, 잔치를 위해 애쓰신 분들에게도 감사드립니다."

경은 아들 부부와 네 명의 손주 부부들과 더불어 그들에게 다른 해보다 더 융숭히 대접하고 노잣돈도 넉넉히 안겨주었다.

그날 밤, 경은 아들 부부와 손주 부부들이 모인 자리에서 명을 내렸다.

"앞으로 사월 스무날을 맹인의 날을 뛰어넘어 장애인 날로 정해, 그분들을 모시고 잔치를 베풀도록 하여라."

가을볕이 시린 저물녘이었다. 서성은 모친과 함께 나룻배를 타고 장군봉으로 향했다. 날이 갈수록 모친의 건강이 야위어져 뱃놀이를 늦춰 왔던 터였다. 곧 겨울이었다. 더 늦기 전, 뱃놀이 하면 건강이 한결 가뿐해지리란 기대를 안고 행한 나들이였다. 기오랑은 노를 젓고 동이는 새참이 든 꾸러미를 들고 동행했다. 일행은 장군봉에 올라 노을이 비친 황금물결에 취했다.

"퇴계 선생님이 지으신 시를 읊어볼까요."

아들이 시를 읊조렸다. 경도 덩달아 그 시를 읊조리며 임청각 시절의 이황을 떠올렸다.

山明楓葉水明沙　산은 단풍잎 붉고 물은 옥같이 맑은데
三島斜陽帶晚霞　저물녘 도담삼봉에는 노을이 드리웠네.
爲泊仙蹤橫翠壁　신선의 뗏목은 푸른 절벽에 기대어 자고

待看星月湧金波 별빛 달빛 아래 금빛 파도 너울진다.

   마침내 떠오른 시월상달이 도담삼봉을 비추고 물결을 금빛으로 물들였다. 달빛은 경의 얼굴에도 무르녹아 또 다른 시월상달이 물결 위에 무늬를 드리웠다.

"그분이 나를 보고 시를 읊조리시더구나. '달 미인이로다. 월하미인은 얼굴에 달빛 분을 발라 미인으로 대접받지만 달 미인은 달을 닮아 귀인으로 예우받는 거거든'."

"그 시는 대학자님의 시 중에서도 백미이군요."

"청풍 동헌 앞뜰에서 서해 도령님과 마주칠 때, 달 미인은 저 시월상달의 기를 듬뿍 받은 귀인이 되었더랬지."

경의 얼굴이 달보드레해졌다.

"지금도 변함없이 어머님은 달 미인이요 귀인이옵니다."

아들은 모친의 얼굴을 양손으로 감쌌다.

14

기와와 담에 붙은 이끼와 곰팡이를 없애고 방들을 새로이 도배했더니, 약봉헌이 새집인 양 깨끗해졌다.

"수고했네. 저 세상에서 할머님도 얼마나 기뻐하실까."

서성은 맏며느리를 치하했다.

"하는 일마다 서툴러서 할머님이 새삼 그립군요."

창녕댁이 시부의 사모곡에 훈기를 불어넣었다.

"저도 그러하옵니다."

경우도 유쾌하게 답했다.

서성은 경상, 강원, 황해, 평안, 함경, 경기의 육도 관찰사와 개성 유수의 관직에 올랐다. 형조, 병조, 호조, 공조의 판서도 지냈다. 이괄의 난과 정묘호란 때는 인조를 모시고 피난해 충직한 신하로도 헌신했다. 덕분에 관록이 몸에 밴 반백의 원로 중진이 되었다. 얼마 전에는 기로소耆老所에 들어가서 지냈다. 기로소는 칠순 이상의 원로들이 모여 국정 자문에 응하기도 하고, 여생을 즐기며 지내는 곳이었다. 약봉헌으로 돌아와선 강학당에서 선비들과 담소를 나누고 유학생들을 가르쳤다. 약현 주민들의 애로점도 귀담아 듣고 도왔다. 국정에 헌신하다 보니 이웃 주민들에게 별로 도움 주지 못한 데 대한 송구함의 배려였다.

"이 기둥과 저 기둥은 대목들이 할머님을 시험코자 거꾸로 세워둔 걸 당신이 손 감정으로 알아차리곤 바로 놓게 한 거란다."

강학당의 기둥들을 손짓하며 서성은 목이 잠겼다. 약봉헌 구석구석 모친의 얼이 배였다. 더불어 저만치서 모친이 환히 웃으며 손짓하는 환영으로 사모곡에 밤을 지새웠다.

경이 숨진 건 단양에서 지낸 그 이듬해, 이월 하순이었다. 그즈음 상비약을 복용해도 고뿔을 자주 하며 야위어 갔다. 경은 위기를 느끼고는 하인들을 불렀다.

"유모는 나의 두 눈이었어. 언제나 어디서나 나의 길잡이요 나의 스승이었지. 기오랑과 동이는 나의 두 팔이었고, 호씨는 나의 양다리였느니라."

"제가 감히 마님의 두 눈이었다뇨. 진짜 제 눈을 떼어 마님 눈에 접붙이면 어떨까 참 많이도 고민했어예. 가는귀는 잘 안 들려도 두 눈은 멀쩡해 누에가 세 실은 것도 가려낸다니까요."

소들내 뒤이어 호타하도 울음을 삼켰다.

"마님께서 쇤네를 호씨로 불러 주시는 게 얼마나 흥감한 일인지, 백 세는 누리셔야 하옵니다."

백 세를 누리셔야죠. 기오랑과 동이도 한목소리로 아뢰었다.

그들이 물러나자, 경은 궤짝 안에 든 저화를 모두 꺼내 아들에게 건넸다.

"마지막 남은 그걸, 장애인들과 길손들이 오면 잘 모셔야 하네. 하인들과 군졸들에게도 넉넉히 대접하게나. 귀양살이도 쉬이 풀려질 것 같진 않다. 만일 귀양지가 옮겨지더라도 그곳에 정자를 짓도록 해라. 사람은 가도 건물은 남으니, 후세 사람들에게도 화합의 장소요 쉼터가 되도록."

"기필코 그 명을 받들겠나이다."

경은 아들의 어깨에 머리를 기댔다.

"약봉이 태어남으로 나의 명줄이 길어졌느니라. 만일 약봉이 안 태어났다면 이 어민 함재공의 뒤를 이어 자결했을지도 모르잖아. 약봉은 나의 기쁨이요 나의 모든 것이었거든."

거친 쉼을 고르더니, 경은 아들의 품에 안겼다.

"저세상에 가서 함재공이 나를 늙었다고 박대하면 어쩌지? 함재공은 팔팔한 청춘이실 텐데."

"아버님에겐 어머님이 영원히 이경 아가씨로 보일 테니 그런 걱정은 마시옵소서."

모자의 정담은 밤이 깊도록 이어졌다.

경이 숨진 건 칠십 칠 세 된, 이월 스무아흐렛날이었다. 도담 삼봉 둘레의 갯버들 잎이 움틀 즈음이었다.

서성은 모친이 숨져도 차마 곁을 떠나보내고 싶지 않았다. 관직에 따라 타관을 나돌아 다녀 모친에게 효를 다하지 못한 게 가슴 저렸다.

조모가 숨진 소식을 듣고 온 아들들에게 그가 명했다.

"장례식은 일백일 후에 치르겠다."

그는 초가 옆에 토굴을 파서 시신의 관을 안치했다. 그 위에 움막을 지어 경빈 부부와 함께 모친이 살아 계신 양 예를 다해 모셨다.

오월 말이었다. 경의 장례식에는 서씨가문 친척들과 친정 친인척들, 아들의 벗들과 사돈들, 네 손주의 벗들, 장애인들이 모여들어 인산인해를 이루었다.

서성의 아들들은 조모 시신을 운구 수레에 실어 경기도 포천 해룡산 함재공 무덤 옆에 묻었다.

서성의 다음 유배지는 경상도 영해였다. 모친의 장례 뒤이어 곧장 옮겨졌다. 모여든 문상객들이 너무 많아, 이이첨과 정인홍 무리가 서성이 반역을 꾀할까 봐 제재를 가하기 위해서였다. 서성의 아들들은 번갈아 부친을 모시며 잔일을 도왔다. 배수종과 군졸들도 임무를 다하며 그를 따랐다.

서성은 모친의 유언대로 영해의 원곡리 마을에서 떨어진 야산 아래 언덕에 정자를 지었다. 집승정集勝亭이라고 자신이 쓴 현판이 벽에 걸린, 팔각정이었다. 그는 알음알음으로 찾아온 지기들과 담소를 나누거나 시를 지었다. 유학생들을 가르치기도 하고, 길손들과 장애인들도 친절히 대접했다. 그 마을 사람들과 길손들은 서성이 사는 곳을 '서재골'이라 불렀다. 그를 기린, '서씨 재상이 사는 곳'이란 뜻이었다. 그가 정자 이름을 집승정이라 한 것은 모이면 승리한다. 어느 날엔 필히 그 뜻을 이루리란 그의 의지가 반영된 것이다. 그는 영해에서 모친 삼년상을 치르고 그곳에서 오 년을 더 지냈다.

그런 사이 인근에 사는 정영방과 교우했다. 석문은 진사에 합격했지만, 광해군의 폭정에 화를 삭이며 영양으로 돌아왔다. 경정敬亭을 짓고 지우들과 학문을 토론하며 나날을 보냈다. 서성이 영해로 귀양 온 소문을 듣고 집승정을 방문해 연상인 그를 정중히 모셨다.

그다음 서성의 유배지는 원주였다.

그해 섣달, 그의 아내도 숨졌다. 송씨의 장례식은 약봉헌에서 치렀는데도 유배지까지 문상 온 지기들이 많았다. 이이첨과 정인홍 무리가 다시 제재를 가하려는데, 정변이 일어났던 것이다.

인조반정은 김유, 이서, 이귀 등, 서인 세력이 정변을 일으켜 광해군을 몰아내고, 능양군을 왕으로 옹립한 사건이었다. 광해군의 폭정과 간신배들의 날뜀에 반기 든 신하들의 승리였다. 그 사건으로 이이첨, 정인홍 등 간신배들 수십 명이 처형되었다.

유배지에서 풀려난 서성은 인조에게 형조판서를 제수받았다. 영의정은 이원익이었다. 오리도 인목대비 폐비에 반대해 광해군의 박해를 받아 유배지 강원도 홍천에서 돌아온 뒤였다. 오리는 태종의 아들 익녕군의 후손이었다. 청백리로 백성들의 칭송을 받았다. 능양군이 왕으로 등극하자, 서성은 다시금 왕실과 인연을 맺었다. 인빈 김씨는 경의 권유에 힘입어 조정 대신들과 왕실 친인척들을 융숭히 대접해, 손주가 왕이 된 숨은 공로자였다.

새 임금은 그들에게 특별히 당부했다.

"어지러운 정국을 해결하기 위해선 경들의 안목과 지혜가 필요합니다."

"성실히 임하도록 하겠나이다."

이원익과 서성이 아뢰었다.

약봉헌을 방문한 김상헌이 축하 인사를 건넸다.

"상감마마께서 두 분에게 요직을 맡긴 건, 정국의 안정과 간신배들을 물리치란 뜻이 반영된 게 아니겠습니까."

김상헌도 계축옥사 사건에 휘말려 안동으로 낙향했다 한양으로 돌아와선 형조참의 관직에 올랐다.

"중책을 맡고 보니 어깨가 무겁네. 이런 때일수록 힘을 모아야지."

서성이 답했다.

그즈음 조정 대신들은 광해군을 처형해야 한다는 여론이 분분했다.

이원익은 서성을 영의정 집무실로 불렀다. 오리가 형조판서를 부른 건 자신이 광해군과는 친척이라 좌우로 치우치지 않기 위해서였다. 설불리 단안을 내리지 않고 중지를 모아 임무를 성실히 수행하는 게 서성의 강점이었다. 영의정은 그의 중재가 필요했다.

"광해 마마를 사형시켜야 한다고 대신들이 야단이니, 약봉의 고견을 들려주게나."

"여러분들의 중론을 모아 다시 뵙도록 하겠습니다."

그가 조심스레 아뢰었다.

먼저 그는 김상헌을 만나, 그 건에 대해 의사 타진했다. 청음은 당연히 사형시켜야 한다고 목소리를 높였다. 다른 지기들과 대신들도 마찬가지였다.

그는 기오랑을 데리고 포천 해룡산으로 갔다. 정무에 시달리면 어지러운 머리를 식히기 위해서도 가끔 들리는 곳이었다. 그가 부모 묘 앞에 서자, 언뜻 정인홍의 고백이 떠올랐다.

이 어지러운 세태에 함재가 건재했다면 당파도 쟁론도 없을 터인데. 난 자네 부친보다도 모친을 더 기억한다네. 자네 모친이야말로 진정 우리 대신들이 본받아야 할 덕치의 표본이거늘.

그도 얼굴을 기억 못 한 부친보다도 모친의 훈계에 길들였다. 그런 까닭에 진정 모친의 뜻을 새기고 싶었다. 무슨 긴한 용무로 여쭈면 시시때때로 마침맞게 진언하던 현모가 아니던가.

"어머님이 예언하신 대로 능양대군이 상감마마가 되셨나이다. 지금 조정 대신들이 광해 마마를 사형시켜야 한다고 야단들입니다. 어찌해야 하오리까?"

문득 그의 뇌리에 모친의 훈계가 떠올랐다.

그가 첫 발령 받아 예문관으로 출근하려던 아침이었다. 약봉헌 안방으로 들어가서 모친에게 문안 인사 올리고 난 뒤였다.

공무를 수행함에 있어 항시 우리 집안의 가훈 '물태위선勿怠爲善'을 잊지 말게나. 집안이 대대로 성공하려면 '적덕지가 필유여경'이듯, 나라의 안녕을 위해서도 적덕지국 필유여경積德之國必有餘慶이어야 하거늘. 그 금언을 가슴팍에 새기고 나랏일에 헌신해야 하느니라.

어머님의 가르치심은 저의 생명이온데, 제가 감히 허술히 하오리까.

그는 하산해 이원익을 만났다.

"공과 사를 구별하는 게 우리 대신들의 책무인 줄 아옵니다."

"그러게 말이네."

"광해 마마께선 악한 일도 많이 하셨지만, 대동법을 실시해 백성들의 굶주림을 면케 하셨잖습니까. 국방도 튼튼히 하여 왜적의 침입도 막으셨고요. 실질 외교로 우리 조선 경제를 살리신 공로도 있사온데, 사형은 면하도록 함이 어떨는지요?"

"나도 그리 생각하오. 우리 함께 어전으로 가서 전하께 간청함세."

그들의 주장대로 광해군은 강화도로 귀양 가는 선에서 마무리됐다.

서성은 간신배들의 악정을 뿌리 뽑고 새로운 정책을 세우도록 해, 인조의 신임을 받았다. 그는 억울한 죄로 재산을 빼앗기고 목숨 잃은 백성들의 원성도 무마해 형조판서의 임무를 성실히 수행했다.

인조는 서성이 업무 집행 능력이 탁월하며 대신들에게 존중받아 그의 품계를 높이고 싶었다.

"경이 여러 관직을 두루 거쳤는데, 이젠 때가 되었으니 영상 자리에 오르면 어떻겠소."

"아니 되옵니다. 저는 전하와 맺은 인연을 하늘이 내린 복이라 여깁니다. 어머님의 유언도 있사와 더 낮은 자리에 임하도록 하소서."

인조는 서성을 판중추에 임명했다. 그의 뜻을 가상히 여긴 배려였다.

김상헌도 도승지, 대사헌 등 주요 관직에 봉직해 인조에게 신임받은 중신이 되었다.

서성은 모친의 훈도에 힘입어, 옳은 게 아니면 어떤 위협에도 굴하지 않았다. 미천한 사람들 앞에선 겸손했다. 소실도 두지 않은 청빈하고 검소한 삶을 살았다. 그는 모친의 유언에 따라 해마다 외조부와 두 분 외조모의 제사를 지냈다. 사월 스무날엔 장애인들을 초청해 후히 대접했다. 그리고 일흔다섯 살 되던 해에 숨질 때도 아들들에게 그 유언을 남겼다.

그가 남긴 『약봉집』에는 이백여 수의 시가 담겼다. 시어가 세련되고 시상이 청아하다는 지기들의 평도 받았다. 임진왜란 때의 경험과 감상을 서술한 시, 중국 사신의 접빈관이 되었을 때 사신과 차운한 시 등이었다. 아들들에게 내린 분재기, 그 외에도 제문, 서찰, 신도비명도 담겼다. 달성위에게 주는 경계의 글엔, 부마는 세파에 휩쓸려 귀양 가기 쉬우므로 몸가짐을 바르게 하라는 내용이었다.

그의 시편을 훑어 본 김상헌이 물었다.

"천하가 알아준 효자신데, 어찌 모친에 관한 시는 없는지요?"

서성은 눈을 감고는 더듬거렸다.

"어머님을 떠올리면 먼저 지팡이 든 장님이시라, 내 어찌 그 사실을 시에 담으리."

김상헌은 슬그머니 그 자리에서 물러났다.

그가 쓴 「함재공 묘표」에는, 공은 일찍 구도에 뜻을 두시고 영달하려던 마음은 아예 끊어 버리셨다. 성리학에 깊이 침잠하셔서 겨우 약관의 나이에 문장과 학업이 이미 사류의 존경을 받으셨다. 라며 부친을 기렸다.

모친을 기린 내용에는, 성품이 정숙하고 굳건해 집안을 법도로 다스리셨다. 자손들을 가르치시되 반드시 바르게 훈도하셨으니, 친척과 이웃들이 감복하였다.

김상헌도 그의 비명에 시를 지어 애도했다.

선조 때 수많은 선비가 있었네. 용감한 서공, 때를 만나 일어났구나. 하늘이 부여한 재주, 무리에서 우뚝하도다. 그 재주가 어떠한가? 정사의 계책이로다…….

인조는 그를 영의정으로, 시호를 충숙忠肅이라 추증했다. 예관에게 조문을 보내고 장례비도 지원했다.

'영령께선 하늘이 내린 나라의 보배입니다. 올곧고 진실한 자

세로 세상을 다스렸으며, 임금을 바로잡을 학문은 다른 고관들에
겐 찾아보지 못했습니다. 선조대왕의 지우를 입어 일찍부터 궁궐
에 드날리니, 빛난 그 모습은 무리 중에서 뛰어났으며 명성은 우
뚝 솟았습니다……'

　경은 소들내와 호타하, 기오랑과 동이의 묘도 자신의 묘 아래
동산에 묻도록 미리 마련해 두었다. 소들내와 호타하는 경의 장
례식이 끝난 후, 약봉헌으로 돌아와서 석달도 안 돼 세상을 하직
했다. 주인에게 충성한 모범 종으로 일생을 마친 셈이었다. 소들
내가 먼저 숨졌다. 이튿날 호타하도 숨졌다. 소들내의 죽음에 충
격 받아서였다. 약봉헌 하인들은 그들의 시신을 쌍무덤으로 안장
했다. 호타하의 유언이 소들내랑 쌍무덤으로 해 달란 간구였다.
　기오랑과 동이는 서성이 유배지에서 풀려 나와 약봉헌에 귀가
하고서도 주인을 섬겼다. 그로부터 십여 년 지난 뒤였다. 그들 내
외도 소들내와 호타하의 묘지 아래에 묻혔다.

15
　서경우가 우의정으로 제수받은 뒷날, 그는 포천 해룡산 조상
묘지로 향했다. 아들과 동생들, 조카들도 뒤를 따랐다.
　그는 이괄의 난을 평정하는 데 공을 세웠다. 병자호란 때도 경
기감사로 인조를 호종했으며, 대사헌과 형조판서 등 여러 관직을
거쳐 우의정에 올랐다.
　조모가 돌아가신 지 이십 구년이요, 부친을 여윈지 십삼 년만

의 경사였다.

하늘은 푸르고 코스모스와 들국화, 제비꽃들이 함재공과 경의 쌍묘 주위에서 향기를 발했다.

"할머님께서 수놓으신 걸 제가 지녔습니다."

쌍학흉배 단 관복 입은 서경우가 큰절을 올렸다. 일행도 덩달아 풀밭에 콧김을 쐬었다.

"형님, 쌍학이 흉배에서 튀어나와 창공을 훠얼훨 날 것 같군요."

달성위가 흥얼거리자, 쌍묘 뒤 소나무 둥지에서 학 한 쌍이 날아와 함재공과 경의 무덤 위로 돌고 돌았다.

"마침내 우리 증조모님께서 정경부인이 되셨는걸."

입김을 발한 현손주의 손짓 따라, 그들 일행은 하늘 나는 쌍학을 우러렀다.

◆참고문헌

◆『정경부인이 된 맹인 이씨 부인』 연인M&B. 2000년. 방귀희.

◆『영가지永嘉誌』권3, 「누정」조 "반구정"에 수록. 1608년. 권기.
『永嘉誌』는 8권 4책으로 지도가 첨부된 목판본. 조선 중기에 편찬된 읍지 가운데 내용이 충실한 것 중의 하나다. 안동 출신 권기가 1602년 스승 유성룡으로부터 편찬 요목을 받아 동향인 권행가와 함께 편찬에 참여하여『동국여지승람』,『함주지咸州誌』의 목차를 참고했다. 어느 읍지보다 구체적인 사실이 담겨 지방사 연구의 사료로써 가치가 높다.

◆『대구서씨문헌록』 상편. 서해. 「祭先妣文」. 2007. 신아출판사.

◆『목은집』이색. 「찰밥」. 이병혁 역주. 1995. 고대민족문화연구소.

◆『대구서씨 문헌록』 상편. 이중립. 「함재공 묘표」. 2007. 신아출판사

◆『약봉유고』 서성. 1994. 서울, 대구서씨대인회.

◆『李忠武公全書卷之六』/ 亂中日記二 / 이순신(이은상 역). 1989. 성문각.

◆『이충무공 전서』이은상 역. 1989. 성문각.

◆『약봉유고』서성. 1994. 서울, 대구서씨대인회.

◆「선조대왕 친서」2007. 신아출판사.

◆「선조대왕 유교」. 2007. 신아출판사.

◆『대구서씨문헌록』상편. p297. 인조.

◆「인조대왕 사제문」2007. 신아출판사.

해를 품은 천리안

초판 1쇄 인쇄일 • 2023년 7월 5일
초판 1쇄 발행일 • 2023년 7월 10일

지은이 • 성지혜
펴낸이 • 임성규
펴낸곳 • 문이당

등록 • 1988. 11. 5. 제 1-832호
주소 • 서울시 성북구 동소문로 65-2 삼송빌딩 5층
전화 • 928-8741~3(영) 927-4990~2(편)
팩스 • 925-5406

ⓒ 성지혜, 2023

전자우편 munidang88@naver.com

ISBN 978-89-7456-550-3 03810